Im Zentrum dieses faszinierend vielschichtigen Abenteuerromans steht der authentische Bericht über das Schicksal der österreichisch-ungarischen Nordpolexpedition unter Weyprecht und Payer, die im August 1873 nördlich des 79. Breitengrads zur Entdeckung eines unter Gletschern verborgenen Archipels führte, doch dann scheiterte: die »Admiral Tegetthoff« wurde im Packeis eingeschlossen. Simultan dazu wird eine zweite, eine fiktive, Geschichte erzählt: ein junger Italiener namens Josef Mazzini, der sich in Wien mit Gelegenheitsjobs über Wasser hält und ansonsten Tagträumen nachhängt, begeistert sich für die Hinterlassenschaft dieser Expedition, denkt und phantasiert sie nach, bricht schließlich auf, sie in Wirklichkeit nachzuvollziehen: seine Spur verliert sich in den Eislandschaften Spitzbergens. Ransmayr hat die beiden, zeitlich mehr als 100 Jahre auseinanderliegenden Abenteuer kunstvoll zu einer bizarren ›Chronik des Scheiterns‹ verknüpft; sie entlarvt den Entdeckerehrgeiz als Wahn, als unsinnige Jagd nach persönlichem und nationalem Ruhm: der Nordpol als »Fluchtpunkt der Eitelkeiten«.

Christoph Ransmayr, geboren 1954 in Wels/Oberösterreich, studierte in Wien und lebt zur Zeit in West Cork, Irland.
Weitere Buchveröffentlichungen: ›Strahlender Untergang. Ein Entwässerungsprojekt oder Die Entdeckung des Wesentlichen‹ (1982), ›Im blinden Winkel. Nachrichten aus Mitteleuropa‹ (Hrsg., 1985), die Romane ›Die letzte Welt‹ (1988; Fischer Taschenbuch Bd. 9538) und ›Morbus Kitahara‹ (1995, Fischer Taschenbuch Bd. 13782) sowie der Band ›Der Weg nach Surabaya‹ (1997, S. Fischer Verlag) mit Reportagen und kleiner Prosa. Im Fischer Taschenbuch Verlag ist zudem der Band ›Die Erfindung der Welt. Zum Werk von Christoph Ransmayr‹, herausgegeben von Uwe Wittstock (Bd. 13433), erschienen.

Christoph
Ransmayr

DIE SCHRECKEN DES EISES UND DER FINSTERNIS

Roman

Mit 23 Abbildungen

Fischer
Taschenbuch
Verlag

Limitierte Sonderausgabe
Veröffentlicht im Fischer Taschenbuch Verlag GmbH,
Frankfurt am Main, November 1997

Lizenzausgabe mit Genehmigung des
S. Fischer Verlags GmbH, Frankfurt am Main

Satz: Fotosatz Reinhard Amann, Aichstetten
Umschlaggestaltung: Buchholz / Hinsch / Hensinger
Foto: Daniel Schwartz / Lookat
›Phaeacian Vessels: Nauplia‹, 1982
Foto des Autors: Didi Sattmann
Druck und Bindung: Clausen & Bosse, Leck
Printed in Germany
ISBN 3-596-50121-0

Pizzo gewidmet

Inhalt

Vor allem 9

1 Aus der Welt schaffen 11

2 Der Verschollene – Angaben zur Person 16

3 Anwesenheitsliste
für ein Drama am Ende der Welt 27

4 Chronik der Abschiede
oder die Wirklichkeit ist teilbar 37

5 Erster Exkurs
Die Nordostpassage
oder der weiße Weg nach Indien 48

6 Flugrouten in die innere und äußere Leere 62

7 Melancholie 78

8 Zweiter Exkurs
Passagensucher
Ein Formblatt aus der Chronik des Scheiterns 91

9 Pendelbilder einer Landschaft 95

10 Der bleierne Flug der Zeit 102

11 Campi deserti 121

12 Terra nuova 138

13 Was geschehen soll, geschieht – Ein Bordbuch 164

14 Dritter Exkurs
Der Große Nagel
Fragmente des Mythos und der Aufklärung 187

15 Aufzeichnungen aus dem Lande Uz 195

16 Die Zeit der leeren Seiten 238

17 Der Rückzug 248

18 Aus der Welt – Ein Nekrolog 260

Vor allem

Was ist bloß aus unseren Abenteuern geworden, die uns über vereiste Pässe, über Dünen und so oft die Highways entlang geführt haben? Durch Mangrovenwälder hat man uns ziehen sehen, durch Grasland, windige Einöden und über die Gletscher, Ozeane und dann auch Wolkenbänke hinweg, zu immer noch entlegeneren, inneren und äußeren Zielen. Wir haben uns nicht damit begnügt, unsere Abenteuer einfach zu bestehen, sondern haben sie zumindest auf Ansichtskarten und in Briefen, vor allem aber in wüst illustrierten Reportagen und Berichten der Öffentlichkeit vorgelegt und so insgeheim die Illusion gefördert, daß selbst das Entlegenste und Entfernteste zugänglich sei wie ein Vergnügungsgelände, ein blinkender Luna-Park; die Illusion, daß die Welt durch die hastige Entwicklung unserer Fortbewegungsmittel kleiner geworden sei und etwa die Reise entlang des Äquators oder zu den Erdpolen nunmehr eine bloße Frage der Finanzierung und Koordination von Abflugzeiten. Aber das ist ein Irrtum! Unsere Fluglinien haben uns schließlich nur die Reisezeiten in einem geradezu absurden Ausmaß verkürzt, nicht aber die Entfernungen, die nach wie vor ungeheuerlich sind. Vergessen wir nicht, daß eine Luftlinie eben nur eine Linie und kein Weg ist und: daß wir, physiognomisch gesehen, Fußgänger und Läufer sind.

1 *Aus der Welt schaffen*

Josef Mazzini reiste oft allein und viel zu Fuß. Im Gehen wurde ihm die Welt nicht kleiner, sondern immer größer, so groß, daß er schließlich in ihr verschwand.

Mazzini, ein zweiunddreißigjähriger Wanderer, ging im arktischen Winter des Jahres 1981 in den Gletscherlandschaften Spitzbergens verloren. Es war ein privater Trauerfall, gewiß. Ein Verschollener, einer mehr, nichts Besonderes. Aber wenn einer verlorengeht, ohne einen greifbaren Rest zu hinterlassen, etwas, das man verbrennen, versenken oder verscharren kann, dann muß er wohl erst in den Geschichten, die man sich nach seinem Verschwinden über ihn zu erzählen beginnt, allmählich und endgültig aus der Welt geschafft werden. *Fortgelebt* hat in solchen Erzählungen noch keiner.

Mir war die Tatsache oft unheimlich, daß sich der Anfang, auch das Ende jeder Geschichte, die man nur lange genug verfolgt, irgendwann in der Weitläufigkeit der Zeit verliert – aber weil nie alles gesagt werden kann, was zu sagen ist, und weil ein Jahrhundert genügen muß, um ein Schicksal zu erklären, beginne ich am Meer und sage: Es war ein heller, windiger Märztag des Jahres 1872 an der adriatischen Küste. Vielleicht standen auch damals die Möwen wie filigrane Papierdrachen im Wind über den Kais, und durch das Blau des Himmels glitten die weißen Fetzen einer in den Turbulenzen der Jahreszeit zerrissenen Wolkenfront – ich weiß es nicht. Überliefert ist aber, daß an diesem Tag Carl Weyprecht, ein Linienschiffslieutenant der k. u. k. österreichisch-ungarischen Marine, vor dem Hafenamt jener Stadt, die von den Italienern Fiume und von ihren kroatischen Bewohnern Rijeka genannt wird, eine Rede hielt. Er sprach vor Seeleuten und gemischtem Hafenpublikum über die Drohungen des höchsten Nordens.

Ich habe lange an der Vorstellung festgehalten, daß im Verlauf der langen Rede Weyprechts ein plötzlicher Frühlingsregen einsetzte; ein Regen, in dessen besänftigendem Rauschen sich dann ein paar zuhörende Matrosen verlaufen konnten, ohne in den Verdacht zu geraten, sie gingen fort, weil sie sich vor den Bildern, die der Schiffslieutenant beschwor, fürchteten. Weyprecht beschrieb eine ferne Welt, in der eine kalte Sommersonne den Seefahrer monatelang umkreise, ohne jemals unterzugehen; im Herbst aber beginne es zu dunkeln, und schließlich senke sich, wiederum für Monate, die Finsternis der Polarnacht über jene Gegenden, und eine namenlose Kälte. Weyprecht sprach von der großen Verlassenheit eines Schiffes, das, festgefroren im Packeis, durch ein unerforschtes Meer treibe – ausgeliefert der Willkür der Strömungen und den *Eispressungen*, die tonnenschwere Eisdecken zum Bersten brächten und Eisblock um Eisblock aufeinandertürmten, haushoch! Eine Gewalt, die selbst stahlverstärkte Bäuche von Schonern und Fregatten oftmals zerdrückt habe wie Modelle aus Blattholz. Das Ächzen und Kreischen der zu Eis erstarrten Dünung des Nördlichen Polarmeeres könne in dem Reisenden, der in jene Gegenden vordringe, manchmal die verborgensten Ängste nach oben drängen, und doch müsse er oft jahrelang in dieser Welt verbleiben, eingeschlossen zwischen Mauern aus Packeis und ohne einen anderen Trost als die eigene Kraft.

Aber nun nahm Weyprechts Rede eine überraschende Wende, die alle Schrecken in einem anderen Licht erscheinen ließ und zumindest einige Matrosen so gebannt haben muß, daß sie nachher im Hafenamt bei dem Herrn Schiffslieutenanten vorsprachen:

Das trostlose Einerlei einer arktischen Reise, die tödtende Langeweile der endlosen Nacht, die gräßliche Kälte, das sind eben die nach allen Seiten variirten Schlagworte, mit denen die Civilisation den armen Polarreisenden zu bedauern gewöhnt ist. Aber zu bedauern ist nur jener, der sich der Erinnerung an die Genüsse, die er verlassen hat, nicht erwehren kann, der sich und sein hartes Geschick bejammernd, die Tage zählt, die noch verfließen müssen, ehe die Stunde der Heimkehr schlägt. Ein Solcher thut besser, wenn er ruhig zu Hause bleibt und sich am warmen Ofen den angenehmen Kitzel fremder, in der Einbildung vielleicht übertriebener Leiden verschafft. Für Denjenigen, den das Schaffen und Treiben der Natur interessirt, ist die Kälte nicht so grimmig, daß sie nicht zu ertragen wäre, und die lange Nacht nicht so lange, daß sie nicht einmal zu Ende ginge. Langeweile fühlt aber nur der, welcher sie in sich selbst trägt und der nicht im Stande ist, die Beschäftigung zu finden, welche den Geist davon abhält, sich brütend das eigene Elend selbst zu schaffen.

In der Bremerhavener Werft *Teklenborg und Beurmann* sei unter seiner Anleitung ein Schiff gebaut worden, schloß Weyprecht seine Rede – die *Admiral Tegetthoff*, ein dreimastiger Barkschoner, 220 Tonnen groß, ausgestattet mit einer Auxiliardampfmaschine und allem Schutz gegen das Eis. Noch im Juni werde die *Admiral Tegetthoff* auslaufen, Kurs auf das Nordkap nehmen und von dort immer weiter nach Norden segeln, in das unerforschte Meer nordöstlich des russischen Archipels Nowaja Semlja. Wer von den anwesenden Seeleuten also gesund sei, ohne Angst vor dem Eismeer und bereit, für zweieinhalb Jahre alles Vertraute hinter sich zu lassen, der möge sich im Hafenamt bei ihm melden – zur Teilnahme an der *k. u. k. österreichisch-ungarischen Nordpolexpedition*. Er, Weyprecht, werde das Kommando auf der *Admiral Tegetthoff* führen; *zu Lande* aber werde sein Gefährte, der Oberlieutenant Julius Payer, befehlen.

Während nun die Dinge an der Adria ihren ermüdenden Lauf nahmen, die Heuer abgemacht und Abschiede vorbereitet wurden, sorgte in Wien ein aristokratisches *Polarcomitee*, allen voran der ins Abenteuer verliebte Graf Hans Wilczek, für die Finanzierung dieser Expedition, und Oberlieutenant Julius Payer schrieb Briefe nach Südtirol.

Lieber Haller!

Es freut mich, daß ich Dich endlich entdeckt habe und daß Du mir so rasch antwortetest.

Ich beabsichtige eine Reise von zweieinhalbjähriger Dauer nach sehr kalten Gegenden, in welchen es keine Menschen, dafür Eisbären gibt und wo die Sonne mehrere Monate unausgesetzt scheint und dann wieder mehrere Monate gar nicht.

Ich mache nämlich eine Nordpolexpedition.

1. *Ich zahle Dir ohne irgend einen Abzug die Reise von Sankt Leonhard weg bis Bremerhaven, wo wir das Schiff betreten.*
2. *Ende Mai würde Dein Dienst beginnen, Du müßtest um diese Zeit in Wien eintreffen.*
3. *Zweieinhalb Jahre müßtest Du bei mir bleiben.*
4. *Du wirst ganz von mir gekleidet, bewaffnet und verköstigt und erhältst außer besonderen Prämien für besondere Leistungen mindestens 1000 Gulden Papier, davon Du einen Teil schon beim Weggehen ausgezahlt erhalten kannst.*

Ich bitte Dich, Haller, sieh Dich noch nach einem zweiten Bergsteiger um – er soll ein anständiger Mensch sein, verträglich, arbeitssam, er darf nie die Lust und Ausdauer verlieren, selbst wenn die Entbehrungen noch so groß sind, er soll ein guter Jäger sein und würde dasselbe wie Du bekommen. Bei der Rückkunft würdest Du auch noch ein feines Lefaucheux-Gewehr (Hinterlader, Büchsflinte) zum Geschenk erhalten.

Also schreibe gleich und suche jedenfalls noch einen zweiten Mann, für den Du garantieren kannst, daß er taugt.

Wir werden Kälte und Gefahren haben, – scheut Dich das? Ich habe bereits zwei solcher Reisen glücklich durchgemacht, und was ich thue, das thust Du auch.

Dein Freund Payer

2 *Der Verschollene*
Angaben zur Person

Josef Mazzini kam als Sohn des aus Wien stammenden Tapezierers Kaspar Mazzini und dessen Frau Lucia, einer Triestiner Miniaturenmalerin, im Triest des Jahres 1948 zur Welt. In den ersten Tagen nach seiner Geburt erreichte ein wochenlanger Streit im Tapeziererhaus seinen Höhepunkt: Es war der deutsche Name *Josef*, den die Mutter, eine begeisterte Italienerin, vergeblich zu verhindern suchte. Der Tapezierer, der schon damals an den Augen litt und in den Jahren der abnehmenden Sehkraft immer unverträglicher wurde, ließ aber auch hier alle Einwände und Bitten hinter sich. Josef Mazzini wurde in einer Wohnung, die nur durch eine hölzerne Schiebetür von der Werkstätte seines Vaters getrennt war, in den Muttersprachen der Eltern so gründlich erzogen, daß der für eine *bessere Zukunft* bestimmte Erbe sehr bald begann, nicht nur gegen die väterlichen Absichten, sondern gegen jede Vorschrift zu leben. Er wurde *schwierig*.

In den frühen Erzählungen der Mutter, einer geborenen Scarpa, war die Welt ein Album, in dem man blätterte. Lucia Mazzini versuchte ihren Sohn stets zu besänftigen. Sie erzählte viel. In den Nachmittagsstunden war die Gegenwart oft nichts als ein Arbeitsgeräusch, das in unregelmäßigen Abständen durch die Schiebetür drang; am Küchentisch aber war die Vergangenheit übermächtig und malerisch. Unter den Scarpas seien viele Seeleute gewesen, hieß es in den Erzählungen, Steuermänner, Kapitäne! Lorenzo etwa, der die Welt siebzehnmal umschifft hatte, als man ihn dann in Port Said erschlug, oder Antonio, der Urgroßonkel, Antonio Scarpa!, der sei mit einer österreichischen Expedition, die in Wahrheit fast nur aus italienischen Matrosen bestanden habe, sogar bis an den Nordpol gesegelt und habe dort ein Gebirge aus Eis und schwarzen Steinen entdeckt, ein strahlendes Land unter einer Sonne, die niemals untergegangen sei. Aber das Schiff, über und über mit Eiskristallen bedeckt, sei festgefroren und Antonio schließlich zu Fuß über ein erstarrtes Meer aus der Wildnis zurückgekehrt. Er habe viel dabei gelitten. Wenn die Mutter von Antonio Scarpas qualvollem Weg durch das Eis erzählte, schlug sie manchmal die Hände über dem Kopf zusammen und machte seltsame Augen. Italien war groß. Italien war überall! Und Lucia, die an ihrem Tapezierer aus Wien keine Freude mehr fand, tröstete sich und ihren Sohn damit. Der Schüler Mazzini wurde mit *Helden* vertraut. So auch mit dem Schicksal des schönen Generals Umberto Nobile aus dem Avellino, dem die Miniaturenmalerin gewiß manche Träume gewidmet hatte. Nobile hatte im Mai 1926 gemeinsam mit Roald Amundsen, dem Eroberer des Südpols, dem amerikanischen Millionär Lincoln Ellsworth und zwölf anderen Fliegern den Nordpol im Luftschiff von Spitzbergen aus überflogen und war unversehrt und angetan mit einer golddurchwirkten Paradeuniform in Alaska gelandet. Und zwei Jahre später war Lucia, ein weißgekleidetes, fähnchenschwenkendes Mädchen, dabeigewesen!, als man Nobile in Mailand zu einem zweiten Polflug verabschiedet hatte. Was für ein Fest! Auch der Duce war dagewesen. Aber dieser Apriltag war lang geworden und vergangen, ohne daß sich Nobiles Luftschiff *Italia* in den Mailänder Himmel erhoben hätte. Bis spät in die Nacht war das Schiff vertäut geblieben, und die Menge hatte sich allmählich verlaufen, als dann endlich, mattschimmernd und ungeheuer, die gewaltige Zigarre *Italia* sachte aus ihren

Fesseln glitt und in die Finsternis emporstieg. Lucia hatte damals ausgeharrt bis zu diesem einen, wunderbaren Augenblick, hatte, auf Zehenspitzen stehend, das papierene Fähnchen in die Nacht hinaufgestreckt und sich vor Begeisterung in die weißen Knöchel ihrer Faust gebissen. Aber aus diesem Abenteuer war Lucias Held so verwandelt zurückgekehrt, ein Schiffbrüchiger, daß die Miniaturenmalerin ihn später nur mit Mühe und gegen die öffentliche Meinung in seiner alten Herrlichkeit bewahren konnte. Es war *das* Unglück, von dem Josef Mazzini im Tapeziererhaus zu hören bekam. Und auch wenn damals der Absturz der *Italia* schon weit zurücklag, die Toten schon lange tot, die überlebenden Helden beinahe vergessen waren und der Zweite Weltkrieg inzwischen alle Abenteuer in der Arktis und sonstwo als lächerliche Hasardspiele weggewischt hatte – so war es doch das erste Unglück, das Mazzini in seinem Leben betroffen machte und ihn schlimm träumen ließ. Denn in den Erzählungen vom Untergang der *Italia*-Expedition begann Mazzini zum ersten Mal zu begreifen, daß es so etwas tatsächlich gab: tot sein. Und das erschreckte ihn. Was war das für ein Meer, auf dem sich Helden in Lumpengestalten, Kapitäne in Menschenfresser und Luftschiffe in eisige Fetzen verwandelten?

Ich nehme an, daß Mazzini damals begonnen hat (war er zwölf, war er jünger?), seine ersten, ungefähren Vorstellungen von der Arktis zum Bild einer kalten, gleißenden Welt der Ungeheuerlichkeiten zusammenzufügen; einer Welt, in deren beängstigender Leere einfach alles möglich war und von der man im Tapeziererhaus nur heimlich und ein bißchen altmodisch zu träumen wagte. Es war kein schönes Bild. Aber es war so mächtig, daß Mazzini es aus seiner Kindheit in die Jahre hinein mitnahm.

Der Tapezierer hörte die Geschichten nicht gern, die

seine Frau dem Erben erzählte. Er schimpfte Lucias Helden *Idioten*, Nobile gelegentlich einen *Faschisten* und ließ aber doch zu, daß eine postkartengroße Fotografie, die den General vor dem Ankermast seines Luftschiffes im spitzbergischen Ny Ålesund zeigte, über Jahre an die Schiebetür zur Werkstätte geheftet blieb. Als man das Bild endlich abnahm, blieb, wie ein Fenster in eine andere Welt, ein helles Rechteck an der Tür zurück, und Josef Mazzini war längst in Wien. Er hatte den schließlich aussichtslosen Streit, der in der Familie um seine Zukunft geführt wurde, mit seinem Abschied von Triest hinter sich gelassen und ließ sich auch im Verlauf von immer selteneren Besuchen nicht mehr dazu bewegen, den geordneten Platz eines *Erben* wieder einzunehmen. Daß Mazzini nach Wien gegangen war, mochte sogar etwas mit den trotzigen Fluchtphantasien seines Vaters zu tun haben, der an seinen üblen Tagen Triest verflucht und stets davon gesprochen hatte, wieder in seine Heimatstadt zurückzukehren; es mochte auch an einer kleinen, verstaubten Verwandtschaft liegen, die an der Wiener Thaliastraße einen Handel mit Obst und Südfrüchten betrieb und den italienischen Neffen in der ersten Zeit nach seiner Ankunft halbherzig unterstützte – gleichwie, Mazzini war in Wien und machte, abgesehen von strapaziösen Reisen, keine Anstalten, wieder zurück nach Triest oder anderswohin zu gehen. Er habe sich, sprach er vermutlich das Deutsch seines Vaters, *hier niedergelassen*.

Mazzini richtete sich im Haus der Witwe eines Steinmetzmeisters zur Untermiete ein, arbeitete gelegentlich als Fahrer in einer Speditionsfirma, in der ein Freund der Verwandtschaft als Buchhalter saß, besorgte später nebenher fernöstliche Antiquitäten aus Porzellan, Jade und Elfenbein, die mit schwarzem Geld bezahlt wurden, und las viel. Die Steinmetzwitwe versaß ihre Tage an einer klobigen Strickmaschine, bot ihrem Untermieter die seltsamsten wollenen Kleidungsstücke an und betrachtete aus dem Fenster oft stundenlang die unverkauften Grabsteine ihres Gemahls, die immer noch im Hinterhof des Hauses gelagert waren. Auf den Steinen wuchs Moos.

Ich habe Josef Mazzini in der Wohnung der Buchhändlerin Anna Koreth kennengelernt; einer Frau, die mit einer völkerkundlichen Arbeit über einen Samojedenstamm an der sibirischen Eismeerküste in den Kreis der Akademiker getreten war und sich dann in ihrem Laden auf ethnohistorische und Reiseliteratur spezialisiert hatte. In ihrer dunklen, weitläufigen Wohnung an der Wiener Rauhensteingasse gab die Buchhändlerin gelegentlich Abendessen für die bessere Kundschaft. Es waren Abende, an denen viel über Handschriften und seltene Ausgaben gesprochen und billiger Importwein aus Italien getrunken wurde. Man erfuhr in der Rauhensteingasse die unglaublichsten Details über das Zustandekommen verschiedener Werke, über Erscheinungsjahre, Ausstattungen und Einbände, aber fast nichts über die Leute, die solche Bücher lasen. Mazzini – Anna Koreth hatte ihn irgendwann als *ihren Josef* in den Kreis dieser Abendgesellschaften eingeführt – war eine Ausnahme. Er sprach viel von sich. Er tat es in einem höflichen Deutsch, dem man anmerkte, daß es aus der Emigration kam. So verwendete Mazzini, als er in der Rauhensteingasse noch neu war, Worte wie *Lichtspieltheater*, sagte *behufs, hochherzig, dergestalt* oder *fernmündlich.*

Ich habe sein akzentfreies Vokabular damals als Teil einer pointensüchtigen Konversation mißverstanden – zumal auch die Dinge, von denen er sprach, in Anna Koreths Kreis seltsam und kauzig erschienen. Er entwerfe, sagte Mazzini, gewissermaßen die Vergangenheit neu. Er denke sich Geschichten aus, erfinde Handlungsabläufe und Ereignisse, zeichne sie auf und prüfe am Ende, ob es in der fernen oder jüngsten Vergangenheit jemals *wirkliche* Vorläufer oder Entsprechungen für die Gestalten seiner Phantasie gegeben habe. Das sei, sagte Mazzini, im Grunde nichts anderes als die Methode der Schreiber von Zukunftsromanen, nur eben mit umgekehrter Zeitrichtung. So habe er den Vorteil, die Wahrheit seiner Erfindungen durch geschichtliche Nachforschungen überprüfen zu können. Es sei ein Spiel mit der Wirklichkeit. Er gehe aber davon aus, daß, was immer er phantasiere, irgendwann schon einmal stattgefunden haben müsse. »Aha«, sagte man in der Rauhensteingasse zu dem Italiener, der sich in einem zu groß gestrickten Pullover am Tisch breitmachte und den Rotwein *soff,* »aha, sehr nett, kommt uns bekannt vor«, aber eine phantasierte Geschichte, die tatsächlich schon einmal geschehen sei, würde sich doch durch nichts mehr von einer bloßen *Nacherzählung* unterscheiden; niemand würde eine solche Phantasie zu schätzen wissen und jeder glauben, hier läge ein reiner Tatsachenbericht vor. Das sei ohne Bedeutung, gab Mazzini damals zurück, ihm genüge schon der private, insgeheime Beweis, die Erfindung der Wirklichkeit geschafft zu haben.

Ich nehme an, es war Anna Koreth (sie überragte ihren Josef fast um einen Kopf; um *ihren* Kopf), die den Erfinder schließlich dazu brachte, die Privatheit und Heimlichkeit seiner Gedankenspiele aufzugeben und seine Geschichten der Öffentlichkeit anzubieten. (Sie erschienen jedenfalls gelegentlich in den wenigen Zeitschriften, die in der Buchhandlung Koreth auflagen und dort zwischen dichten Reihen historischer Werke die Gegenwart repräsentierten.) Mazzini übernahm für die Speditionsfirma weiterhin Fernfahrten zur Aushilfe, versorgte das antiquitätenbedürftige Bürgertum nach wie vor mit Statuetten und schrieb Geschichten, deren Schauplätze auf der Karte meist nur ungefähr zu finden waren. Er ließ Fischkutter in weit entfernten Gewässern versinken, ließ im asiatischen Abseits Steppenbrände ausbrechen oder berichtete als *Augenzeuge* von Flüchtlingskarawanen und Kämpfen im Irgendwo. Die Grenze zwischen Tatsache und Erfindung verlief dabei stets unsichtbar.

»Dem Unterhaltungsbedürfnis ist ohnedies alles gleich«, sollte Mazzini später in eines jener Eismeertagebücher schreiben, die der Ozeanograph Kjetil Fyrand aus der spitzbergischen Grubenstadt Longyearbyen dann Anna Koreth übersandte, »... es ist wohl immer dieselbe verschämte Ausbruchsbereitschaft, die uns nach Dienstschluß von Dschungelmärschen, Karawanen oder flirrenden Treibeisfeldern träumen läßt. Wohin wir selbst nicht kommen, schicken wir unsere Stellvertreter – Berichterstatter, die uns dann erzählen, wie's war. Aber *so* war es meistens nicht. Und ob man uns vom Untergang Pompejis oder einem gegenwärtigen Krieg im Reisfeld berichtet – Abenteuer bleibt Abenteuer. Uns bewegt ja doch nichts mehr. Uns klärt man auch nicht auf. Uns bewegt man nicht, uns unterhält man ...«

Je großartiger für Mazzini damals die Vorstellung zu werden schien, seine Hirngespinste tatsächlich in der Wirklichkeit wiederzufinden, desto häufiger verlegte er die Kulissen seiner Erzählungen in unbewohnte, kahle Landschaften und nördliche Einöden. Denn ein erfundenes Drama, das sich in einer leeren Welt vollzog, war schließlich weitaus wahrscheinlicher und *denkbarer* als etwa ein tropisches Abenteuer, bei dessen Erfindung die Einflüsse einer vielfältigen Natur oder die Rituale einer fremden Kultur zu berücksichtigen waren. So trieb Mazzini die Gestalten seiner Phantasie immer weiter in den Norden hinauf, dorthin schließlich, wo nicht einmal mehr Eskimos lebten – ins Packeis der Hocharktis. Der Erfinder schien damit den Anschluß an die eisstarrenden Bilder seiner Kindheit gefunden zu haben; erst später sollte sich zeigen, daß es auch ein Anschluß ans Ende war. Denn das Vorspiel zu Mazzinis Verschwinden begann, als er unter den antiquarischen Beständen der Buchhandlung Koreth die mehr als hundert Jahre alte Beschreibung einer Eismeerfahrt entdeckte, die so dramatisch, so bizarr und am Ende so unwahrscheinlich war wie sonst nur eine Phantasie: Es war der Bericht Julius Ritter von Payers über die *k. u. k. österreichisch-ungarische Nordpolexpedition*, erschienen in Wien 1876 beim Hof- und Universitätsbuchhändler Alfred Hölder.

Josef Mazzini war fasziniert. Mehr als zwei Jahre hatte diese Expedition im Packeis zugebracht und an einem strahlenden Augusttag des Jahres 1873 jenseits des 79. Grades nördlicher Breite einen bis dahin unbekannten Archipel im Polarmeer entdeckt – etwa sechzig Inseln aus Urgestein, fast zur Gänze unter einer mächtigen Gletscherdecke begraben, Basaltgebirge, neunzehntausend Quadratkilometer Leblosigkeit. Vier Monate des Jahres ging über diesem Inselreich die Sonne nicht auf, und von Dezember bis Jänner herrschte dort jene völlige Finsternis, in der die Lufttemperatur bis auf siebzig Grad unter die Null der Celsiusskala fiel. Julius Payer und Carl Weyprecht, die Kommandanten der Expedition, hatten dieses entsetzliche Land zu Ehren ihres fernen Herrschers *Kaiser-Franz-Joseph-Land* getauft und damit einen der letzten weißen Flecken von der Landkarte der Alten Welt getilgt.

Ich kann mir für die Faszination, die dieser Expeditionsbericht in Josef Mazzini auslöste, nur schwer einen anderen Grund als den vorstellen, daß er mit Payers Aufzeichnungen einen *Beweis* für eines seiner erfundenen Abenteuer in den Händen zu halten glaubte. Gewiß ist aber nur, daß Mazzini damals mit einem geradezu fanatischen Eifer begann, den wirren Verlauf dieser Entdeckungsreise zu rekonstruieren. Er durchwanderte die Archive. (In der Marineabteilung des Österreichischen Kriegsarchivs lag das zerschlissene Logbuch der *Admiral Tegetthoff* verwahrt, lagen unveröffentlichte Briefe und Journale Weyprechts und Payers, in der Kartensammlung der Nationalbibliothek das Tagebuch des Expeditionsmaschinisten Otto Krisch und die monotonen, *sprachlosen* Aufzeichnungen des Jägers Johann Haller aus dem Passeiertal ...) Es war, als ob jener Sog, der schon Mazzinis frühere Phantasiegestalten in den höchsten Norden verweht hatte, nun auch ihn selbst erfaßt hätte und fortzog. Mazzini rannte einer verjährten Wirklichkeit nach. Für diesen Lauf waren alle Archive zu eng, zu klein. Mazzini reiste ins Eismeer. Mazzini zelebrierte die Chronik der *Payer-Weyprecht-Expedition* vor den Kulissen der Wirklichkeit – der violette Himmel über den Treibeisfeldern mußte der gleiche sein, unter dem vor mehr als einem Jahrhundert die Mannschaft der *Admiral Tegetthoff* verzweifelt war. Mazzini wanderte über die Gletscher. Mazzini verschwand.

Nein, ich habe nicht zu seinen Freunden gehört. Ich habe für diesen kleingewachsenen, fast zierlichen Mann, der wohl auch einer Luftspiegelung mit der Kraft eines Fanatikers gefolgt wäre, manchmal sogar jene besondere Feindseligkeit empfunden, mit der man vielleicht nur jemandem gegenübertritt, der einem allzu nahe, allzu ähnlich ist. Ich bin, ohne es zu wollen, in sein Leben hineingeraten – eine flüchtige Bekanntschaft. Tatsächlich aufmerksam wurde ich auf Mazzini erst, nachdem er im Eis verschwunden war. Denn das Rätselhafte und Beklemmende an diesem Verschwinden begann seine Existenz rückwirkend und in einem Ausmaß zu durchdringen, daß allmählich alles, was dieser Mann getan und womit er sich beschäftigt hatte, rätselhaft und beklemmend wurde. Trotzdem war es zunächst nicht viel mehr als ein Gedankenspiel, daß ich die Umstände dieses Verschwindens zu einer Erklärung, irgendeiner Erklärung zusammenzufassen versuchte. Aber aus jedem Hinweis ergab sich eine neue offene Frage, unwillkürlich tat ich so immer noch einen Schritt und den nächsten, setzte biografische Details, Auskünfte und Namen wie in ein Kreuzworträtsel in einen Zusammenhang ein, und Mazzini wurde für mich zum *Fall.* Ich führte schließlich sogar jene polargeschichtlichen Nachforschungen weiter, die er so unbeirrbar betrieben hatte, vertiefte mich immer mehr in seine Arbeit und vernachlässigte darüber meine eigene. Mazzinis spitzbergische Aufzeichnungen und Tagebücher, die mir Anna Koreth überließ, wurden mir schließlich so vertraut, daß ich auch die verworrensten Passagen daraus mühelos aus dem Gedächtnis zitieren konnte. Ich brachte Sätze und Bilder, auch bedeutungslose Fragmente, nicht mehr aus dem Kopf. Selbst wenn ich es wollte, vergaß ich nun nichts mehr. Haufenwolken, die sich in Schaufenstern spiegelten, wurden zu Gletscherabbrüchen, Schneereste in städtischen Parks zu Treibeisfeldern. Das Nördliche Polarmeer lag vor meinem Fenster. Mazzini mußte es ähnlich ergangen sein. Noch immer ist mir die Erinnerung an jenen Märztag unbequem und lästig, an dem mir auf dem Weg in eine geographische Bibliothek plötzlich bewußt wurde, daß ich längst in die Welt eines anderen hinübergewechselt war; es war die beschämende, lächerliche Entdeckung, daß ich gewissermaßen Mazzinis Platz eingenommen hatte: Ich tat ja *seine* Arbeit und bewegte mich in *seinen* Phantasien so zwangsläufig wie eine Brettspielfigur.

An diesem Tag regnete es gleichmäßig und ohne Unterbrechung bis spät in die Nacht. Langgezogene Wasserlachen schlossen sich jedesmal schäumend hinter dem Straßenverkehr, der sie im Rhythmus der Ampelsignale durchzog. Der Regen verwandelte den alten, geschwärzten Schnee in einen glasigen Morast. Es war kalt. Mazzini war tot. Er *mußte* tot sein.

3 *Anwesenheitsliste für ein Drama am Ende der Welt (Beiliegend: Auszüge aus den Personalakten der Kommandanten)*

Schiffslieutenant Carl Weyprecht aus Michelstadt in Hessen	Expeditionskommandant zu Wasser und Eis, Erster Mann auf der *Admiral Tegetthoff*
Oberlieutenant Julius Payer aus Teplitz in Böhmen	Expeditionskommandant zu Lande, Kartograph des Kaisers
Schiffslieutenant Gustav Brosch aus Komotau in Böhmen	Erster Offizier (Innerer Dienst), Proviantmeister
Schiffsfähnrich Eduard Orel aus Neutitschein in Mähren	Zweiter Offizier (Pilotage)
Doktor Julius Kepes aus Bari in Ungarn	Expeditionsarzt
Linienschiffskapitän Pietro Lusina aus Fiume	Bootsmann
Kapitän Elling Carlsen aus Tromsö in Norwegen	Eismeister und Harpunier
Otto Krisch aus Kremsier in Mähren	Maschinist

Vergessen wir nicht, daß eine Luftlinie eben nur eine Linie und kein Weg ist und: daß wir, physiognomisch gesehen, Fußgänger und Läufer sind.

50jährigen Jubiläum der
Nordpol-Expedition 1872—1874.
Graf Hans Wilczek*
Protektor der Expedition.
Jul. R. v. Payer
Oberleutnant
Krisch
Orel
Baron Sterneck*
Burger*
Carlsen
Klotz
Vecerina
Pospischill
Latkovich
Haller
Marola
Scarpa
Orasch

Josef Pospischill aus Prerau in Mähren	Heizer
Antonio Vecerina aus Draga bei Fiume	Zimmermann
Johann Orasch aus Graz	Koch
Johann Haller aus dem Passeiertal in Tirol	Erster Jäger, Heiler und Hundetreiber
Alexander Klotz aus dem Passeiertal in Tirol	Zweiter Jäger, Heiler und Hundetreiber

Antonio Scarpa aus Triest Antonio Zaninovich aus Lesina Antonio Catarinich aus Lussin Antonio Lukinovich aus Brazza Giuseppe Latkovich aus Fianona bei Albona Pietro Fallesich aus Fiume Giorgio Stiglich aus Buccari Vincenzo Palmich aus Volosca bei Fiume Lorenzo Marola aus Fiume Francesco Lettis aus Volosca Giacomo Sussich aus Volosca	Matrosen
Leithund Jubinal aus Nordasien, gekauft in Wien Gillis, Herkunft unbekannt, gekauft in Wien Matotschkin, Herkunft unbekannt, gekauft in Wien Bop, Herkunft unbekannt, gekauft in Wien Nowaja, Herkunft unbekannt, gekauft in Wien Semlja, Herkunft unbekannt, gekauft in Wien Sumbu aus Lappland, gekauft in der Wildnis Pekel aus Lappland, gekauft in Tromsö Toroßy aus dem Eismeer, als Sohn Semljas auf der *Admiral Tegetthoff* geboren	Schlittenhunde
Zwei Katzen aus Tromsö, namenlos	
Josef Mazzini aus Triest	Nachfahre

Weyprecht, Carl, Linienschiffslieutenant, Polarforscher. Geboren am 8. September 1838 zu Michelstadt im Odenwald im Großherzogtum Hessen-Darmstadt; Sohn wohlhabender Bürger; Gymnasium und Gewerbeschule in Darmstadt. Tritt achtzehnjährig als *Provisorischer Cadet* in die österreichische Kriegsmarine ein. 1856–59 nautische

Ausbildung auf der Segelfregatte *Schwarzenberg*, der Corvette *Erzherzog Friedrich*, der Fregatte *Donau* und dem Dampfer *Curtatone*; überseeische Fahrten. 1860–61 Offiziersdienst als *Effectiver Marinecadet* auf der Fregatte *Radetzky* unter dem Kommando des (späteren) Admirals Wilhelm von Tegetthoff. 1861 Beförderung zum *Linienschiffsfähnrich* durch Tegetthoff. 1863–65 als Ausbildungsoffizier auf der Brigg *Husar.* Zeichnet sich 1866 in der Seeschlacht von Lissa an Bord der Panzerfregatte *Drache* durch besondere Umsicht und Kühnheit aus; wird mit dem Orden der *Eisernen Krone Dritter Classe* belohnt und 1868, nach einer Fahrt in den Golf von Mexiko, zum *Linienschiffslieutenanten* befördert. Bis 1871 mehrere Reisen nach dem asiatischen und amerikanischen Kontinent; Kreuzfahrten vor der syrischen und ägyptischen Küste und Vervollständigung der Küstenaufnahme Dalmatiens. Ausgezeichnete Sprachkenntnisse – Italienisch, Ungarisch, Serbokroatisch, Französisch, Englisch und Norwegisch. Unternimmt 1871 gemeinsam mit → Julius Payer und dem Grafen Hans Wilczek auf der Fregatte *Isbjörn* eine Vorexpedition nach Spitzbergen und Nowaja Semlja zur Erkundung der Witterungs- und Eisverhältnisse in der nördlichen Barents-See; wird 1872, dreiunddreißigjährig, mit dem Seekommando der österreichisch-ungarischen Nordpolexpedition betraut.

Zahlreiche Veröffentlichungen auf dem Gebiet der Nautik, Meteorologie, des Erdmagnetismus und der Ozeanographie – unter anderem: *Die Metamorphosen des Eises, Praktische Anleitung zur Beobachtung der Polarlichter, Die Nordpolexpedition der Zukunft und deren sicheres Ergebniß* ...

Träger des Ritterkreuzes des Leopoldordens, des Ordens der Eisernen Krone Dritter Classe, des kgl. preußischen Rothen Adlerordens Dritter Classe, des Offizierskreuzes des kgl. italienischen Mauritius- und Lazarusordens, des Silbernen Lorbeerkranzes der Stadt Frankfurt, der Großen Goldenen Medaille des Internationalen Geographischen Kongresses Paris, der Goldenen Stiftermedaille der Londoner Geographischen Gesellschaft etc. etc. vgl. → Payers Dekorationen; Ehrenbürger der Städte Fiume (Rijeka) und Triest.

Payer, Julius, Ritter von, Oberlieutenant, Kartograph, Alpen- und Polarforscher, Maler, Schriftsteller. Geboren als Sohn eines Ulanenrittmeisters zu Schönau bei Teplitz in Böhmen, am 2. September 1841. Absolvent des Kadetteninstitutes in Lobzowa bei Krakau und der Theresianischen Militärakademie in Wiener Neustadt; kämpft 1859 als *Unterlieutenant* des 36. Infanterieregimentes in der Schlacht bei Solferino; wird mit dem *Verdienstkreuz mit*

Kriegsdekoration belohnt und zum Oberlieutenant befördert. Stationierungen in Mainz, Frankfurt, Verona, Venedig, Chioggia und Jägerndorf; lehrt am Kadetteninstitut in Eisenstadt Geschichte und arbeitet später unter Feldmarschall von Fligely für das Militärgeographische Institut. Spektakuläre Hochgebirgstouren zur Erschließung der Südtiroler Alpen und der Hohen Tauern; Kartierung der

Monti Lessini, Pasubio-, Glockner- und Venedigergruppe; mehr als dreißig Erstbesteigungen in der Brenta-, Adamello- und Presanellagruppe. 1865–68 systematische Erforschung und trigonometrische Aufnahme aller Teile der weitverzweigten Ortlergruppe; sechzig Gipfelbesteigungen. 1869/70 Teilnahme an der Zweiten Deutschen Nordpolarexpedition nach Grönland als Geograph, Orograph und Glaziologe; Entdeckung des *Tyroler-Fjordes* und *Franz Joseph Fjordes* auf einem sechshundert Kilometer langen Fußmarsch entlang der grönländischen Ostküste. 1871 gemeinsam mit → Carl Weyprecht und Graf Hans Wilczek Vorstoß in die Barents-See bis 78°48′ nördlicher Breite; ergänzende Kartierung Spitzbergens. Übernimmt 1872, dreißigjährig, das Commando zu Lande der österreichisch-ungarischen Nordpolexpedition.

Zahlreiche Veröffentlichungen auf dem Gebiet der Kartographie, Geographie und des arktischen Abenteuers – unter anderem: *Die Adamello-Presanella-Alpen, Die Bocca di Brenta, Die Ortler-Alpen, Die österreichische Vorexpedition zur Untersuchung des Nowaja Semlja Meeres, Über Kälte, Das Innere Grönlands, Die österreichisch-ungarische Nordpolexpedition von 1872–74* etc.

Träger des Ordens der Eisernen Krone Dritter Classe, der Goldenen Medaillen der Geographischen Gesellschaften von London und Paris; Ehrenmitglied der Geographischen Gesellschaften von Wien, Berlin, Rom, Budapest, Dresden, Hamburg, Bremen, Hannover, München, Frankfurt a. M. und Genf; Ehrenmitglied der Meteorologischen Gesellschaft zu Algier, des Nautischen Vereins zu Hamburg und des Vereins für Erdkunde in Preßburg; Ehrenmitglied des französischen, englischen und italienischen Alpenvereins; Ritter der französischen Ehrenlegion, des kgl. preußischen Rothen Adlerordens Dritter Classe, des kgl. schwedischen Nordsternordens, des kgl. italienischen Mauritius- und Lazarusordens, des Ordens der italienischen Krone, des kgl. portugiesischen Turm- und Schwertordens und des großherzoglich-sächsischen Ordens vom Weißen Falken; Dr. phil. h. c. der Universität Prag; Ehrenbürger der Städte Brünn, Fiume und Teplitz; genießt den Ruf, der beste außerhalb des Polarkreises geborene Hundeschlittenführer seiner Zeit zu sein.

4 *Chronik der Abschiede oder die Wirklichkeit ist teilbar*

Im Jahre 1868, während der Aufnahme der Ortler-Alpen, drang einst ein Zeitungsblatt mit der Nachricht von der deutschen Vorexpedition Koldeweys bis zu meinem im Gebirge entlegenen Zelte. Ich hielt den Hirten und Jägern, die meine Begleitung ausmachten, Abends beim Feuer einen Vortrag über den Nordpol, von Staunen erfüllt, wie es Menschen geben könne, die weit mehr als Andere befähigt seien, die Schrecken der Kälte und Finsterniß zu ertragen. Damals hatte ich noch keine Ahnung, daß ich schon ein Jahr später selbst Theilnehmer einer Nordpol-Expedition sein würde, und ebensowenig konnte Haller, damals einer meiner Jäger, voraussetzen, daß er mich auf meiner dritten Reise begleiten würde.

Julius Payer

Wo begann der Abschied? Und wann? Es gab so viele Schauplätze – den Bahnsteig des Wiener Westbahnhofes, das Schleusentor von Geestemünde, den Hafen der norwegischen Stadt Tromsö; und ein Jahrhundert später war es der *Airport* und wieder ein Landesteg.

Fünf Matrosen der *Admiral Tegetthoff* ließen Familien zurück; haben sie beim Abschied die Versprechungen wiederholt, die man ihnen gemacht hat? *Länder werden wir entdecken.* Haben sie vom großen Leben nach der Rückkehr gesprochen und von der Heuer, die besser war als auf anderen Schiffen? *Eintausendzweihundert Gulden in Silber, Ausrüstung und freie Kost für zweieinhalb Jahre, vielleicht auch drei, vielleicht – aber nein, es wird gewiß nichts geschehen – für immer.* Die zurückblieben, konnten nicht viel mehr wissen, als daß es dort, wo die Söhne, die Brüder, die Väter hingingen, ganz anders war und kalt, daß noch niemand dort gewesen war und daß es lange dauern würde; länger als sonst.

Am Fronleichnamstag des Jahres 1872, es war Donnerstag, der 31. Mai, setzte sich die österreichisch-ungarische Nordpolexpedition samt ihren Schlittenhunden zum erstenmal geschlossen in Bewegung. Man bestieg den Zug nach Bremerhaven, der, eingehüllt in eine Rauchwolke, die nicht überliefert ist, den Wiener Westbahnhof um 18 Uhr 30 verließ. Es war kein großer Abschied. Zwei Tage lang zog die Landschaft an den Abteilfenstern vorüber, rollte dorthin zurück, wo man herkam. Mährisch-Trübau, Budweis, Prag, Dresden, Magdeburg, Braunschweig, Hannover, Bremen – in den Stationen, die man passierte, entboten manchmal Delegationen ihre besten Wünsche, erhoben sich Hände, aber kein Jubel.

Jeder fühlt, ohne es auszusprechen, daß er einer ernsten Zeit entgegengeht; Jedem steht auch frei, heute noch zu hoffen, was er wünscht; denn vor Keinem eröffnet sich ein Blick in die Zukunft. Ein Gefühl aber belebt Alle, das Bewußtsein, daß wir, in einem Kampf für wissenschaftliche Ziele, der Ehre unseres Vaterlandes dienen, und daß man unsern Schritten daheim mit regster Antheilnahme folgt. *Julius Payer*

Die Matrosen in ihren neuen Kleidern, an den Abteilfenstern stehend oder in die Sitze zurückgelehnt, eine Branntweinflasche zwischen den Knien; die Jäger Haller und Klotz, beide noch in der Tracht des Passeiertals – bestickte Lodenjoppen, breitkrempige Hüte und knielange Hirschlederhosen (Payer wollte seine Jäger zur Abfahrt in ihren Trachten sehen) – was konnten für diese Männer Wissenschaft und Vaterlandsehre gegen eintausendzweihundert Gulden in Silber bedeuten? Eintausendzweihundert Gulden in Silber, dazu Prämien und ein neues Land! Noch sitzen sie im Zug und machen sich in den Dialekten vier verschiedener Sprachen miteinander vertraut; das

Italienische wird die Schiffssprache sein. Aber sie fahren auf einen Tag zu, an dem dieser zähe Tiroler Alexander Klotz in den Schnee des *Franz-Joseph-Landes* sinken wird; seine Pelze in Fetzen, ausgezehrt und mit erfrorenen Füßen wird er in ein langes Schluchzen ausbrechen und keinem Zuspruch und keinem Trost mehr zugänglich sein. Und an einem anderen Tag wird man Otto Krisch, den neunundzwanzigjährigen Maschinisten, in einem von Antonio Vecerina gezimmerten Sarg übers Eis unter die Klippen des neuen Landes tragen und ihn zwischen Basaltsäulen mit Steinen zudecken. *Unbeschreibliche Einsamkeit liegt über diesen Schneegebirgen . . .*, wird Julius Payer in sein Tagebuch schreiben, *Wenn das Strandeis nicht durch Ebbe und Fluth ächzend und klingend gehoben wird, der Wind nicht seufzend über die Steinfugen dahinstreicht, so liegt die Stille des Todes über der geisterbleichen Landschaft. Wir hören von dem feierlichen Schweigen des Waldes, einer Wüste, selbst einer in Nacht gehüllten Stadt. Aber welch ein Schweigen liegt über einem solchen Lande und seinen kalten Gletschergebirgen, die in unerforschlichen duftigen Fernen sich verlieren, und deren Dasein ein Geheimniß zu bleiben scheint für alle Zeiten . . . So stirbt man am Nordpol, allein und wie ein Irrlicht verlöschend, ein einfältiger Matrose als Klageweib, und draußen harrt des Dahingegangenen ein Grab aus Eis und Steinen . . .*

Aber in den Gesprächen im Zug ist es nur eine ernste, weiße Ferne, die ihnen entgegenkommt; und wenn sie auf ihrer Fahrt durchs Eismeer eine Insel entdecken sollten, dann würde es gewiß ein schönes Land sein, still und sanft.

Seine Thäler dachten wir uns damals mit Weiden geschmückt und von Renthieren belebt, welche im ungestörten Genuß ihrer Freistätte weilen, fern von allen Feinden. *Julius Payer*

Die Welt vor den Abteilfenstern wird allmählich fremder. Aber sie bleibt grün. Hopfenfelder, Pappelalleen, Weiden, strohgedeckte Backsteinhäuser. Hier beginnt ein Sommer.

Am 2. Juni traf die Expeditionsmannschaft in Bremerhaven ein und zog noch am Abend desselben Tages über die Kais von Geestemünde. Und dann, fast ehrfürchtig die einen, beklommen die anderen, standen sie vor der *Admiral Tegetthoff*. Was für ein Schiff! Und wie neu alles war. Keine Algen und Muscheln an den Planken, keine Salzkrusten; es roch nach Firnis, Teer und frischem Holz. Unterhalb der Wasserlinie mit Eisenplatten beschlagen, ausgestattet mit einer hundert Pferdestärken leistenden Auxiliardampfmaschine der Fabrik *Stabilimento Tecnico Triestino*, würde dieser Barkschoner auch bei Windstille durchs Treibeis ziehen; die Lebensmittel, geliefert von der Hamburger Proviantfirma *Richers* und von dem Lübecker Fleischkonservenfabrikanten *Carstens*, würden für tausend Tage reichen und einhundertdreißig Tonnen Kohle für eintausendzweihundert Stunden Fahrt unter Dampf; eintausendzweihundert Stunden Unabhängigkeit vom Wind in den Segeln. Aber wie weit würde der Weg durchs Polarmeer sein und wie groß ein Eisberg? Die *Admiral Tegetthoff* war 32 Meter lang und 7,3 Meter breit. Was waren drei Mastbäume und hundert Pferdestärken gegen Schollen, so groß, daß man Paläste auf ihnen hätte errichten können? Es war eng auf dem Schiff; eng die Kajüten der Offiziere, bedrückend die Kojen der Matrosen im Mannschaftsraum. Eine gravierte arabische Floskel schmückte die Offiziersmesse: *In Niz Beguzared – Auch das wird vorübergehen.*

Über den letzten Vorkehrungen verstreichen zehn Tage. Im Hafenamt wird eine Verzichtserklärung hinterlegt: Die k. u. k. Nordpolexpedition wolle für den Fall ihres Schiffbruchs keinerlei Rettungs- und Suchexpeditionen bemühen. Man käme entweder aus eigener Kraft oder niemals mehr zurück. Das Dokument trägt die Unterschriften der Offiziere, allen voran die in eleganter Kurrentschraffierung nach rechts fallende Signatur Carl Weyprechts und den vor so viel Ernst fast jungenhaft anmutenden Schriftzug Julius Payers. An eine Zeichnung der Matrosen kann ich mich nicht erinnern. Es hätten da auch Kreuze stehen müssen. Nicht alle konnten lesen und schreiben.

Am frühen Morgen des 13. Juni 1872, es ist sommerlich warm, zieht die *Admiral Tegetthoff* im Schlepptau eines städtischen Dampfers durch die Schleusen von Geestemünde und dann die Weser hinab. Noch einmal Bäume und Weiden. Dann läßt Weyprecht die Segel setzen. Vor ihnen öffnet sich das Meer. Die Tiroler Jäger sehen zum erstenmal das Meer.

Unbeirrt sahen wir alle Reize der Schöpfung sich verjüngen und erlöschen, mehr und mehr sank das Land hinter uns; Abends war die deutsche Küste unsern Blicken entschwunden ... Frohsinn belebt die Mannschaft; Abends trägt ein leichter Wind die heiteren Gesänge der Italiener fort oder es erweckt der gleichmäßige Rhythmus des Ludro der Dalmatiner die Erinnerung an ihre sonnige Heimat, welche sie bald mit einem Gegensatz vertauschen sollen, der selbst ihrer Phantasie noch ein Geheimniß ist. *Julius Payer*

Vor Helgoland singt keiner mehr. Die *Admiral Tegetthoff* entgeht den Untiefen des Küstenwassers nur knapp. Schweres Wetter zieht auf. Sturzseen, Regen, Kälte; nein, das ist noch keine Kälte. *Tiroler Haller bedeutend seekrank*, schreibt der Maschinist Krisch in sein Tagebuch. So geht es zwei Wochen. Dann ragen die Felsen Norwegens aus den Wellen; blaugrau wie die Dünung. Der Wind wird schwächer.

Nach einer ziemlich stürmischen Fahrt ankerten wir am 2. Juli 1872 vor Tromsö, wo sich der Harpunier Elling Carlsen einschiffte, ein Mann von sechzig Jahren und besonderer Eismeerpraxis, der sich durch die Umsegelung Spitzbergens einen geachteten Namen gemacht hatte. *Gustav Brosch*

Stürmisches Wetter hatte uns einige Zeit bei den Lofodden aufgehalten, so daß wir erst am 3. Juli in Tromsö anlangten.
Julius Payer

Am 4ten July um 11 Uhr Nachts in Tromsö angekommen. Feuer ausgelöscht und im Tromsö-Sund geankert. *Otto Krisch*

Am zweiten, am dritten, am vierten Juli: Wie es zu den Widersprüchen in der Datierung des Ankunftstages gekommen war, ließe sich ohne besondere Schwierigkeiten rekonstruieren – mit Vermutungen etwa über den Einfluß der Mitternachtssonne, die den Unterschied zwischen Tag und Nacht verwischte; kein Zweifel auch, daß der privaten Zeitrechnung im hohen Seegang ein, zwei Tage verlorengegangen sein konnten oder daß der eine von der Stunde der Einfahrt in den Sund, der andere vom Betreten des Landestegs gesprochen hatte. Es gibt zudem untrügliche Indizien für ein objektives Datum der Ankunft, aber ich lasse sie unerwähnt. Denn wirklicher als im Bewußtsein eines Menschen, der ihn durchlebt hat, kann ein Tag nicht sein. Also sage ich: Die Expedition erreichte am zweiten, erreichte am dritten, erreichte am vierten Juli 1872 Tromsö. Die Wirklichkeit ist teilbar. (Auch in der kleinen Gesellschaft an Bord der *Tegetthoff* waren die Journale der Untertanen von denen der Befehlshaber so verschieden, daß es manchmal schien, als würde in den Kojen und Kajüten nicht an einer einzigen, sondern an der Chronik mehrerer, einander ganz fremder Expeditionen geschrieben. Jeder berichtete aus einem anderen Eis.)

Tromsö. Hier ist es kühl und der südliche Sommer nur eine Erinnerung. Manchmal fällt Nebel ein. Wieder bereitet man einen Abschied vor, den ernstesten von allen, ergänzt Ausrüstung und Proviant, kauft Eisenbleche, Stahl und Stockfisch in einer Stadt ganz aus Holz. Weyprecht läßt von norwegischen Tauchern ein Leck schließen; die *Tegetthoff* hat in den Stürmen der letzten Wochen zuviel

Wasser gemacht. Auf die Rückkehr der Walroßjäger von ihren Fangplätzen im Norden wartet der Schiffslieutenant vergeblich; er wird ohne Nachrichten vom diesjährigen Verlauf der Treibeisgrenze auslaufen müssen. Die letzten Tage in der bewohnten Welt sind für die Matrosen der *Tegetthoff* auch eine Zeit der bescheidenen Einübung in ein Leben, das sie für den Fall ihrer glücklichen Rückkehr aus der Wildnis in den Salons erwartet – ein Leben der Ehrungen, Einladungen, der ungewohnten Konversation und Hochachtung; Andreas Aagaard, der österreichische Konsul in Tromsö, bittet sie zum Diner; andere tun es ihm nach. Keine Seereise ihres bisherigen Lebens hat den Matrosen so viel Bewunderung eingebracht wie nun die bloße Absicht, *zum Nordpol* zu segeln. Der Nordpol muß also begehrenswerter, bedeutsamer sein als die Küsten Amerikas und Indiens, die einige von ihnen schon gesehen haben. Erst Monate später, tief im Eis und in der Dunkelheit der Polarnacht, wird Julius Payer die letzten Einfältigen aufklären:

Bei 20 bis 30 Grad unter Null (Réaumur), wurde der Same der Weisheit in die Söhne der Natur gelegt. Allein nicht günstig war dieses Klima seinem Gedeihen. Mit schmerzlicher Enttäuschung wurde die Lage und der Unwerth von »Nordpolen« vernommen, daß es kein Land sei, kein zu eroberndes Reich, nichts als Linien, die sich in einem Punkte schneiden, und wovon nichts in der Wirklichkeit zu sehen sei!

Ich habe mir vorzustellen versucht, was ein Einfältiger empfinden muß, der, auf einem festgefrorenen Schiff dahindriftend, umgeben von allen Schrecken des Eises und der Finsternis, plötzlich erkennt, daß sein Ziel ohnedies unsichtbar ist, ein wertloser Punkt, ein Nichts. Es blieb beim Versuch; ich konnte eine solche schmerzliche Enttäuschung nicht nachempfinden. Aber noch sind sie in Tromsö und machen sich ordentlich für den Empfang des Konsuls.

Am 6ten July zum Diner bei Herrn Aagart geladen; blieben daselbst bis 12 Uhr Nachts, die Sonne geht nicht mehr unter und wir kamen bei hellem Sonnenschein am Bord. Am 7ten beim Herrn Stiftsmann von Tromsö zum Diner geladen auf einer schönen Villa hoch über Tromsö im Walde gelegen; um 2 Uhr Nachts am Bord gekommen.

Am 8ten July einen Besuch bei den Lappen in ihren Gammen gemacht, selbe wohnen unter dem Berge Kilpis-Jaure mit zahlreichen Rennthierherden; in jeder Gamme wohnt ein Stamm und hat 3–500 Stück Rennthiere im Vermögen. In der Gamme welche auswendig mit Erde bedeckt und inwendig mit Rennthierfällen austapiziert ist, hängt an einer Kette ein Kessel worin gekocht wird. Die Leute in Rennthierfelle gekleidet; Schul-Kenntnisse haben sie gar keine auch sind die meisten Heiden und glauben an den Jubinal, oder Aika; außer den Menschen wohnen in den Gammen auch eine Unzahl von Rennthierhunden, eine eigene Race von Hunden; wir kauften daselbst einen um 2 ½ Species-Thaler und brachten ihn am Bord; dieser erhielt den Namen Pekel, lappisch »Teufel«, welcher späterhin von den Matrosen zum Pekelino umgetauft wurde. *Otto Krisch*

Weyprecht mag Hunde nicht besonders. Payer ist hochzufrieden; mit sechs Neufundländern und zwei Lappenhunden glaubt er nun wieder ein Schlittengespann beisammen zu haben, mit dem er, wie vor zwei Jahren an der Ostküste Grönlands, übers Eis ziehen wird. Aber die Hunde werden ihre Wildheit auch unter den Schlägen der Tiroler Jäger nicht verlieren: *Es gab Stellen unter Deck, wo nur ihre Freunde sicher waren, nicht zerrissen zu werden. (Julius Payer)*

Mit seinen Jägern besteigt der *Commandant zu Lande* die Schroffen um Tromsö und prüft in den Höhenlagen die Genauigkeit der mitgeführten Luftdruckmesser. Am 10. Juli stehen sie auf einem Gipfel, den Dilkoa, der Lappe, der sie führt, *Sallas Uoivi* nennt. Unter ihnen liegen Fjorde, ein zerklüftetes Felsenland und das Meer.

Vom Gipfel des Berges aus sahen wir eine ungeheure schwarze Rauchsäule bei ruhiger Luft etwa 1500 Fuß senkrecht aufsteigen, – das Nordende Tromsö's stand in Flammen. *Julius Payer*

An Bord der verankerten *Tegetthoff* sieht man es anders: *Am 10ten July brach im Nordöstlichen Stadttheil Feuer aus welches mehrere Wohngebäude und Schoppen in Asche legte; ein Boot mit dem größten Theil der Mannschaft mit Feuerlöschrequisitten versehen, wurde ans Land geschickt. Nach 2 ½stündiger angestrengter Arbeit wurde das Feuer gedämpft, worauf der Commissär der Feuerlöschanstalt dem Herrn Commandanten Weyprecht für die Hilfeleistung seinen Dank abstattete ...*

Am 11ten July besichtigte ich die Stadt, selbe hat nicht viel Merkwürdiges an sich, sämtliche Häuser, ja sogar die zwei Kirchen sind aus Holz gebaut, so auch der Conzertsalon wo sich gerade ein Künstler an der Harfe produzirte.

Am 12ten July Ankunft des Dampfers; ich erhielt mit der Post 3 Briefe und zwar von Anton, Vater und Theodor; diejenigen, welche später kamen konnte ich nicht mehr erhalten, weil wir den nächsten Dampfer nicht abwarten konnten; um 5 Uhr nachmittags gehe ich ins Dampfbad und dann zu einem schon im Vorhinein bestellten Nachtmahle im Hotel »Nielsen«.

Am 13ten Früh 9 Uhr wurde eine Messe in der katholischen Kirche für uns gelesen; danach ein kleiner Imbiß beim Herrn Pfarrer eingenommen; dann kaufte ich mir noch für das ganze Geld was ich besaß ½ Eimer Wein und 40 Flaschen Bier und ging des letzten Schillings entblößt am Bord denn morgen sollen wir Tromsö verlassen, und im Eismeere brauchen wir kein Geld, sondern hie und da einen guten Schluck Wein; um 10 Uhr Abend Feuer angezündet. *Otto Krisch*

Um Mitternacht ist die *Admiral Tegetthoff* dampfklar. Erst jetzt steigt Eismeister und Harpunier Elling Carlsen das Fallreep hoch; er ist der einzige an Bord, der dem österreichischen Kaiser keinen Gehorsam schuldet. Eine mächtige Walroßlanze in der Hand, einen Mantel aus

Eisbärenfell über die Schulter geworfen, betritt er den Mannschaftsraum. Wie alt er ist. Die Matrosen hier, selbst die Kommandanten, könnten seine Söhne sein. Das Kostbarste an Carlsens kleinem Gepäck ist eine weiße Lockenperücke für kommende Festtage und der Olafsorden, den man ihm für die Umsegelung Spitzbergens verliehen hat. Wie viele Walrosse er mit seiner Lanze da schon erlegt habe? Er weiß es nicht mehr. Dann wird es Morgen. Es ist der 14. Juli des Jahres 1872; ein Sonntag.

Sonntag Früh verließen wir die stille kleine Hauptstadt des europäischen Nordens. Der Hamburger Postdampfer, welcher eben in den Hafen einfuhr, begrüßte uns durch anhaltende Zurufe seiner Passagiere, und dann zogen wir unter Dampf durch die engen Straßen des Qual- und Gröt-Sundes und nahe den Klippen von Sandö und Rysö dem offenen Meere zu. Capitän Carlsen diente uns dabei als Lootse. Als wir aus den Scheeren traten, kam Nebel und umhüllte den gewaltigen Felsthurm Fuglö. Hier wurde das Feuer in der Maschine gelöscht und die Segel gesetzt. Am 15. Juli segelten wir angesichts der gletscherreichen norwegischen Küste nach Norden, am 16. Juli kam das Nordkap Europa's in blauer Ferne in Sicht ...

Das ideale Ziel unserer Reise war die nördöstliche Durchfahrt; ihr eigentlicher Zweck aber galt der Erforschung der Meerestheile oder Länder im Nordosten von Nowaja-Semlja.

Julius Payer

Ich stelle mir das schwarze Wasser eines Sundes vor, das hinter der *Admiral Tegetthoff* wieder glatt wird. Die Rauchfahne, die der Dampfmaschinist Krisch in den Himmel von Tromsö geschrieben hat, steht noch über dem Hafen, als die Passagiere des Hamburger Postdampfers an Land gehen. Der Morgen ist windstill. Im *Hotel Nielsen* bereitet man ein Frühstück vor; die *Tegetthoff* ist Tagesgespräch. Wohin, sagten Sie, fahren die? Nach Japan? Über den Pol? Im Postsack liegen Briefe für die Mannschaft; gleich zwei für den Maschinisten Otto Krisch. Man wird sie ihm aufbewahren.

Und dann sehe ich Josef Mazzini, der tagelang zwischen am Boden verstreuten Ausrüstungsgegenständen im Haus der Steinmetzwitwe umhergeht wie in einem Museum und manchmal daran zweifelt, ob ihn das alles vor dem Eis schützen wird – die Daunenkleidung, die Leinenstiefel, der Schlafsack und alle Requisiten einer Vermummung. Draußen ist es Juli und heiß. Aber er bereitet eine gestaffelte Katapultierung aus dem Sommer in die Kälte vor – Kopenhagen, Oslo, Tromsö, Longyearbyen – eine Flugroute; und von Longyearbyen mit dem Schiff nach Nordosten, ins Eismeer, immer weiter, bis an die Küste des *Franz-Joseph-Landes* und am liebsten auch darüber hinaus bis zur Beringstraße und nach Yokohama.

»Du bist verrückt«, sagt Anna Koreth. Aber sie weiß, daß es ihm ernst ist. Ich sehe Mazzini, wie er sich in Annas Wohnung abmüht, eine Reise nach Spitzbergen verständlich zu machen; auch die Abendgesellschaft will Erklärungen von ihm hören, nein, nicht ernsthaft, nur so. (Der Italiener sagt ja nicht einfach *nach Spitzbergen*, und das *Gletscherwandern* würde man noch ohne besondere Fragen hinnehmen, ein Spleen – aber eine Fahrt auf den Routen irgendeines längst versunkenen Eismeerseglers? Wer geht schon in die Arktis, nur um sich *vorzustellen*, was war, was gewesen sein könnte?)

Die Gäste sitzen am Tisch, sitzen immer noch am Tisch, aber Mazzini ist schon allein mit Anna; was er sagt, sagt er ihr. Aber dann können sie einander nicht mehr zuhören, und doch reden sie einen Abend lang weiter; jeder aus einem anderen Eis.

5 *Erster Exkurs*
Die Nordostpassage oder der weiße Weg nach Indien – Rekonstruktion eines Traumes

Rings um den einsamen Scheitel des Nordpols stehen in der Form von Steinpyramiden die Markzeichen an jenen Punkten, bis zu welchen der rastlose Unternehmungsgeist der Menschen vorgedrungen ist. In seinem Zenith schwebt die geringe Möve, dem harpunenverfolgten Geschlecht der Robben gönnt er auf seinen Eisflößen eine sichere Freistätte des Lebens; – nur als Entdeckungsziel hat er sich bisher unnahbar erwiesen.

Wie jede Entwicklung nur allmählig fortschreitend zu größeren Zielen reift, so hat sich auch die schwache kosmogenetische Dämmerung nur langsam ausgebreitet, von der homerischen Erdscheibe aus über das Land der Hyperboräer; erst nach Jahrtausenden überwand der Wissensdrang die Schrecken des Nordpols, mit welchen die Araber schon Sibirien erfüllt dachten. Rings um das sonnige Morgenland lag die Welt Jahrtausende unter Wahnbegriffen und Fabeln begraben, welche nur die ethische Erhebung der ältesten Dichterphilosophen der naiven Trivialität alles Unreifen entriß.

Kein Hauch der Wahrheit regte sich in der vom Kastengeist beherrschten Welt und scheuchte die Trugbilder von versengender Hitze, tödtendem Froste, steil abfallenden Meeren, von welchen es für den Schiffer keine Rückkehr gab, von unheildrohenden Wind- und Meeresgöttern und goldbewachenden Ameisen. Ruhte ja die Erde selbst isolirt in dem endlosen Raume, auf ihren Bergessäulen die krystallene Himmelskugel, – sie selbst aber ohne Gleichgewicht, weil überlastet durch die Pflanzenfülle der Tropen gegenüber nordischer Dürftigkeit. Solche Voraussetzungen waren es, die nachher von religiösen Dogmen überwuchert, dreifache

Ringmauern, welche Jahrtausende nicht überstiegen, um den engen Kreis der Erkenntnisse zogen …

Erst als man die Kugelgestalt der Erde erfaßt hatte, trat die theoretische Begründung der Klimate, der noch sehr vage Zonenbegriff auf, welchem Pytheas der Massilier vier Jahrhunderte vor Christus durch die Lehre vom Polarkreise die erste wissenschaftliche Verschärfung gab. Fast gleichzeitig schuf Alexanders Zug nach dem Wunderland Indien ein Paradies des Handels und der Schiffahrt, zu dessen Erreichung 1800 Jahre später selbst der verkehrteste Abkürzungsweg nicht gescheut werden sollte – der durch das Eis.

Julius Payer

Während in meiner Vorstellung die *Admiral Tegetthoff* die ersten Treibeisfelder unter Dampf passiert und Josef Mazzini in einer Linienmaschine der *Scandinavian Airlines* grellweiße Wolkentürme unter sich aufragen sieht, lasse ich mich sachte zurücksinken in das Dunkel der Zeit und gleite durch die Jahrhunderte hinab zu den Anfängen einer Sehnsucht. Denn als die italienischen Matrosen der *Tegetthoff* die Segel setzten, hatte die abendländische Seefahrt einen ihrer längsten Träume noch immer nicht zu Ende geträumt: Irgendwo entlang der sibirischen Polarküste, immer nordöstlich, mußte ein kurzer, packeisgesäumter Seeweg nach Japan, China und Indien zu finden sein, eine Durchfahrt vom Atlantischen in den Stillen Ozean – die *Nordostpassage.*

Aber bis zum Jahre 1872 waren schon ganze Flotten im Packeis verschwunden, ohne eine nordöstliche Durchfahrt gefunden zu haben. Die Chronisten hatten mit ihren Aufzeichnungen von Katastrophen im Eis Folianten gefüllt, hatten von Schiffen berichtet, die mit Handelsgütern, Geschenken, schweren Kanonen und Empfehlungsbriefen an die Kaiser von Japan und China ausgelaufen, nirgendwo angekommen und niemals zurückgekehrt waren. Schließlich hatten selbst die Chronisten nicht mehr gewußt, wie viele Seeleute auf der Suche nach der nordöstlichen Route umgekommen waren. Tausend Tote? Tausendvierhundert oder mehr? – Die Statistik des Untergangs blieb stets widersprüchlich und unvollständig, ein vergeblicher Versuch, das Entsetzen und die Ungeheuerlichkeit dieses mythenverzauberten Weges in Zahlen zu fassen. (In den Schreibstuben war man in Zuordnungsschwierigkeiten geraten: Eine Walroßjägerflotte, die festgefroren im Packeis immer weiter nordöstlich driftete, noch über das sibirische Kap Tscheljuskin hinaus, und dann zwischen Preßeiswällen zerdrückt wurde und sank – waren die Toten und Schiffbrüchigen eines solchen Katastrophenfalles als Opfer der Nordostpassage, oder bloß allgemein als Opfer des Eismeeres zu führen?) Die Schiffe versanken. Die Chronisten schrieben. Der arktischen Welt war es gleich.

Wer nach der Vorgeschichte des nordöstlichen Traumes sucht, wird nicht Jahrhunderte, sondern Jahrtausende zurückdenken müssen und noch jenseits des Jahres Null christlicher Zeitrechnung Bilder aus einem kalten Meer finden; er wird sich die Nordfahrten Pytheas' des Massiliers oder Himilkos des Karthagers vorzustellen versuchen, die eichenhölzernen Drachenboote der Normannen und ihre Steuermänner – Bjarne Herjulfsson und Leif Eiriksson etwa, die schon um die Wende des ersten Jahrtausends die Küsten Nordamerikas teils segelnd, teils rudernd erreicht hatten; er wird sich an Eirik den Roten, den Herrn Grönlands und Islands, erinnern, an Ohthere, der um das Nordkap und über das Weiße Meer bis ins Land der Bjarmer, nach Sibirien, gesegelt war, oder an Eirik Blodöks, die *Blutaxt*, und andere, die Spitzbergen und hochnordische Länder lange vor den Entdeckern der Neuzeit betreten hatten ... Aber ich breche das Gedankenspiel mit einer rückwärts laufenden Zeit in einer Epoche ab, in der die frühen Eismeerfahrten ebenso verweht und vergessen waren wie die kosmographischen Kenntnisse der Antike, und wende mich einem Schloß in Kastilien zu. Es ist das Schloß von Tordesillas. Man schreibt das Jahr 1494. Es ist Juni.

In diesem Sommer und diesem Jahr wird in Tordesillas ein Vertrag zwischen Spanien und Portugal unterzeichnet, den der leibliche Vater Lucrezia und Cesare Borgias, Pontifex maximus Alexander VI., ein Freund der Huren und der Kunst, mit einer päpstlichen Bulle für *immerwährende Zeiten* besiegelt: Die Neue Welt und alle ihre Länder, die bereits entdeckten wie die noch unbekannten, seien aufzuteilen unter den Völkern der Iberischen Halbinsel; jener Meridian, der 1200 Seemeilen westlich der Kapverdischen Inseln von Pol zu Pol um den Erdball verlaufe, bilde die Grenze – die Länder östlich dieser Linie seien Portugal, die westlichen dagegen Spanien zugeeignet. Der Schacher von Tordesillas, der mit dem Erdkreis wie mit einer Viehweide verfährt, liefert aber nicht nur die neuen Länder dem spanisch-portugiesischen Monopol aus, sondern auch die Seerouten, die in westlicher Richtung über den Atlantik bis dorthin führen sollen, wo alles kostbar ist und die Luft schwer vom Geruch der Gewürze. Nicht zuletzt der Spruch des Borgia-Papstes Alexander sollte schließlich die

Gier der in Tordesillas benachteiligten Engländer und Holländer auf Schleichwege zwingen, auf nördliche Routen – die Wege ins Eis. Was in den Jahren vor und den Jahrzehnten nach dem päpstlichen Verdikt geschah, ist kaum einer besonderen Würdigung wert.

Denn die unmißverständliche Wahrheit dieses Zeitalters der Entdeckungen wurde nicht in den Kosmographenstuben Europas aufgezeichnet, sondern in Berichten wie jenem Náhuatl-Text der Azteken, der das Bild des europäischen Auftritts überlieferte: »Die Kalkgesichter waren entzückt. Affen gleich wiegten sie das Gold in ihren Händen oder setzten sich mit dem Ausdruck des Vergnügens zu Boden, und ihr Gemüt schöpfte neue Kraft und erleuchtete sich. Ihr Leib weitete sich dessentwegen; sie hatten Heißhunger danach. Wie hungrige Schweine gierten sie nach dem Gold ...« Mit welchen Nachrichten auch immer die Seefahrer zurückkehrten – in der Alten Welt hielt man hysterisch an den Mythen von unerschöpflichen, goldenen Paradiesen fest; keine Wüste, die karg genug, keine Wirklichkeit, die wüst genug gewesen wäre, um diesen Wahn zu besänftigen: Selbst das gelbe Geröll, das die Polarexpeditionen des sechzehnten Jahrhunderts auf den vom Schutt arktischer Länder bedeckten Eisbergen finden sollten, mußte Gold! sein und Zeichen dafür, daß auch jenseits der Packeismauern noch Inseln zu entdecken waren, reicher als die neuen Länder Spaniens. (So wird man alles über Bord werfen, was entbehrlich scheint, und die Schiffe mit Schwefelkies beladen, mit wertlosen Steinen.)

Am Anfang dieser *überwältigenden* Epoche standen – wie immer in großen Zeiten – Heldengestalten; sie wurden den nachgeborenen Eismeerfahrern zu Idolen und sind auch uns stets vertrauter geblieben als die Kulturen, zu deren Zerstörung ihre Abenteuer schließlich führten: Der

Genuese Cristoforo Colombo alias Cristóbal Colón unternimmt in den Jahren von 1492 bis 1504 vier Seereisen in westlicher Richtung über den Atlantischen Ozean. Er segelt dahin im Glauben an die Richtigkeit der weißgefleckten, verzerrten Weltkarte des florentinischen Kosmographen Paolo dal Pazzo Toscanelli und im Sold Isabellas von Kastilien, der Schutzherrin der Heiligen Inquisition und Mutter Johannas der Wahnsinnigen. (Ist es ein Zufall oder ein Zeichen, daß Johanna die Wahnsinnige später im Schloß von Tordesillas vollends der Idiotie verfällt und dort stirbt?) Colón betritt im Verlauf seiner Reisen die Inseln der Karibik und glaubt sich auf den Japanischen Inseln, betritt die Küsten Mittel- und Südamerikas und glaubt sich in Indien, entdeckt das Mündungsgebiet des Orinoco und glaubt sich am Gangesdelta und stirbt schließlich 1506 in Valladolid, ohne seine Irrtümer erkannt zu haben.

Vasco da Gama, der Graf von Vidigueira, sucht 1498 den Seeweg nach den Gewürzländern im Auftrag des portugiesischen Königs Manuel, umsegelt das südafrikanische Kap der Guten Hoffnung, landet im *wirklichen* Indien und eröffnet damit der kolonialen Gewalt einen paradiesischen Schauplatz.

Fernão de Magalhães findet, in südwestlicher Richtung segelnd, 1520 zwischen dem südamerikanischen Festland und Feuerland einen anderen Weg vom Atlantischen in den Stillen Ozean. Im darauffolgenden Jahr erschlägt man ihn auf den Philippinen. Die *Magellanstraße* bleibt.

Während Magalhães noch die Küsten der Neuen Welt nach einer Durchfahrt in den Pazifik absuchte, begann Hernán Cortés mit der Zerstörung des Aztekenreiches. Kaum mehr als ein Jahrzehnt später verfährt der segelnde Schweinehirt Francisco Pizarro auch mit der Kultur der Inka ganz im Sinne der Kirche und Spaniens: Er läßt tau-

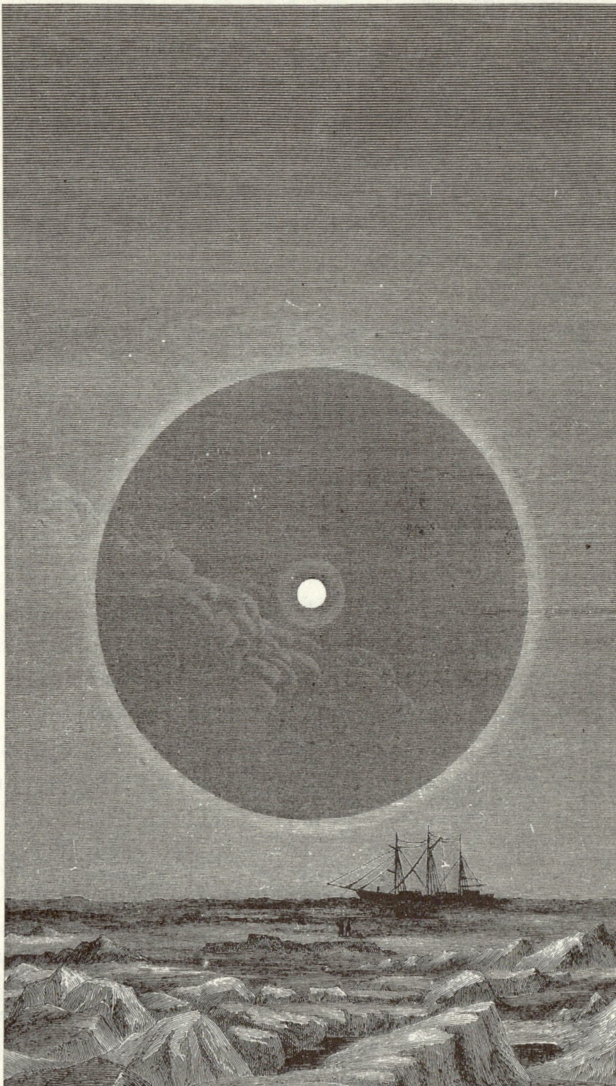

fen und hinrichten, zerstampft, was sich widersetzt, und widmet seine Massaker dem Herrn Jesus und der spanischen Krone.

Was aber die Helden der Iberischen Halbinsel auf ihren westlichen, südwestlichen oder südöstlichen Routen fanden – neue Handelswege, Gold, Gewürze und Länder –, mußte schließlich auch im Auftrag englischer Könige und russischer Zaren, und auf kürzeren, nördlichen Wegen, zu erreichen sein. Schon im Jahre 1497 war der Genuese Giovanni Caboto alias John Cabot im Dienst Heinrichs VII. von Bristol aus in nordwestlicher Richtung über den Atlantik gesegelt. Cabot erreichte den amerikanischen Kontinent dreizehn Monate vor Cristóbal Colón, betrat die Neue Welt im Norden, in Neufundland, und glaubte sich, wie Colón, woanders – in *Cathay.* In China. Auch den von Cabot gewiesenen Routen folgte eine Prozession von Abenteurern nach – die Brüder Gaspar und Miquel de Corte Real etwa; sie erreichten Neufundland abermals und verschwanden dann beide im Meer; dann der Florentiner Giovanni da Verrazzano in französischen Diensten, der Spanier Esteban Gomez und sogar deutsche Kapitäne wie Pining und Pothurst ... Sie brachten Nachrichten von kalten Klippen und Eisbergen mit, keiner aber Gold oder die Koordinaten eines kurzen Weges zu den Reichtümern Ostindiens. Mit jeder Fahrt wurde nur deutlicher, daß eine gewaltige Landbarriere, *Amerika*, geschlossen bis hoch in den Norden verlief und alle westlichen Seewege um den Erdball blockierte. Aber irgendwo, und sei es im dichtesten Treibeis, mußte selbst dieser Kontinent enden und sein letztes, nördliches Kap zu umschiffen sein, mußte ein Riß zwischen dem Ende der Neuen und dem Ende der Alten Welt klaffen, ein kalter Sund, eine Wasserstraße in den Pazifik. Die Kosmographen jener Zeit tauften diese Hoffnung *Fretum Anianum* oder *Anianstraße*, ohne sie jemals gesehen zu haben. Erst Jahrhunderte später sollte ein solcher Sund wirklich entdeckt werden und, versehen mit dem Namen eines seiner ersten Passanten, des dänischen Seefahrers Vitus Bering, auf den Atlanten erscheinen. Wie aber die *Beringstraße* von den Küsten Europas aus zu erreichen sei, blieb noch lange nach den Fahrten des Dänen, der aus sibirischen Häfen ausgelaufen war, ein Rätsel und Spiel mit drei Möglichkeiten:

Nordwestlich über den Atlantik und dann die Küsten der Neuen Welt entlang, immer nordwestlich.

Nordöstlich entlang den Klippen der Alten Welt und Sibiriens, immer nordöstlich.

Hart nördlich, immer nördlich, direkt über den Pol und dann darüber hinaus und bis zur Südsee darüber hinaus ...

Nordöstliche Passagen, nordwestliche Passagen, Packeismauern, eisfreie Sunde, das Ende der Welt, der Pazifik!, Steine und Kaps, Inseln, Treibeis und guter Wind – wer wollte nicht durch alles Chaos und alle Rätsel hindurch ÜBER DAS EISMEER ins Paradies und daraus mit allen Kleinodien des Ostens zurückkehren, vor die Fürsten und Handelsherren hintreten und sagen: Ich war der Erste!

Während aber die ersten Schiffe auf der Suche nach einer *Nordwestpassage* verschwinden und das Meer kalt über gescheiterten Entdeckern zusammenschlägt, wird am Entwurf der *Nordostpassage* noch geschrieben: Im Frühling des Jahres 1525 kommt ein Gesandter Wassilijs III. Iwanowitsch, des Großfürsten von Moskowien, an den päpstlichen Hof nach Rom. Er nennt sich Dimitrij Gerassimow. Auf Geheiß Papst Klemens' VII. nimmt sich der Historiker Paolo Giovio des Gesandten an. Aus der Begegnung zwischen dem Gelehrten und dem Gesandten wird eine Bekanntschaft, die den Phantasien der christlichen Seefahrt

eine vage Theorie liefert. Denn Gerassimow inspiriert seinen Betreuer zu einer Denkschrift, die Giovio noch im gleichen Jahr in lateinischer Sprache einer kleinen Öffentlichkeit vorlegt: Unzählige Nebenflüsse mitreißend, ströme der Fluß Swernaja Dwina mit Ungestüm nach Norden, erzählt der römische Historiker die Aussagen Gerassimows nach – dort habe das Meer eine so gewaltige Ausdehnung, daß man, der rechten Küste entlangsegelnd, aller Wahrscheinlichkeit nach bis nach China gelangen könne, falls unterwegs kein neues Land dazwischenkommen sollte ... Die Denkschrift wird ins Italienische übersetzt und erregt Aufsehen – zumal in diesem Jahr auch aus Augsburg von moskowitischen Reisenden berichtet wird, die mit deutschen Gelehrten die Möglichkeit eines nordöstlichen Seeweges zu den *Ländern der Spezereien* erörtert hätten. Zwei Jahre nach der ersten Kolportage der Nachrichten aus Moskowien wendet sich der aus Bristol stammende und in Sevilla ansässige Kosmograph und Kaufmann Robert Thorne in einem *Memorandum* an Heinrich VIII. Thorne empfiehlt der englischen Krone neben anderen, nicht weniger abenteuerlichen Routen auch den Weg entlang der sibirischen Küste – England würde so die Gewürzländer schneller erreichen als die Portugiesen und Spanier. Aber König Heinrich sind Richtblöcke wichtiger als Eisberge. So vergehen noch mehr als zwei Jahrzehnte, bis der unbeirrbare Glaube an die *Nordostpassage* nicht nur Federkiele, sondern auch Schiffe in Bewegung versetzt.

Freiherr Sigismund zu Herberstain, Neyperg und Guettenhag verhilft im Jahre 1549 dem nordöstlichen Traum endlich zum Durchbruch. In diesem Jahr erscheint seine Abhandlung *Rerum Moscoviticarum Commentarii* in Wien. Der Freiherr, ein ehemaliger Gesandter Kaiser Maximilians I. am moskowitischen Hof, skizziert mit der Aufzeichnung seiner Erfahrungen im Osten nicht nur das Bild eines

kaum bekannten Reiches, sondern überliefert auch russische Reisehandschriften und geographische Berichte und ergänzt, was die nordöstliche Durchfahrt betrifft, die Angaben Paolo Giovios und Dimitrij Gerassimows. Seine Ergänzungen und Beschreibungen sind so überzeugend, daß sie in mehrere Varianten und Sprachen übersetzt werden. Vier Jahre nach der Drucklegung der Hinweise Herberstains folgt der erste Seefahrer dem nordöstlichen Traum bis in den Kältetod. Er heißt Sir Hugh Willoughby.

Englische Handelsherren gründen 1553 die *Gesellschaft der Abenteuer-Fahrer*, und ihr Mentor, Sebastian Cabot, der Sohn John Cabots und Großpilot von England, beauftragt noch im selben Jahr Sir Hugh Willoughby mit der Suche nach der *Nordostpassage*. Willoughby erhält das Kommando über drei Schiffe – die *Bona Esperanza*, die *Edward Bonaventure* und die *Bona Confidentia* – und ist so entschlossen, seinen Auftrag zu erfüllen, daß er seine Schiffe noch an der Themse mit Bleiplatten gegen die Bohrwürmer der indischen Gewässer verkleiden läßt. Im Sommer läuft man aus. Schon im September wird aber das Eis vor der russischen Halbinsel Kola so dicht, daß zwei der drei Schiffe festfrieren. Willoughby läßt an der Küste ein Lager errichten. Die erste arktische Überwinterung einer europäischen Expedition beginnt. Während Willoughby und vierundsechzig Mann Besatzung in diesem Notlager zurückbleiben, gelingt der Mannschaft der *Edward Bonaventure* unter ihren Kommandanten Richard Chancellor und Stephen Burrough die Weiterfahrt durch das Treibeis des Weißen Meeres bis an die Mündung des Swernaja Dwina. Dann schließt sich das Eis auch über den letzten offenen Fahrrinnen. Die Engländer gehen an Land, Küstenbewohner, Pomoren, begleiten sie bis nach Moskau. Dort empfängt Zar Iwan IV., der Schreckliche, die Seefahrer im Goldenen Saal des Kreml. Im darauffolgenden Sommer kehrt die

Edward Bonaventure mit Handelswaren und schwerem Tiefgang nach England zurück. Noch vor den Londoner Feierlichkeiten zu Ehren der Heimkehrer finden russische Walroßjäger das Lager Willoughbys – einen Friedhof. Die gesamte Besatzung der beiden Schiffe ist im Verlauf der Polarnacht erfroren, verhungert oder am Skorbut zugrundegegangen. Man habe, berichten die Walroßjäger, Sir Hugh Willoughby, einen Leichnam, über dem Logbuch der *Bona Confidentia* gefunden. Willoughbys Nordostexpedition ist der Beginn eines Totentanzes, der bis in die Zeiten Payers und Weyprechts und darüber hinaus dauert.

6 *Flugrouten in die innere und äußere Leere*

Ein mühevoller Weg ist die Reise in die innere Polarwelt. Alle geistigen und körperlichen Kräfte muß der Wanderer, der ihn betritt, aufbieten, um dem Geheimnisse, in das er dringen will, eine dürftige Kunde abzuringen. Mit unsäglicher Geduld muß er sich wappnen gegen Täuschung und Mißgeschick, sein Ziel selbst noch verfolgen, wenn er ein Spiel des Zufalls geworden ist. Nicht die Befriedigung des Ehrgeizes darf dieses Ziel sein, sondern die Erweiterung unserer Kenntnisse. Jahre verbringt er in der furchtbarsten Verbannung, fern von seinen Freunden, von allem Lebensgenuß, umringt von Gefahren und der Last der Einsamkeit. Darum kann ihn nur das Ideale seines Zieles tragen; sonst irrt er, geistigem Zwiespalt verfallen, durch innere und äußere Leere.

Julius Payer

Beim Einsammeln und Verstauen der Gepäckstücke, die den Boden der letzten Tage mehr und mehr bedeckt haben, stößt Josef Mazzini eines der noch halbvollen Gläser des vergangenen Abends um: Ich sehe ihn am Morgen des ersten Reisetages, es ist der 26. Juli 1981, auf dem weißen Wollteppich seines Zimmers knien und Salz auf die einsickernde Rotweinlache streuen. Er wird das Salz erst nach seiner Rückkehr abbürsten. So nimmt er es sich vor. Es wird dann trocken und blaßrot sein. Zwei, vielleicht drei Monate älter, wird er wieder auf dem Teppich knien, so, als ob zwischen dem Ausstreuen und dem Entfernen des Salzes nur jene kurze Zeitspanne verstrichen wäre, die gewöhnlich über solchen Verrichtungen vergeht, und er wird sich an alles, was jetzt noch vor ihm liegt, erinnern wie an einen Augenblick. Josef Mazzini beginnt an diesem Morgen noch mehrere Handgriffe und beendet sie nicht – öffnet eine Teebüchse und schließt sie nicht wieder, zieht eine Tischlade zur Hälfte heraus und läßt sie so zurück und verursacht insgesamt beiläufige, kleine Unordnungen, die er nach seiner Rückkehr beseitigen will. Die Verrichtungen, die er beginnt und dann unterbricht, werden ihm als Anschlußstücke an jene Wirklichkeit dienen, die er eben verläßt. Josef Mazzini wird mir mit dem Tag seiner Abreise so fern wie die Mannschaft der *Admiral Tegetthoff* auch. Daß ich ihn, anders als den Maschinisten Krisch oder den Bootsmann Lusina, gekannt habe, ermöglicht mir nicht viel mehr, als wahrscheinliche Situationen wiederherzustellen; Situationen, die in Mazzinis Aufzeichnungen nicht enthalten sind. So ordne ich, was mir an Hinweisen zur Verfügung steht, fülle Leerstellen mit Vermutungen aus und empfinde es am Ende einer Indizienkette doch als Willkür, wenn ich sage: So war es. Mazzinis Abreise erscheint mir dann als ein Hinüberwechseln aus der Wirklichkeit in die Wahrscheinlichkeit.

Ich erinnere mich an einen Nachmittag, lange nach Mazzinis Verschwinden, an dem ich sein Zimmer mit Anna Koreth zum erstenmal betrat. Die Buchhändlerin trug einen Arbeitskittel und ein Kopftuch, wie um sich vor dem großen Staub zu schützen. Dabei reichte, was sich in den Monaten an Partikeln abgesetzt hatte, gerade aus, um den Abdruck einer Hand auf einer Tischplatte, einem Regal sichtbar zu machen. Anna Koreth öffnete das Fenster. Glatt und stetig, wie über ein Wasserwehr, strich die kalte Zugluft über das Fensterbrett, und eine Tür fiel so krachend ins Schloß, daß die Steinmetzwitwe, die am Ende eines Flurs tat, was sie immer tat, einen Augenblick lang innehielt – das Geräusch ihrer Strickmaschine setzte aus. Anna Koreth entnahm der Tischlade ein vernickeltes Eßbesteck und schloß sie dann, umwickelte Geschirr, auch die Teebüchse, mit Zeitungspapier und verstaute alles in einem Pappkarton. Am Abend war das Zimmer leergeräumt. Beim Einrollen des Teppichs rieselte Salz aus der Wolle. Der blaßrote Fleck verschwand wie der erdige Abdruck auf einer Schneekugel, die man über eine winterliche Wiese rollt. Ich war damals mit Mazzinis Tagebüchern bereits so vertraut, daß ich über diesen Rotweinfleck auf eine Eisscholle geriet: Mazzini hatte Polarbären beschrieben, die von einem Helikopter aus mit Betäubungsgewehren gejagt worden waren.

Es ist eine unnachahmliche, fast anmutige Bewegung, mit der diese Tiere sich aufrichten, die Schnauze hochrecken und Witterung aufnehmen. Der Helikopter kommt näher, und dann geschieht, was in der Arktis kaum jemals geschieht: Die Bären wenden sich zur Flucht, trotten, immer schneller werdend, dahin; dann ist es kein Trott mehr, ein elastischer, kraftvoller Lauf. Sie setzen über breite Risse in den Schollen hinweg, durchschwimmen Kanäle und ändern plötzlich und unvermutet die Laufrichtung. Aber dann ist der Helikopter über ihnen, man schießt Bolzen auf sie ab, und aus dem Lauf wird ein hinfälliges Torkeln. Dann liegen sie auf dem Eis; weit auseinander. Es sind drei. Man reißt ihnen einen Zahn aus dem Maul. Eine Blutlache sickert neben dem Schädel ins Eis. Mit einer Zange drückt man ihnen Metallmarken ins Ohr, ein dünnes rotes Rinnsal läuft über das Fell, auf das schließlich noch ein großes Farbzeichen gesprüht wird. So erhält man Aufschluß über die Bärenrouten, die Hunderte Kilometer durchs Eis führen. Der Blutfleck, auf dem sich rasch Eiskristalle bilden, verblaßt.

(Auch über diesen Fleck führt eine Erinnerung: Die Mannschaft der *Admiral Tegetthoff* erlegte im Verlauf ihres Abenteuers siebenundsechzig Eisbären mit Lefaucheux-Gewehren und Werndl-Karabinern. Die Kadaver wurden nach einem stets gleichbleibenden Schlüssel mit Beilen und Eissägen zerteilt: Das Hirn den Offizieren, die Zunge dem Expeditionsarzt Kepes, das Herz dem steirischen Koch Orasch, das Blut den Skorbutkranken, Lungenbraten und Schenkel der gemeinsamen Tafel, Schädel, Rückgrat und Rippen den Schlittenhunden, das Fell in ein Faß und die Leber zum Abfall.) Die Salzkristalle, die auf dem blanken Parkettboden zurückblieben, erinnerten an nichts mehr. Die Steinmetzwitwe saß immer noch an ihrer Strickmaschine, als wir das Haus verließen; achtlos nahm sie die Geldscheine, die Anna Koreth ihr gab. Es war spät. In der Dunkelheit begann es zu schneien.

Dem letzten Sommer Mazzinis und seiner Abreise war eine monatelange Korrespondenz vorausgegangen, die seinen Vorstellungen von den Kulissen der Eismeerfahrt Weyprechts und Payers nach und nach undeutliche Bilder der arktischen Gegenwart entgegengesetzt hatte. Der Briefwechsel mit dem Gouverneur Spitzbergens, mit den Vertretern des Norwegischen Polarinstituts und den Geschäftsstellen der *Store Norske Spitsbergen Kulkompani* hatte unverbindlich, fast spielerisch begonnen, schließlich zu festen Abmachungen geführt und Mazzinis Reisephantasien in präzise Pläne verwandelt. Ich glaube nicht, daß er diese Reise von allem Anfang an so bestimmt, so *wirklich* gewollt hat. Es schien, als ob die Dinge tatsächlich *ihren* Lauf genommen und Mazzini diesen Lauf erst nachträglich als *seine* Entscheidung auszugeben versucht hätte. Auch wenn am Ende seiner vorbereitenden Korrespondenz nicht nur die zugesagte Geborgenheit eines Gästequartiers in Longyearbyen stand, sondern auch die Sicherheit eines Kabinenplatzes an Bord der *Cradle*, eines 3200 Pferdestärken umsetzenden Trawlers von mittlerer Eistauglichkeit, so wurde die Arktis doch im gleichen Ausmaß, in dem sie erreichbarer wurde, unwirtlicher, abweisender und manchmal bedrohlich. In den Eiswüsten seiner Vorstellungen und Gedankenspiele hatte Josef Mazzini keine Daunenkleidung, keinen Schutz gegen das gleißende Licht und kein Gewehr gebraucht. Aber jetzt ... Die arktische Inselwelt, die seinen Phantasien bislang immer nur als Bühne und Hintergrund gedient hatte, nahm für den Näherkommenden schroffe und bizarre Formen an, die ihn zugleich beängstigten und anzogen. Und so ging er darauf zu.

»Lieber Herr Mazzini«, hatte Gouverneur Ivar Thorsen in seinem ersten Antwortbrief aus Longyearbyen geschrieben, »Ihr polargeschichtliches Interesse in allen Ehren, aber ich habe doch Zweifel, ob Sie über die Bedingungen der norwegischen Arktis ausreichend informiert sind. Ihre Überlegung, von Spitzbergen aus die Nördliche Barents-See mit einem Fischkutter zu befahren, vergessen Sie am besten so schnell wie möglich. Ein solches Vorhaben wäre zu allen Jahreszeiten ein Hasardspiel. Außerdem gibt es hier bei uns weder Fischer noch Fischerboote. Mit Ihrer Anfrage bezüglich der Teilnahme an einer der Forschungsfahrten des Norwegischen Polarinstitutes verweise ich Sie an die zuständigen Stellen in Oslo. Aber machen Sie sich keine allzu großen Hoffnungen. Wie Sie ja wissen, ist Nowaja Semlja ebenso wie das Franz-Joseph-Land sowjetisches Territorium – was immer Sie also dort wollen, haben Sie den sowjetischen Behörden und nicht mir vorzutragen. In der Anlage finden Sie einige grundsätzliche Informationen für Touristen. Freundliche Grüße, Ivar Thorsen.«

Hinweise für Touristen

Svalbard ist der Gruppenname für alle Inseln, die zwischen dem 10. und 35. Grad östlicher Länge und dem 74. und 81. Grad nördlicher Breite im Eismeer liegen, und umfaßt die Spitzbergengruppe, Kvitøya, Kong Karls Land und Bjørnøya (Bäreninsel). *Svalbard*, ein altnordischer Name, der in den *Isländischen Annalen* des zwölften Jahrhunderts zum erstenmal aufgezeichnet wurde, beschwört den Charakter dieses Landes aus Basalt, metamorphischen Sedimenten und rotem und grauem Granit: Er bedeutet *Kalte Küsten.* Aber als der holländische Seefahrer Willem Barents im Jahre 1596 Spitzbergen erreichte, waren diese Annalen und dieses Land wieder in Vergessenheit geraten. So gilt Barents als sein Entdecker. Seit 1925 ist Svalbard Teil des Königreiches Norwegen. Der höchste Vertreter des Staates auf dieser Inselgruppe ist der *Sysselmann*, der Gouverneur. Sein Amtssitz liegt in Longyearbyen, Anschrift: 9170 Longyearbyen. Seinen Anordnungen ist unbedingt Folge zu leisten.

Einreisebedingungen Reisepaß oder Visum sind nicht erforderlich, wohl aber der Nachweis der Überlebensfähigkeit unter freiem Himmel und den Bedingungen der Arktis. Auf Svalbard gibt es weder Hotels noch Herbergen, die allgemein zugänglich sind. Verpflegungsmöglichkeiten gibt es nicht. Alle Reisenden, deren Unterbringungsmöglichkeiten nicht im voraus geregelt sind, haben daher eine geeignete Ausrüstung für den Aufenthalt in der Wildnis vorzuweisen: Zelt, Schlafsack, Proviant, arktistaugliche Kleidung, Land- und Seekarten, Kompaß, Signallampen, Bewaffnung etc. Bei der Ankunft wird die Ausrüstung jedes Reisenden von lokalen Behörden kontrolliert. Wessen Ausrüstung und Verpflegung zur Selbstversorgung nicht ausreicht, der wird abgewiesen und hat die Inselgruppe noch mit dem Flugzeug oder Schiff, mit dem er angekommen ist, wieder zu verlassen.

Das äußere Bild Die Inseln Svalbards sind zerklüftete, von Fjorden zerrissene Gebirge und kaum bewachsen. Es gibt Moose und Flechten, auch Blumen, aber keine Bäume. Weite Gebiete sind völlig kahl. Die Küstenlinie verläuft entlang von Gletscherabbrüchen, Felswänden und schroffen Klippen. Nahezu zwei Drittel der 62049 Flächenkilometer des Archipels liegen unter Gletschern. Außerhalb der lokalen Siedlungen – Longyearbyen, Ny Ålesund, Barentsburg und Pyramiden – gibt es keine Wege und Straßen.

Klima und Licht Svalbard ist eines der wenigen hocharktischen Landgebiete, die im Laufe eines Jahres während längerer Perioden auf dem Seeweg zugänglich sind; ein Ausläufer des Golfstromes hält die Westküste Spitzbergens im Sommer eisfrei. Die Lufttemperatur steigt auch während der Sommermonate nur selten über zehn Plusgrade der Celsiusskala und fällt im Winter auf 35, selten auf 40 Grad unter Null. Die Sommer sind nebelig, die Wetterverhältnisse insgesamt äußerst wechselhaft. In Longyearbyen scheint die *Mitternachtssonne* vom 21. April bis zum 21. August. Vom 28. Oktober bis zum 14. Februar ist *Dunkelzeit.* Mit jedem Breitengrad weiter nördlich dauert sowohl die Periode der Mitternachtssonne als auch die der Polarnacht um sechs Tage länger.

Besiedlung und Flugverbindungen Die ständig bewohnten Siedlungen Svalbards wurden von Kohlenbergwerksgesellschaften gegründet – der norwegischen *Store Norske Spitsbergen Kulkompani* und der sowjetischen *Trust Arkti-*

kugol. Etwa 1200 Norweger und 2100 Sowjets haben auf Svalbard ihren festen Wohnsitz. Die *SAS* fliegt Linienflüge zwischen Tromsö und Longyearbyen, die *Aeroflot* zwischen Murmansk und Longyearbyen; im Sommer laufen Passagierschiffe Svalbard regelmäßig an. Die Häufigkeit der Flüge wechselt mit den Jahreszeiten.

Warnung vor Eisbären Während der Sommermonate durchstreifen Eisbären vor allem die östlichen und nördlichen Gebiete; auch an der Westküste stößt man auf Bären. Sie sind in den meisten Fällen sehr hungrig und daher lebensgefährlich. Reisende haben folgende Regeln zu beachten:

Halten Sie stets sicheren Abstand. Versuchen Sie auf keinen Fall, die Tiere mit Futter anzulocken – weder vom Boot aus noch aus dem Fenster einer Unterkunft. Eisbären greifen ohne Vorwarnung an.

Lagern Sie Abfall stets in einer Entfernung von mindestens hundert Metern in gerader Linie vor der Zelt- oder Türöffnung, damit Sie einen herannahenden Bären rechtzeitig bemerken.

Eisbären stehen ausnahmslos unter Naturschutz. Sollte es in einer Notwehrsituation trotzdem erforderlich sein, zu schießen, dann zielen Sie nicht auf den Kopf, sondern auf Schulter und Brust. Die Gefahr eines Fehlschusses ist hier geringer, und sollte der erste Schuß nicht tödlich sein, gewinnen Sie Zeit, um ein zweites Mal zu schießen. Ein erlegter Bär muß den Behörden gemeldet werden. Fell und Kranium sind dem Gouverneur zu übergeben. Und so fort.

Die Vogelarten Svalbards sind gezählt. Die Namen der Flechten und Moose aufgezeichnet, ihr Regenerationszyklus bekannt. Für das Verhalten im Ernstfall gibt es rettende Vorschriften; die Meerestiefen sind vermessen, die

Riffe und Klippen mit Leuchttürmen bestückt und auch die schroffsten Erhebungen kartographiert. Es ist ein entlegenes, aber längst kein mythenverzaubertes Land mehr, in das Josef Mazzini aufbricht. Wohlvermessen und verwaltet liegt Spitzbergen im Eismeer, ein kaltes Floß, der letzte, steinerne Halt auf seinem Weg in eine andere Zeit.

Mazzini verläßt an diesem 26. Juli, es ist Mittag, Wien mit einem Gefühl der Benommenheit, das man sonst nur empfindet, wenn man aufwacht, um sich tastet und allmählich erkennt, daß es *dieses* Zimmer, diese Wand, das Bett, auf dem man liegt, gewesen ist, wovon man eben noch geträumt hat: Anstatt zu zerfließen, werden die Dinge und Requisiten des Traumes im Aufwachen deutlicher und greifbar.

Der Schub der zur Routenflughöhe aufsteigenden Linienmaschine nach Oslo drückt ihn sanft gegen den Sitz. Schräg durchschneidet der Horizont das rotierende Bild im Passepartout des Kabinenfensters. Dann ist es einen Augenblick lang nicht mehr die Maschine, die aufsteigt, sondern die Welt, die hinabsinkt zum Grund und von dorther, ein grüner Meeresboden, an die Oberfläche schimmert. Dann kräuselt sich das Wasser. Weiß schließt sich die Wolkendecke. Kein Grund mehr. Kein Land.

Noch an Bord des Flugzeugs versucht Josef Mazzini – so fliegt ein Fußgänger – *unten* zu bleiben: Er schmückt die flachen Reliefs der Landstriche, die in den seltenen Öffnungen der Wolkendecke erscheinen, mit Details und Erinnerungen an frühere Reisen aus und beginnt mit einem neben ihm sitzenden Handelsvertreter, der einer geschäftlichen Abmachung und seiner *weiteren Zukunft* entgegenreist, ein ungenaues Gespräch über die verhüllten Landschaften. Der Handelsvertreter spricht von Staatsgrenzen und überflogenen Städten. Von Deichen und

Pappelalleen weiß er nichts. In Kopenhagen wünscht man einander Glück. Der Handelsvertreter verabschiedet sich. Nach der Zwischenlandung hat Josef Mazzini keine Erinnerungen an das unten liegende Land mehr. Was jetzt in den Wolkenöffnungen erscheint, ist ihm schon fremd. Wenn er auf die Rückenlehne des Vordersitzes starrt, sieht er den Tiroler Alexander Klotz in der Tracht des Passeiertales am Fenster eines Zugabteils. Durch das leere Blau des Himmels treibt die Rauchfahne einer Bahnfahrt nach Bremerhaven, treibt der Rauch aus dem Schlot der *Tegetthoff*. Im Frachtraum der DC 9 kläffen Schlittenhunde. Das ferne Rauschen der Triebwerke ist das Brodeln eines Kielwassers – ein von Wellen gerippter, ins Unendliche verlaufender Keil, auf dem Eisstücke treiben und salziger Schaum.

Am frühen Abend ist Mazzini in Oslo. Noch auf dem Weg zum Hotel setzt ein warmer, schwerer Sommerregen ein. Abgesehen vom lang anhaltenden Tageslicht, das ihn später nicht schlafen läßt, gleicht hier nichts dem Norden seiner Vorstellung. Trotz des Regens bleibt es schwül. Die Glasfassade des Hotels spiegelt Baukräne. Über den Kränen schwebt ein Fesselballon durch die Wasserschleier. Spätnachts beginnt Mazzini einen Brief an Anna, aber die Sätze mißraten ihm zu bloßen Tagebucheintragungen, die an niemanden gerichtet sind und nichts festhalten als die ersten Fragmente einer Reiseerinnerung. Mazzini streicht *Liebe Anna* durch und legt das Blatt zu seinen Aufzeichnungen. Der Regen hält bis zum Morgen an.

»Gewöhnlich lehnen wir solche Anfragen ab«, wiederholte Ole Fagerlien an diesem Morgen den Inhalt eines Briefes, den Mazzini noch in Wien erhalten hatte, »es kommen zu viele; die *Cradle* ist kein Touristenschiff. Daß in Ihrem Fall eine Ausnahme gemacht wurde, verdanken Sie Fyrand. Aber das wissen Sie ja.« Noch müde von der Nacht im Hotel, saß Mazzini in einem holzgetäfelten

Raum des Polarinstitutes Ole Fagerlien gegenüber, ein Höflichkeitsbesuch, und dachte an die Vorwürfe, die Anna ihm gemacht hatte, als er sich, nach seinem ersten, ratlosen Brief an den spitzbergischen Gouverneur, ausgerechnet an Kjetil Fyrand, einen *ihrer* Freunde, gewandt und ihn gebeten hatte, ihm bei der Vorbereitung einer Reise zu helfen, die Anna für verrückt hielt. Fyrand hatte auf einer Tagung in Wien einen Vortrag über die im Nördlichen Polarmeer nachgewiesenen Industriegifte gehalten, war dann auch zu einer der Abendgesellschaften Annas erschienen und hatte dort Schnaps aus Wassergläsern getrunken – er saß nun längst wieder in Longyearbyen und dachte über das Eismeer nach.

Nach Fyrands Vermittlung, der seine ozeanographischen Studien im Auftrag des Polarinstitutes betrieb, hatte Fagerlien jedenfalls einer Teilnahme Mazzinis an einer der jährlichen Forschungsfahrten der *Cradle* zugestimmt und damit jene Ausnahme gemacht, von der er an diesem Morgen in einem Tonfall sprach, als würde er seine Entscheidung bedauern – die *Cradle* sei schließlich so etwas wie das Flaggschiff der norwegischen Eismeerforschung, nein, absolut kein Touristenschiff; das Polarinstitut habe den Trawler um eine Riesensumme von einem in Liquiditätsschwierigkeiten geratenen Reeder gekauft und den Erfordernissen der Wissenschaft entsprechend umgerüstet; jeder Platz an Bord sei kostbar ... Mazzini hatte das Gefühl, Fagerlien erwarte von ihm eine Entschuldigung für die Beharrlichkeit, mit der er zu seiner Kabine gekommen war, nickte zu jedem Satz seines Gastgebers mit der Miene eines Zöglings und ließ sich belehren. (Was war schließlich die beiläufige Geringschätzung, die Fagerlien ihn spüren ließ, gegen den Umstand, daß die *Cradle* am 10. August aus dem Hafen von Longyearbyen auslaufen und Kurs auf das *Franz-Joseph-Land* nehmen würde, und daß er, Josef Mazzini!, einhundertzehn Jahre nach der Driftfahrt der *Tegetthoff*, an die Reling gelehnt, den Augenblick einer Entdeckung nachempfinden würde.)

»Ein Buch also«, sagte Fagerlien jetzt, wandte sich von seinem Gast ab und starrte in den Regen hinaus, »... noch ein Buch; auf jedes Abenteuer entfällt mittlerweile eine Schiffsladung Bücher, eine ganze Bibliothek ...«

»Und aus jeder Bibliothek kommt wieder ein Abenteurer«, versuchte Mazzini einen bescheidenen Ausfall aus seiner schweigenden und nickenden Zustimmung. Aber Fagerlien behielt seine Haltung und das letzte Wort: »Oder ein Tourist.« Jetzt lächelte er.

Kjetil Fyrand hatte Mazzini geraten, in seinem Bittbrief an das Polarinstitut (und Fagerlien *war* das Polarinstitut) einen unmißverständlichen Grund anzugeben (am besten eine wissenschaftliche Absicht, eine historische Arbeit zur Not, nur keine Reportage!), warum er das Eismeer abseits der sommerlichen Linienschiffsrouten befahren wollte. Erst diese Korrespondenz hatte Mazzini gezwungen, seine Interessen als *Recherchen zu* deklarieren – und zu verniedlichen. Aber welche Begründung hätte schließlich plausibler geklungen als der Hinweis auf seine Arbeit an einem polargeschichtlichen Buch? Eine Arbeit, die das vom Geplauder und der Begrenztheit einer Linienschiffsreise ungestörte Erlebnis der Eiswelt notwendig machte? Nein, ein Buch über die *Payer-Weyprecht-Expedition* konnte nicht auf einem Touristendampfer geschrieben werden. (Mit solchen und ähnlichen Erklärungen hatte Mazzini sich jedenfalls in seinen Briefen abgemüht.)

Aber Ole Fagerlien blieb auch an diesem Morgen, an dem der Schützling Fyrands des Säufers so höflich, fast untertänig vor ihm saß, von Mazzinis Vorhaben unbeeindruckt. (Warum hatte Fyrand sich bloß für diesen Italiener eingesetzt?) Fagerlien kannte zu viele arktische Chroniken, um das Abenteuer einer einzigen Expedition, eines von Hunderten, nun gemeinsam mit seinem Besucher anzustaunen; außerdem hatte er seine eigenen Helden. Sein geräumiges Arbeitszimmer war schwer von den Reliquien einer größeren Vergangenheit. In Vitrinen lagen Versteinerungen – Schnecken, Farnwedel, Muscheln und Baumrinden, Beweise, wie grün und paradiesisch die Landschaften der Arktis einmal gewesen waren; Spitzbergen, ein tropischer Garten. Matt glänzten an den Wänden die Goldrahmen und der Firnis von Ölbildern, die verjährte Szenen aus dem Eismeer festhielten – Bärenjagden unter einem Himmel, dessen Farben schon rissig geworden waren; Schiffe mit geblähten Segeln im Treibeis und die turmhohe Fontäne, die über einem ins Meer stürzenden Gletscherabbruch weiß und blau aufstieg. Vor einer Wandkarte des Nördlichen Polarkreises, die groß wie ein Gobelin zwischen den Bildern hing, stand eine bronzene Büste Roald Amundsens, ein Altar. Amundsen! – Fagerlien kam an diesem Morgen mehrmals auf ihn zu sprechen – was war alles, was der italienische Besucher von dalmatinischen Matrosen und von den Strapazen seiner Eisheiligen erzählte, gegen die Größe dieses *Einzigen*? Und hatte nicht auch *Er*, der Bezwinger der Nordwestpassage, der erste Mensch am Südpol, der Mentor des gemeinsamen Nordpolfluges mit Nobile und Held Norwegens, unselige Erfahrungen mit Italien gemacht? Fagerliens Archiv – »Hier, sehen Sie; und hier ...« – enthielt die Zeitungsausschnitte, die Nobiles häßliche Angriffe auf den *Einzigen* dokumentierten. Der italienische General hatte nach dem gemeinsamen Polflug versucht, *Ihm* den Ruhm streitig zu machen, hatte sich zwischen Amundsen und die Begeisterung der Welt gedrängt und Pamphlete geschrieben! Auch wenn Nobile das Luftschiff, die *Norge*, gebaut und Mussolini die Expedition unterstützt hatte – was wären alle Mittel ohne einen genialen Gestalter, ohne Amundsen gewesen?

»Ich kenne die Geschichte«, sagte Mazzini.

Und dann, als der General zwei Jahre später, auf seinem *eigenen* Polflug, mit der *Italia* so hart ins Eis stürzte und das Abenteuer ein klägliches Ende nahm – wer außer Amundsen hätte die Größe besessen, zu einem Rettungsflug für einen Feind aufzusteigen? Amundsen und fünf Begleiter waren seit dem Tag dieses Fluges, es war der 18. Juni des Jahres 1928, verschollen; umgekommen für einen hochdekorierten Fanatiker, einen Wahnsinnigen. Nach einem letzten Funkspruch über der Bäreninsel (Fagerlien kannte den Wortlaut) war es für immer still geblieben. Eine Schwimmkufe der Latham-Maschine an der Küste Spitzbergens war alles, was man später gefunden hatte.

»Ich bin nicht Nobile«, sagte Mazzini halblaut und italienisch (wie lange er nicht mehr Italienisch gesprochen hatte), als er aufstand, um sich von seinem Gastgeber zu verabschieden. Seine regennasse Kleidung war auch während des Höflichkeitsbesuches nicht getrocknet. Es war später Vormittag.

»Sorry?« Fagerlien hatte nicht verstanden.

»Mein Name ist Josef Mazzini«, sagte der Gast. Fagerlien schien zum erstenmal, seit langem zum erstenmal, unsicher. In diesem Augenblick empfand er etwas wie Zuneigung für den kleinen, wirren Italiener, der so trotzig ins Eismeer wollte – vielleicht war es aber nur eine Spur jenes Großmuts, mit dem Amundsen Nobile damals beschämt hatte; eine Spur, die Fagerliens Weltbild wie ein Bruchstrich durchzog und sich gelegentlich in eine moralische Richtlinie zu verwandeln schien.

»Grüßen Sie Fyrand«, bannte Fagerlien den Augenblick der Zuneigung und Unsicherheit, nickte seinem Besucher zu und war dann endlich wieder allein; ein rundlicher, kahlköpfiger Mann in einem blaßblauen Anzug.

Die Straßen dampfen. Der Regen hat aufgehört. Langsam, auf einem Umweg, der ihm Oslo erschließen soll, geht Mazzini zum Hotel zurück, ein Tourist, der sich mit einem flatternden Faltplan abmüht. An Straßenecken bleibt er stehen und versucht, sich das jeweils nächste Wegstück *auszumalen*, bevor er weitergeht und von den wirklichen Stadtansichten widerlegt wird; ein Spiel. Erst am Ende seines langen Spazierganges beginnen die Bilder seiner Vorstellung denen der Straßen zu ähneln. Wie gedämpft und verhalten das Leben hier verläuft – es erzeugt nicht mehr Lärm als ein Feiertag in einer Provinzstadt. Die *Fram*, hatte Fagerlien gesagt, das Eismeerschiff Amundsens und Nansens, die *Fram* im Schiffahrtsmuseum auf Bygdøy ... Schon auf dem Weg zur Fähre nach Bygdøy ändert Mazzini seinen Entschluß. Nein, kein Gang durchs Museum, keine weiteren Besuche mehr und keine Vertiefung in andere, fremde Abenteuer, die in sein eigenes hineinragen und stören. Oslo soll das Niemandsland sein zwischen der Gegenwart und der Zeitlosigkeit der arktischen Kulisse. Ein Zwischenaufenthalt.

Über Einkäufen, der Ergänzung der Ausrüstung, vergeht der Nachmittag. Jede Buchhandlung hier führt Seekarten aller Maßstäbe – die Gletscherbrille, er hat die Gletscherbrille im Haus der Steinmetzwitwe vergessen. Am Abend steht Mazzini vor dem Spiegel des Hotelzimmers: Die schwarzen Schalen einer Gletscherbrille vor die Augen gebunden – (wie sicher er sich fühlt, wenn das Gesichtsfeld sich zu einem Sehschlitz verengt) – das Gummiband der Brille bündelt die dichten, dunklen Haare zu einem Schopf; das bartlose Gesicht, schmal, hohe Backenknochen, eine feingeschnittene Nase, glänzt vom Film einer probeweise aufgetragenen Frostsalbe. Minutenlang bleibt er reglos so stehen – das Gewehr, die *Ferlacher Doppelläufige*, im Anschlag, ein Blick aus den Sehschlitzen über Kimme und Korn in den Spiegel: ein schmächtiger Faschingsnarr.

Morgen wird er in Tromsö sein.

7 *Melancholie*

Die Segel sind vom kalten Regen schwer. Manchmal fällt Schnee in nassen, großen Flocken. Unter den tiefziehenden Wolken bleibt der Unterschied zwischen Tag und Nacht aus; der Horizont verschwimmt in Nebelfetzen und einer grauen, endlosen Helligkeit. Die *Tegetthoff* stampft durch ein Meer, das grob und gewalttätig wird. So waren die Sturzseen noch nie. Die Brecher, die auf den Barkschoner zurollen, machen jede Deckwache zur Qual. Die Tiroler Jäger werden abwechselnd seekrank und können sich dann kaum mehr auf den Beinen halten; sie pflegen sich gegenseitig und sprechen einander Mut zu. *Das Küstenwasser vor der Insel Nowaja Semlja wird ruhiger sein; schöne Berge werden wir sehen.* So hat es der Oberlieutenant Payer versprochen. Als die Wellenberge dann endlich flacher werden und der Wind ihre Kämme und Grate nicht mehr zerreißt, zieht eine Kälte auf, in der die Takelage erstarrt, die Rahen und Masten, das Netzwerk der Wanten – ein perlmuttschimmerndes Segelgerüst, ein Kunstwerk aus Eis, von dem auch im sanfteren Seegang und in den Böen gläserne Zapfen losbrechen und auf den Deckplanken zersplittern. Das Klirren macht die Hunde toll. Kaum zwei Wochen sind seit dem Auslaufen aus Tromsö vergangen, aber von Tromsö, von den Kerzen und silbernen Kandelabern auf Konsul Aagaards Tisch und der verschwundenen Festlichkeit spricht keiner mehr. Das Meer drängt die Erinnerungen an das Festland aus den Tagebüchern. Seevögel – Eiderenten, Alken und Polarmöwen – fallen im Schrotgewehrfeuer vom Himmel. Dann sitzen Haller und Klotz vor mit Heißwasser gefüllten Eimern und rupfen

Federn. Die Zeit beginnt langsamer zu werden. Weyprecht läßt das *Krähennest* am Hauptmast anbringen – der schwache Lichtbogen, der sich seit einigen Tagen immer wieder nordnordost zeigt – sollte das schon der *Eisblink* sein, ein Zeichen, daß das offene Wasser bald durchsetzt sein würde von Schollen und Eisbarrieren? So früh? Letztes Jahr, auf der Vorexpedition der *Isbjörn*, war die Treibeisgrenze um diese Jahreszeit bedeutend höher im Norden verlaufen. Der wachhabende Offizier im Krähennest wird das Eis vor allen anderen sehen und den Steuermann warnen und anleiten. An einem besonderen Abend, es ist windstill, spielt der Kommandant für seine Matrosen im Mannschaftsraum auf der Zither. Der im Krähennest, es ist Orel oder Brosch, hört nichts davon. Er ist ganz allein mit seiner Aufmerksamkeit.

Am 25ten July um 8 ½ Uhr Früh die Hündin Novaja an Geburtswehen krepirt. Um 10 Uhr wurde selbe ins kühle Grab versenkt, desselben Tages um 7 ½ Uhr Nachmittags erblicken wir die ersten Eisschollen und begrüßen selbe mit dem Wunsche es wären die letzten. *Otto Krisch*

Überrascht von der südlichen Lage des Eises, säumten wir nicht mit der tröstenden Annahme, daß wir es noch nicht mit dem geschlossenen Eismeere selbst zu thun hätten, sondern mit einem Schollencomplex, der vielleicht durch die Matotschkin-Straße aus dem karischen Meer herausgetrieben war. Allein nur zu bald machte sich die Überzeugung geltend, daß wir uns in der That bereits innerhalb des zusammenhängenden Eismeeres befanden, und daß die Schiffahrtsverhältnisse des Jahres 1872 dem vorangegangenen auf das ungünstigste widersprachen. *Julius Payer*

Die Treibeisfelder, noch sind sie lose und die fahrbaren Kanäle breit, werden mit vollen Segeln passiert; dann wird das Eis dichter; auch die Kraft eines guten Windes reicht nicht mehr aus. Otto Krisch und Heizer Pospischill werden an die Dampfmaschine befohlen. So kommt man mühsam voran. Aber die Felder schließen sich allmählich zu einer weißen Ebene, die bis an den Horizont reicht. Keine Kanäle mehr. Am 30. Juli wird die *Tegetthoff* zum erstenmal vom Eis *besetzt*; sie friert fest. Erst am nächsten Tag birst die Ebene in der Dünung und der wieder wärmer gewordenen Luft. Krisch ist stolz, als das Schiff unter einer Rauchwolke, die einen Schatten wirft, größer als ein Reitplatz, wieder Fahrt macht. Am dritten August ist die Westküste des russischen Archipels Nowaja Semlja erreicht. Segelnd und dampfend und doch so langsam schiebt sich der Barkschoner die Felsenküste entlang. An Sonntagen versammelt sich die Mannschaft an Deck. Dann liest Weyprecht aus einer italienischen Bibel vor.

Gebt acht, daß eure Herzen nicht belastet werden durch Rausch und Trunkenheit und irdische Sorgen, und daß euch der Jüngste Tag nicht unversehens überfalle wie eine Schlinge; denn hereinbrechen wird er über alle, die auf dem Antlitz der Erde wohnen. Wachet also und betet zu jeder Zeit, damit ihr imstande seid, all dem zu entrinnen, was kommen wird, und zu bestehen vor dem Menschensohn . . .

Und wenn Zeiten kommen, in denen das Wort Gottes nicht mehr mächtig genug ist, um einen Kleingläubigen zu beruhigen, dann ist es der Zuspruch Weyprechts, der unerschütterlich alle Zeichen des Meeres und des Himmels günstig zu deuten weiß. Wir sind vorbereitet, sagt er. Nichts wird uns überraschen.

Seit einigen Tagen hatten wir eine den Meisten an Bord völlig fremde Welt betreten; dichte Nebel umhüllten uns häufig, aus dem zerrissenen Schneekleide des noch fernen Landes starrten uns seine verfallenen Zinnen unwirthbar entgegen. Alles rings um uns predigte Vergänglichkeit; denn unausgesetzt herrscht das Nagen des Meeres und die geschäftige Emsigkeit des Schmelzungsprocesses an den Gefilden der Eiswelt. Bei bedecktem Himmel gibt es

Nachts wohl kein melancholischeres Bild, als dieses flüsternde Hinsterben des Eises; – langsam, stolz wie ein Festzug, zieht die ewige Reihenfolge weißer Särge dem Grabe zu, in der südlichen Sonne. Für die Dauer von Secunden erhebt sich das immerwiederkehrende Rauschen der auslaufenden Dünung als Brandung unter den ausgehöhlten Schollen; von den überragenden Rändern der Flarden (Große Eisschollen) fällt das Sickerwasser in flüsternder Monotonie herab, oder es huscht eine kleine der Stütze beraubte Schneegruppe nieder ins Meer, um zischend wie eine Flamme darin zu erlöschen. Unausgesetzt herrscht ein Knistern und Knacken, welches durch das Zerspringen der Eistheilchen hervorgebracht wird. Prächtige Cascaden Schmelzwassers brausen gedämpften Glanzes in Schleiern herab von den Eisbergen, die sich selbstvernichtend und donnernd spalten im glühenden Sonnenstrom ... Dann herrscht der Tag wieder und sein grelles Licht, vor dem alle Farbengluth und Traumhaftigkeit in Nichts zerrinnt.

Julius Payer

Um vom Kurs eines Eismeerschiffes ein brauchbares Bild zu erhalten, ist die Vorstellung der auf eine weiße Wand projizierten Flugbahn einer Küchenfliege von Nutzen: Denn das Umfahren von Eisbergen, das Umkehren vor geschlossenen Packeisfronten, das Aufsitzen auf Schollen und knirschende Durchbrechen, und schließlich die Passagen wirrer Eiskanäle gleichen insgesamt eher einem verschlungenen, auseinandergezerrten Fadenknäuel als einer ruhig dahinziehenden Linie. So geht es auch durch das Küstenwasser Nowaja Semljas. Der Marsgast im Krähennest schreit sich die Stimme heiser. *Offenes Wasser! Anluven vier Schläge backbord, fünf Schläge!* Und unter Bootsmann Lusinas Händen rast das Steuerrad; das Ruder durchflattert alle Anstellwinkel wie die Schwinge eines panischen Vogels. Die *Tegetthoff* schwankt durch eine grelle, glitzernde Scherbenwelt.

Am 12. August, sie haben sich schon ganz allein

geglaubt, taucht plötzlich ein fremdes Schiff aus dem Nebelflor. Noch ist das begeisternde Bild so klein und zerfließend, daß man an eine Luftspiegelung glauben könnte – aber das Schiff treibt nicht wie ein Trugbild kieloben dahin, aufrecht wie nur die Wirklichkeit, mit gehißten Toppsegeln kommt es auf sie zu, und wenn man die Augen schließt und wieder öffnet, ist es immer noch da. Und dann winzige Sterne, rotgoldene Mündungsfeuer, Böllerschüsse! Eine Fregatte. Aber das Großartigste an dieser Erscheinung sind die Flaggen, die jetzt gehißt werden – es ist die norwegische ... und die österreichische! Die österreichische Flagge in dieser Verlassenheit, in der es jetzt laut wird von den Hurras der Matrosen. Die *Isbjörn*, Graf Wilczek, der Förderer und Freund, ist ihnen von Spitzbergen aus nachgesegelt! Er will trotz der schlimmen Eisverhältnisse sein in Wien gegebenes Versprechen halten und auf Kap Nassau ein Lebensmitteldepot für die Expeditionsmannschaft anlegen, eine erste Zuflucht, falls auch der *Admiral Tegetthoff* zustoßen sollte, was in diesen Tagen nur wenige Seemeilen entfernt geschehen war: Die Yachten *Island* und *Valborg* seien vom Eis zermalmt worden und gesunken – so erzählt es der Graf, der mit seinen Begleitern, Baron Sterneck, dem k.k. Hofphotographen Wilhelm Burger und dem Geologieprofessor Hans Höfer, aus einem Beiboot an Bord der *Tegetthoff* klettert. Wie viele Tote? Der Graf weiß es nicht. Er hat Champagner mitgebracht.

Im Kielwasser der *Tegetthoff* segelt die *Isbjörn* nun noch tagelang weiter nördlich, bis zu den Barents-Inseln, die von norwegischen Seeleuten *Drei Särge* genannt werden. Das Lebensmitteldepot wird dort im Ernstfall erreichbarer sein als auf Kap Nassau. Mit jeder Seemeile wächst die Gefahr, vom Eis eingeschlossen und zur Überwinterung in den menschenleeren Steinwüsten Nowaja Semljas gezwungen zu werden. Die *Isbjörn* ist ohne Dampfmaschine und schwere Ausrüstung, und eine Überwinterung würde den Tod bedeuten. Aber der Graf will nicht umkehren; noch nicht. Vor den Barents-Inseln schließt sich das Eis. Beide Schiffe liegen fest. Hofphotograph Burger steht reglos zwischen aufeinandergetürmten Schollen und starrt durch sein Objektiv auf das Ende der Welt: kahle schwarze Klippen, Himmel und Eis.

Der Notproviant, zweitausend Pfund Roggenbrot in Fässern und tausend Pfund Erbswurst in verlöteten Zinnkisten, wird mit Hundegespannen auf die *Drei Särge* geschafft und im Urgestein für alle Zeiten hinterlegt. Keiner von ihnen wird je hierher zurückkommen. Professor Höfer, der Geologe, sammelt Versteinerungen.

Die in den Kalkfelsen der Barentz-Inseln begrabene Thierwelt ist ein unabweisbarer Zeuge, daß dereinst in diesen hohen Breitengraden sich ein warmes Meer ausdehnte, welches unmöglich duldete, daß sich, wie jetzt, große Gletscher in seinen Fluthen badeten. Damals kannte also auch dieser nun völlig abgestorbene und im Eise begrabene Erdtheil eine Periode üppigen Lebens. Im Meere tummelte sich eine tausendfältige, oft zierlich gebaute Thierwelt, während das Land, wie uns die Funde auf Bären-Eiland

und Spitzbergen, welche diesem Zeitalter entsprechen, beweisen, mit palmenartigen, riesigen Farrenkräutern gekrönt war. Wir heißen dieses Zeitalter der Erdgeschichte die Steinkohlenperiode; sie war die reich gesegnete Jugend des hohen Nordens, der seinen Lebensgang rascher that, dem Ersterben behender zueilte, als die noch jetzt in aller Kraft und täglichem Wechselspiele dahinlebenden südlicheren Zonen ... Wenn eine kurze Betrachtung der hier begrabenen Versteinerungen in uns das Bild einstigen üppigen Lebens, eine formenreiche, organische Schöpfung, gleichsam aus dem Traum erweckte, so muß uns ein Blick auf die Jetztzeit der Barentz-Inseln geradezu düster stimmen. Hans Höfer

Während sie vor den Inseln festliegen, läßt Weyprecht schwere, frei hängende Balken am Schiffsrumpf anbringen – eine pendelnde Wehr gegen die Gewalt der bevorstehenden Eispressungen; der Druck andrängender Schollen soll sich auf die Balken verteilen. Immer wieder spannen Payer, Klotz und Haller die Hunde vor die Schlitten, jagen sie über das Eis und versuchen, die Wut der Tiere zu besänftigen. Die Hunde ziehen schlecht. Und dann wird der erste Eisbär erlegt. Ein Fest. Die Hunde sind nicht mehr zu halten.

Am 18ten August wurde zur Feier des Geburtsfestes Seiner Majestät Kaiser Franz Josef I. am Bord ein großes Diner veranstaltet, wozu alle Herren des »Eisbären« (Isbjörn) eingeladen waren, Herr Graf Wilczek stellte den dazu erforderlichen Champagner bei. Bei der Tafel erhob sich Herr Commandant Weyprecht und brachte einen Toast auf das Wohl des Kaisers aus, gewiß das erste mahls im Eise und in unmittelbarer Nähe von der Insel Novaja-Semlia, vom »Eisbären« erhielten wir auch eine frische Rennthierkeule, welche ausgezeichnet mundete. Das ganze Mahl bestand: Schildkrötensuppe, Kramezvögel mit Mixed-picles, Rennthierbraten mit Erdäpfelbiree, Hühnerragout mit Schnittbohnensalat, Mehlschmaren mit Pflaumen-Compot und Himbeer-Marmelade, zum Schluße Käse Brod und Butter dann

schwarzer Caffe und ausgezeichnete eigens für besondere Feste aufbewahrte Cigaren, dann wurde geplaudert und wir erinnerten uns an die Heimath und gedachten unser lieben Angehörigen.
Otto Krisch

Das Mahl der Matrosen ist einfacher, die Speisenfolge nicht überliefert. Man ißt an getrennten Tischen. Auch Bootsmann Lusina, Eismeister Carlsen und Maschinist Krisch werden nur zu besonderen Anlässen an die Offizierstafel gebeten. Aber es wird eine Zeit kommen, in der es keine Tische und kein Schiff mehr geben wird; gemeinsam werden sie im Eis hocken, mit schwarzen Händen und vom Frost aufgerissenen Gesichtern, und rohen Seehundspeck kauen. Schneegefüllte Feldflaschen werden sie unter ihren Hemden tragen und nach qualvollen Stunden des Schlittenziehens ein paar Schluck schales Wasser haben.

Am Abend 10 Uhr standen wir von der Tafel auf und die Herrn des »Eisbären« gingen am Bord, ich legte mich nach der Eintragung dieser Zeilen auch zu Bette. *Otto Krisch*

Am 20. August schienen einige Veränderungen im Eise die Wiederaufnahme der Schiffahrt zu ermöglichen; somit traten wir am folgenden Tage an Bord des »Isbjörn«, um uns vom Grafen Wilczek, dem Commodore Baron Sterneck, Professor Höfer und Herrn Burger zu verabschieden. Es war kein gewöhnlicher Abschied. Erregt eine Trennung unter Menschen, die an sich schon geschieden sind von der übrigen Welt, das Gemüth in höherem Maße als sonst, so geschah sie hier unter den mächtigsten Gründen innerer Bewegung ... Dampfend fuhren wir bei trüber Luft und frischem Nordostwind am »Isbjörn« vorbei nach Norden; bald war dieser dunstverhüllt unseren Blicken entschwunden ... Nachmittags liefen wir in eine Wacke ein (eisgesäumte, offene Wasserfläche, ein Teich im Meer; Anm.); aber schon in folgender Nacht verwehrten geschlossene Eisbarrièren auch hier das Vordringen. *Julius Payer*

Am 22ten August sind wir vom dichten Eis besetzt, löschen um 4 1/2 Uhr früh die Feuer aus und erwarten die Vertheilung des Eises es tritt heftiger Schneefall ein ... Heute verendete eins von den beiden am Bord befindlichen Katzen an Gedärmverschlingung. *Otto Krisch*

Warten. Tage. Wochen. Warten. Monate. Jahre. Bis in die Verzweiflung hinein warten. Die Eisfalle wird sich nicht mehr öffnen. Nie mehr. Am vierzigsten Tag nach dem Auslaufen aus dem Hafen von Tromsö drängt das erstarrte Meer von allen Seiten an die *Tegetthoff* heran. Nirgendwo offenes Wasser. Die *Tegetthoff* ist kein Schiff mehr, eine Hütte, eingekeilt zwischen Schollen, eine Zuflucht, ein Gefängnis. Die Segel sinnlose Fetzen. Die Dampfmaschine Ballast. Das Steuerrad eine Lächerlichkeit. Eine Logbucheintragung von Eismeister Carlsens Hand überliefert die Koordinaten der Einschließung: Es geschah auf 76°22´ nördlicher Breite und 62°3´ östlicher Länge. Der Schnee, der fiel, war feinkörnig und hart.

So treiben sie von nun an dahin auf ihrer Scholle, einer Eisinsel, die kleiner wird und wieder wächst und deren hölzernes Herz ihr Schiff ist; driften in eine blendende Leere, dann in die Dämmerung der polaren Nacht, in die Finsternis, nord, nordost, nordwest und wieder nord – ausgeliefert gänzlich unbekannten Meeresströmungen und der Tortur des Eises. Sie fahren auf nichts mehr zu. Alles drängt sich heran, kommt ihnen entgegen: zwei Jahre, in denen mehr als acht Monate die Sonne nicht aufgeht; die Verlassenheit und die Angst; eine Kälte, in der wärmende Wolldecken an armdick vereisten Kajütenwänden festfrieren; die Atemnot der Lungenkrankheiten; Erfrierungen an allen Gliedmaßen, deren tödliche Folgen Schiffsarzt Kepes nur durch die Qual einer Amputation abwenden kann; skorbutische Wucherungen des Zahnfleisches, die sie sich gegenseitig mit Scheren abschneiden und die zurückbleibenden Wunden mit Salzsäure verätzen; Wahnvorstellungen schließlich und Verzweiflung.

Am entsetzlichsten aber wird ihnen das *Wuthgeheul der Eisschollen* erscheinen, die sich im Verlauf der ersten Überwinterung immer wieder kreischend ineinander verkeilen, sich übereinanderschiebend auftürmen werden und die *Tegetthoff* zu zermalmen drohen. Während dieser *Eispressungen* wird die Mannschaft zwischen Notsäcken unter Deck hocken und auf den Warnschrei der Wache oben warten – *Macht fort! Macht fort! Eures Lebens Ziel ist da!* – und dann einmal mehr über Bord, hinaus in die Dunkelheit, auf das Eis, aus dessen klaffenden Rissen das Wasser tosend und schwarz hervorkocht. Und dann wird es wieder ruhig sein und kein Wasser mehr. Ein Spuk.

Aber was sind schließlich alle Entbehrungen und Qualen gegen die Unsterblichkeit eines Entdeckers oder – im Sinne der Mannschaft gesprochen – gegen die beständig anwachsenden Prämien und Heuergelder? Und was die Finsternis der Polarnacht gegen die Lichtwunder des arktischen Himmels? Gegen die Mitternachtssonne, die durch die Brechung ihrer Strahlen fünf- und sechsmal vervielfältigt in den Dunstschleiern erscheint? Gegen die zarten Luftspiegelungen, die schimmernde, ungeheuerliche Größe des Mondhofs und den wallenden Glanz des Nordlichtes, bei dessen erstmaligem Erscheinen der Matrose Lorenzo Marola auf die Knie sinkt und laut zu beten beginnt?

Bei allen Bestätigungen, die nun Weyprechts Rede vor dem Hafenamt in Fiume, jene adriatische Beschwörung der Schrecken des Eises und der Finsternis, im Verlauf der Schollendrift auch erfahren wird – die Kraft der südländischen Matrosen scheint allem gewachsen. Weyprecht empfindet Genugtuung darüber, gegen die Vorhaltungen und Zweifel aus den Reihen der k. u. k. Marine recht behalten zu haben. Nur keine Südländer!, hatte man ihm gesagt, Norweger, Dänen oder Russen habe er für eine arktische Expedition anzuheuern. Aber es sind Italiener und Dalmatiner, die auch in der Dunkelheit der Winternacht, wenn es ruhig ist und windstill, auf das Eis hinaussteigen werden und dort im Schein der Fackeln *Bocce* spielen. Er habe, wird Weyprecht später an eine Freundin schreiben, seine über alles geachteten Südländer mitgenommen, weil sie über *das Kostbarste* verfügten, worüber Menschen inmitten der Drohungen des höchsten Nordens überhaupt verfügen können – über die Heiterkeit. Dies der Welt mitzuteilen, wird Weyprecht seinen Brief schließen, sei ihm stets ein größeres Anliegen gewesen als die Nachricht von der Entdeckung des *Franz-Joseph-Landes*.

Sie treiben dahin. Es sei für alles gesorgt, man habe mit der Einschließung gerechnet, versichern die Kommandanten der Mannschaft, die *Tegetthoff* sei ein sicheres Schiff und wie kein anderes gebaut für dieses Meer, und im nächsten Frühjahr werde sich auch die Eisklammer lösen, man werde weitersegeln, in einem fremden, offenen Wasser immer weiter, bis zur Beringstraße vielleicht und darüber hinaus. Wie sicher die Kommandanten sind. Unerschütterlich Weyprecht. Und Payer beruft sich auf ihn. Und wenn *alles* dagegen spricht, daß sie von dorther, wohin sie jetzt driften, jemals zurückkehren werden, sagt Weyprecht immer noch: *Wir werden zurückkehren. Ich weiß es.* Noch will niemand daran zweifeln. Einer wie Eismeister Carlsen müßte auch eine andere Wahrheit kennen. Aber er schweigt.

So viele sind vor uns gescheitert. Wir driften nördlich, unaufhaltsam nördlich. Und dann kommen die Breiten, in denen alles und für immer erstarrt und die kein Frühling erreicht. Kein Auftauen. Kein fahrbares Wasser. Keiner, der jemals von dorther zurückgekommen wäre. Die Beringstraße ist weit und wir treiben, wie alle anderen auch, auf das Ende zu.

Wer hätte die Kraft, solche Prophezeiungen auszusprechen? Nein, der Tod ist nur eine Denkfigur. Julius Payer entwirft ein Bild. Es ist ebenso unwahrscheinlich wie sanft: Unversehens würde sich um einen nackten, der arktischen Winterkälte schutzlos ausgesetzten Menschen eine Nebelwolke bilden, dem Mondhof gleich. Bei günstigem Lichteinfall würden die Ränder dieser Wolke, die nichts wäre als die rasch verdunstende Körperfeuchtigkeit, in den Farben des Regenbogens leuchten: Blauviolett, Blau, Grün, Gelb, Orange und Gelbrot. Das allmähliche Verlöschen dieser Farbenbögen, Farbe um Farbe, entspräche den Stadien des Erfrierungstodes; ein Tod jenseits der Schmerzgrenze, sichtbar am Verschwinden des letzten, gelbroten Bogens.

Das Sterben, ein Farbenspiel.

8 *Zweiter Exkurs*
Passagensucher – Ein Formblatt aus der Chronik des Scheiterns

(Ausgewählte Vorläufer der Payer-Weyprecht-Expedition und Namenspatrone arktischer Landschaften, Kaps und Gewässer)

Zur Beachtung: Wer auf einem Fischkutter rettungslos ins Eis gerät und ersäuft, verhungert oder erfriert, hat keinen Anspruch auf eine historische Notiz. So spricht auch keiner mehr von verschollenen Walfängern und Tranjägern – von Seeleuten, die das Nördliche Eismeer jährlich befuhren, ohne ihre Unternehmungen mit dem emphatischen Namen einer *Expedition* zu versehen. Auch die Tranjäger machten Entdeckungen und überwinterten auf Inseln, die den Kosmographen noch lange verborgen blieben; sie kannten das Eis und schiffbare Routen besser als die Vertreter der Akademien – aber wer, außer dem Schreiber in einem Handelskontor, hätte ihre Namen aufzeichnen sollen? Was sind zehn verschwundene Robbenschlägerfregatten gegen ein einziges Expeditionsschiff, das in königlichem Auftrag segelt und sinkt? Wer seine Arbeit auf einem Fangschiff verrichtet, hat keinen Anspruch auf Ruhm. Aber den *Expeditionen*, und seien sie noch so erfolglos, ein Denkmal.

Name (Expeditions-kommandant)	Jahre im Eis	unerreichte Ziele
Hugh Willoughby	1553/1554	Nordostpassage
Martin Frobisher	1576/1577/1578	Nordwestpassage
Willem Barents	1594/1595/1596/1597	Nordostpassage, Nordwestpassage, Direktroute über den Nordpol in den Stillen Ozean
John Knight	1606	Nordwestpassage
James Hall	1605/1606/1607/1608	Nordwestpassage
Henry Hudson	1607/1608/1609/1610/1611	Nordwestpassage, Direktroute über den Nordpol in den Stillen Ozean
Vitus Bering	1725 bis 1741	Nordwestpassage, Nordostpassage, Direktroute über den Nordpol in den Stillen Ozean
Wassilij Jakowlewitsch Tschitschagow	1765/1766	Direktroute über den Nordpol in den Stillen Ozean
John Franklin	1818/19, 1820/21, 1825 bis 1827, 1845 bis 1847	Nordwestpassage, Direktroute über den Nordpol in den Stillen Ozean
Elisha Kent Kane	1850/1851 und 1853 bis 1855	Amerikanische Route (über den Smith-Sund an der Westküste Grönlands zum Nordpol und zur Bering-Straße)
Charles Francis Hall & Emil Israel Bessels	1860 bis 1862 und 1864 bis 1869 und 1871 bis 1873	Amerikanische Route

Vgl. Erster Exkurs, Willoughbys Ende
Segelt bis an die Südspitze Grönlands, kehrt mit einer Schiffsladung Schwefelkies, mit *Goldgestein* und verschleppten grönländischen Eskimos zuruck. Im Verlauf einer zweiten Reise werden fünf Matrosen von Eskimos erschlagen; Frobisher berichtet, daß viele Grönlander sich selbst ertränkt hätten, um seinem Zugriff zu entgehen: verschwindet schließlich im Eismeer.
Umsegelt erstmals Nowaja Semlja und entdeckt nach den Pomoren und Isländern Spitzbergen wieder, kehrt stets mt Schwefelkies zurück. Auf seiner letzten Reise wird sein Schiff bei den *Drei Särgen* an der Nordostküste Nowaja Semljas vom Eis zerdrückt und sinkt; Barents und vier Matrosen sterben im Verlauf der Überwinterung an der Küste. Die Überreste seines Lagers werden Jahrhunderte später von Eismeister → Elling Carlsen gefunden.
Wird in Grönland von Eskimos erschlagen.
Wird in Grönland von Eskimos erschlagen.
Segelt nach Grönland, Spitzbergen und durch die *Hudson-Straße* und *Hudson-Bay* nach dem nordamerikanischen Festland; entdeckt auf einer seiner Rückfahrten die Insel Jan Mayen; wird nach zwei niedergeschlagenen Meutereien gemeinsam mit sieben Matrosen und seinem Sohn von seiner Mannschaft in einem Beiboot ausgesetzt und ist seither verschollen; die Meuterer kehren nach England zurück und werden gehängt.
Held der zaristischen, von Iwan Kirillowitsch Kirilow geplanten und organisierten *Großen Expedition nach dem Norden* (insgesamt sieben Abteilungen und sechshundert Teilnehmer). Passiert als einer der ersten die *Bering-Straße*; stirbt nach einem Schiffbruch vor der *Bering-Insel* ebendort an Skorbut.
Wird nach der Rückkehr von seiner ersten erfolglosen Passagensuche zu einer zweiten Ausfahrt gezwungen, in deren Verlauf der Großteil der Expeditionsteilnehmer umkommt. (Zwangsexpeditionen gehören zur Praxis der zaristischen Eismeerforschung – die Seefahrer erfinden deshalb gelegentlich neue Länder und eisfreie Routen, um einer zweiten Entsendung zu entgehen.)
Nach drei mit großen Mühen überstandenen Polarfahrten verschwindet John Franklin auf seiner vierten Expedition mit 129 Mann Besatzung und den beiden Schiffen *Erebus* und *Terror* im Eis; eine jahrelange Suche bleibt vergeblich. Erst 1859 findet Captain McClintock die Reste von Lagern und verstümmelte Tote.
Kane läuft aus dem Hafen von New York zum ersten Versuch aus, den Stillen Ozean auf einer *Amerikanischen Route* zu erreichen; die erste Reise verläuft erfolglos, die zweite überlebt nur ein Teil der Mannschaft, und Kane stirbt nach seiner Rückkehr an den Folgen der Entbehrungen.
Hall nimmt Eskimofamilien als Führer und Berater auf seine Fahrt mit; stirbt 1871 an den Strapazen einer Schlittenreise im Eis; die Mannschaft versucht unter Emil Israel Bessels weitere Vorstöße zum Nordpol, ein Teil der Besatzung wird vom abdriftenden Schiff getrennt und treibt auf einer Eisscholle sieben Monate bis in die Labrador-See; zum Zeitpunkt des Auslaufens der *Admiral Tegetthoff* gilt die gesamte Hall-Expedition noch als verschollen.

Ergänzende Eintragung: Die Sieger

1878, vier Jahre nach der Rückkehr der Payer-Weyprecht-Expedition, wird sich Adolf Erik Freiherr von Nordenskjöld wohlüberlegt mit seinem Schiff, der *Vega*, vom Eis einschließen lassen, wird mit den Schollen durch die Polarnacht driften, wird im nächsten arktischen Sommer wieder frei werden, die Segel setzen, die Bering-Straße durchfahren und endlich, am 2. September des Jahres 1879, Yokohama erreichen und dort begeistert empfangen werden: Der Erste! Der Bezwinger der *Nordostpassage*! (Eine Passage ohne Verkehrsbedeutung und Wert für den Handel, weil nur um den Preis einer vielleicht jahrelangen Eisgefangenschaft zu befahren ... Aber auch das wird sich ändern – mit den Eisbrechern einer noch fernen Zeit, den sowjetischen Riesenschiffen der Lenin-Klasse etwa, mit ihren fünfundsiebzigtausend Pferdestärken, oder den Tankern der Exxon Oil Company und anderen Missionsschiffen einer übermächtigen Technik.)

In den Jahren von 1903 bis 1906 wird Roald Amundsen auf der *Gjöa* zwei Polarnächte überstehen, mit dem Eis driften und die Bering-Straße über die *Nordwestpassage* erreichen; eine Passage ohne Verkehrsbedeutung und Wert, weil nur um den Preis einer jahrelangen Eisgefangenschaft etc. etc.

Aber wer würde zu behaupten wagen, daß alle Qualen und Leidenswege der Passagensucher sinnlos gewesen seien? Höllenfahrten für wertlose Routen? Immerhin hatten sie, wenn schon nicht dem Reichtum und Handel, so doch der Wissenschaft gedient, der Zerstörung der Mythen vom offenen Polarmeer, der Mythen von Paradiesen im Eis. Und den Mythos zerstört man nicht ohne Opfer.

9 *Pendelbilder einer Landschaft*

Der Juli ist morgen zu Ende. Es ist Josef Mazzinis dritter Tag in Tromsö. Das Eismeer zerfließt im Dunst; die hohe Luftfeuchtigkeit verschleiert die Fernsicht; die Tageshöchsttemperatur steigt nicht über zehn Grad Celsius. Der Himmel ist weiß. Dicht über der versteinerten Landschaft reicht die Windstärke gerade noch aus, um die Oberfläche eines stehenden Gewässers, eines Teichs, zu kräuseln, manchmal zierliche Wellen aufzuschlagen und in den kleinen Kronen verkrüppelter Birken jenes beruhigende Säuseln hervorzurufen, das den Wetterkundigen als bezeichnendes Merkmal einer leichten Brise gilt. Ein Drachenflieger zieht langgezogene, sachte Schleifen vor den Felswänden des *Fragernes*, die Tromsö himmelhoch überragen. Wie ein Beutetier hängt der Pilot unter der leuchtendroten Bespannung seines Gleiters, der ihn auf den Berg zuträgt, einen Augenblick lang in der Luft stehenzubleiben scheint, abdreht, aus Mazzinis Blickfeld gerät und nach Sekunden, ein Stück tiefer, wieder auftaucht. Die Felsen scheinen den Drachenflieger anzuziehen und wieder abzustoßen und ihn allmählich doch nach unten zu zwingen. Wenn das rote Segel mit seiner Beute aus dem Blickfeld schwebt, ist Josef Mazzini allein mit dem Berg, der aufragt wie vor hundert, vor tausend Jahren: unverändert die Klüfte, die Schroffen, die Baumgrenze, die nur zwei- oder dreihundert Meter über dem Spiegel des Meeres verläuft, schüttere, niedrige Baumgruppen, Birken, Erinnerungen an Wälder, Wacholdersträucher und darüber Flechten, kahler Stein und Moos. Da hinauf muß Payer gestiegen sein, die Luftdruckmesser und alles Gerät auf einer Trage, Haller und die Hunde hinter ihm und Dilkoa, der Lappe, allen voran. Jetzt stehen sie oben und sehen die Rauchsäule, die schwarz über Tromsö aufsteigt, die Stadt brennt, und Weyprecht kommt aus dem Hafen den Feuerlöschmannschaften zu Hilfe; Glockengeläute. Und dann hat der Drachenflieger eine Schleife vollendet, gleitet ins Blickfeld zurück und zieht die Gegenwart hinter sich her. Mazzini folgt ihm mit seiner Aufmerksamkeit bis dorthin, wo vor den Felshängen des *Fragernes* die Gondeln einer Seilbahn glänzen; da muß keiner mehr zu Fuß hinauf, und wenn, dann ist es ein Spiel, eine Mühe ohne Notwendigkeit. Der schlanke Bogen einer Betonbrücke überspannt die Hafeneinfahrt; zwei Fangschiffe, groß, die Rümpfe voll Rostschlieren, liegen am Kai; sie würden gestaunt haben, die Matrosen der *Tegetthoff* – ihr Barkschoner gegen die beiden Kolosse da, ein besseres Lotsenboot, und darüber Antennengestrüpp und das Karussell einer Radaranlage. Die Hafenbrücke, eine Schiene, lenkt den Blick auf die Kirche, nein, dort kann er sich die Matrosen Weyprechts nicht vorstellen, denen man vor dem Auslaufen die Messe liest; ein Beispiel ehrgeiziger Architektur, hat gestern, am Frühstückstisch im *Hotel Royal*, ein Urlauber aus Hamburg über die Kirche gesagt, ein gelungenes Bauwerk, die schlichte Konstruktion den Trockengestellen nachempfunden, auf die man hier die Fische hängt und mit übergeworfenen Netzen vor der Gier der Vögel schützt. Nein, dort sind sie nicht gekniet. Der Hamburger Architekt steht jetzt an der Reling irgendeines Kutters im Fjord und fängt Fische, die er nicht ißt, Programmpunkt einer Pauschalreise; er könne sich ruhig anschließen, hat der Hamburger zu Mazzini gesagt, einer mehr oder weniger, das sei doch egal und hier sowieso *alles paletti*. Kupferfarben, moosgrün und rosa die Anstriche der Holzhäuser im Innern der Stadt, wo es ruhig ist wie in einem

Dorf, die Häuser weit genug auseinander, eine Vorsichtsmaßnahme gegen den Funkenflug, immer noch wird mit dem Feuer gerechnet. Mit der Entfernung vom Stadtkern nimmt die Dichte der Neubauten zu, Ziegelbauten, Glas und Beton; Möwengeschrei. Über einer Rasenfläche erhebt sich drei Meter, vier Meter hoch, weit über alle Maße des wirklichen Lebens, ein metallener Amundsen, die leeren Augen gegen das Meer, das grau ist.

Den Schlafsack und das leichte Gepäck geschultert, sehe ich ihn dahingehen auf einem Sandweg, dann auf einem Felsenpfad, violette Abhänge, es ist helle Nacht und er vierzig Marschkilometer von Tromsö entfernt: Josef Mazzini probt das Alleinsein. Am Ufer eines von Birken umstandenen Sees schweben hohe, unruhige Säulen, Mückenschwärme, Millionen Insekten, eine flirrende Allee. Dort kann er sich nicht zum Schlafen hinlegen. Nebelstreifen treiben über das schwarze Wasser und vernähen das Land mit dem See. Hinunter nach Skeivåg, eine verlassene Siedlung am Ullsfjord, Ruinen, eine zusammengesunkene Hütte und darüber Gras, leere Fenster. Zwölf Stunden ist er gegangen. Noch in der Nacht bricht er wieder auf, geht hoch in die Felsen hinauf, kein Weg mehr, tief unter ihm mündet der Grötsund in den Ullsfjord, da hinaus und da durch ist die *Tegetthoff* dem offenen Meer entgegengedampft, jetzt ist das Wasser leer, ganz leer, und dann fällt dichter Nebel ein. Noch macht ihn der Kompaß nicht sicher. Am Morgen erreicht er die Sandstraße bei Snarby, Holzhäuser im Nebel, kaum zehn Meter weit ist zu sehen. Er wandert den Grötsund entlang zurück. Vor Vågnes hält ein Lastwagenfahrer an und bedeutet ihm einzusteigen; jetzt erst spürt er, wie müde er ist. Der Fahrer versteht nicht, daß der Fremde ihm sagen und zeigen will, daß er auch solche und größere Wagen gelenkt habe, und schüttelt immer wieder den Kopf. Auf solchen Straßen spricht man nicht viel. Das nasse Land dröhnt vorüber. Laut eine Stimme aus dem Radio; Störgeräusche. Der Fahrer zeigt gegen den Himmel und dann auf eine daunengefütterte Jacke, die neben ihm liegt. Ein Wetterbericht. Es wird kühler werden. Am Abend ist Mazzini wieder in der Stadt. Der Hamburger Architekt ist eben erst mit einer Twin Otter aus Vardö zurückgekommen, beklagt sich über den Krawattenzwang in einem Vardöer Restaurant, auch am Nordkap sei er gewesen, ein dreihundert Meter hoher Tafelberg steil aus dem Meer, das Ende Europas, aber der Nebel und Regen, leider eine Enttäuschung. Und dann die Krawatte! Eine Krawatte am Rand der Wildnis, in diesem Kaff, idiotisch. Mazzini denkt an das Diner im Haus Konsul Aagaards. War Eismeister Carlsen schon unter den Gästen? Hat er seine weiße Perücke getragen, den Olafsorden, und Payer die Ausgehuniform? Doktor Kepes, der Ungar, der eitelste von allen, wird gewiß im feinen Gehrock erschienen sein. Hören Sie mir überhaupt zu, sagt der Hamburger, der letzte Abend heute, wie? und morgen nach Spitzbergen?, na dann prost, auch das kann gefeiert werden, diesmal werde der Junge aus Wien doch wohl nicht nein sagen. Mazzini sagt auch nicht ja. Er geht hinter dem Hamburger her. Jetzt, wo er aus einer kleinen Einsamkeit kommt, erscheint ihm Tromsö noch neuer, noch gegenwärtiger. Ob er den zerbombten deutschen Zerstörer, das Wrack zwischen den Klippen, gesehen habe? Nein, Josef Mazzini hat nach einem anderen Schiff Ausschau gehalten. Böse Sache, das alte Tromsö sei im Weltkrieg Zwo im deutschen Kanonenfeuer verbrannt.

Erinnerungen an die verschwundene Stadt, an das Tromsö Payers vielleicht, romantische Ansichten, Lithographien, hängen verglast und gerahmt an der Täfelung des Spezialitätenlokals *Fiskerogen & Peppermöllen*, in dem es aussieht wie im Inneren eines Seglers; Sturmlaternen,

Holz und viel Messing. Tolle Kneipe, sagt Mazzini, bevor es der Hamburger sagen kann, und grinst. Der Herr des Hauses, ein vor Jahren aus Österreich emigrierter Gastronom, ist stolz darauf, gerade jene Fischarten in Delikatessen zu verwandeln, die von den norwegischen Küstenbewohnern als ungenießbar ins Meer zurückgeworfen werden. Ob er denn auch Schwefelkies in Gold verwandeln könne, fragt ihn Mazzini.

»Wie?«

»Schwefelkies in Gold.«

»Ideen haben Sie ...«, der Herr des Hauses wendet sich schon dem nächsten Tisch zu, »einen Versuch wäre es wert«, haha, er wünsche noch einen angenehmen Abend. *Seeteufel à la Norvégienne* um einhundertachtzehn Kronen. Schwefelkies in Gold, Alchimie, das Geheimnis des Reichtums, das wahre Abenteuer.

»Sie trinken zu schnell«, sagt der Hamburger.

Er braucht hier, rechnet Mazzini nach, für eine Woche mehr Geld als für einen Monat in Wien. Aber morgen ist er im Eismeer, dort wird sich das und alles ändern. Morgen. Der Nachtflug.

»Na dann prost«, sagt der Hamburger. Der Junge aus Wien scheint nicht eben viel zu vertragen. Der Aquavit macht ihn wirr und so ungeschickt, daß ihm später seine Identitätskarte die Hotelzimmertür nicht öffnet. Ein besoffener Tourist. Der Rezeptionist hilft ihm.

Der letzte Tag auf dem europäischen Festland vergeht mit Kopfschmerzen und Übelkeit. Noch am Abend, das Gepäck steht bereit, erbricht Mazzini galligen Schaum. Der kalte Wind am Flughafen tut ihm wohl. Die Linienmaschine im gleißenden Lichtkegel überrascht ihn. Wieder eine DC 9. Er hat mit einer Twin Otter oder einer anderen kleinen Propellermaschine und höchstens einer Handvoll Passagieren gerechnet. Kurz nach Mitternacht ist er über den Wolken. Ein ganz normaler Inlandflug. Bergarbeiter und Ingenieure fliegen ihrem Einsatz in den Kohlenminen von Longyearbyen entgegen und einige Touristen in grellfarbigen Anoraks in einen Urlaub, für den der Prospekt viel Wildnis versprochen hat. Nach einem Drittel der Strecke, kaum eine Stunde ist seit Tromsö vergangen, beginnt der Himmel zu glosen; tiefrot geht die Sonne auf. Über Longyearbyen wird die Mitternachtssonne noch zwei Wochen lang zu sehen sein. Das fremde Licht versetzt die Touristen in eine erwartungsvolle Unruhe; sie weisen sich gegenseitig auf brennende Wolkenbänke hin. Die meisten der Bergarbeiter schlafen. Auch Mazzinis Nachbar wird gesprächig; ein Bulgare, ein Musiker, einer aus den vielen bulgarischen *Combos*, die während der Sommersaison die Tanzflächen der Finnmark mit alten Schlagern bestreichen. *Rock around the clock. Weiße Rosen aus Athen. Love me tender.* Förmlich, als ob er nach einem besonders zu Herzen gehenden Stück dem Publikum die Besetzung seiner Combo aufzählen würde, stellt der Bulgare sich vor: Slatju Bojadshiew am Kontrabaß. Antonio Scarpa, sagt Mazzini, Matrose; und schon tut es ihm leid. Er hat einen Gutgläubigen, einen Aufrichtigen belogen. Jetzt muß er interessierte Fragen stellen und aufmerksam zuhören, um den Bulgaren, der ihm auch andere Lügen mit der gleichen Freundlichkeit glauben würde, zu entschädigen. Slatju Bojadshiew merkt von alledem nichts. Er hat in Hammerfest gespielt und in Alta und wird jetzt, so wie jedes Jahr, auf Spitzbergen eine Woche im Zelt verbringen – auch wenn ihm seine *boys* sagen, daß er damit nur sein Geld zum Fenster hinauswerfe; die boys verstehen das nicht; es ist ihm gleichgültig. Warum ausgerechnet Bulgaren das Unterhaltungsbedürfnis der Finnmark befriedigen müßten? Der Kontrabassist weiß es nicht so genau. Es habe sich so ergeben. Den westlichen Musikern sei der Norden vielleicht zu langweilig und öde. Eines Tages werde er in Norwegen um Asyl ansuchen und dann für ein Jahr oder länger in die Minen von Longyearbyen gehen. Ein steuerfreies Einkommen, zehntausend Kronen im Monat, dazu Vergünstigungen und später vielleicht ein eigenes Lokal.

Auf der Flugpiste von Longyearbyen springt sie ein schneidender Wind an. Die *Aeroflot*-Maschine nach Murmansk rollt an ihnen vorüber. Vor einer Baracke steht ein schweigsamer Trupp sowjetischer Bergleute; sie warten auf den Helikopter, der sie nach Barentsburg, zu den Minen des *Trust Arktikugol* bringen wird. Der Kontrabassist schreit ihnen etwas zu. Die grellfarbigen Touristen, auch der himmelblaue Mazzini, streifen die *Russen* mit einigen verlegenen, fast scheuen Blicken; altmodische Mäntel, mit Schnüren zusammengebundene Koffer. So tief also sind sie schon im Abenteuer.

Sie wehren sich. Sie schlagen um sich. Mit Beilen und Hauen hacken sie auf die Scholle ein, versuchen mit langen Sägen Kanäle ins Eis zu schneiden, bohren Löcher, die sie mit Schwarzpulver füllen, in dieses verfluchte, erstarrte Meer, zünden Sprengsatz um Sprengsatz, Maschinist Krisch schmiedet aus einem Eisanker einen mächtigen Meißel, den die Matrosen an einem Balkengerüst hochziehen und immer wieder gegen die Eisklammer wuchten, sie werden die *Tegetthoff* aus dem Eis schlagen, sie werden freikommen, sie *müssen* freikommen, um wenigstens eine sichere Überwinterungsbucht an der Küste Nowaja Semljas anlaufen zu können, aber der Archipel sinkt allmählich hinab. Tagelang bleiben Mars- und Focksegel gesetzt, damit sie keine Sekunde verlieren, wenn ihre Eisinsel zersplittert und sie endlich freigibt, am Horizont erscheinen dunkle Streifen, der *Wasserhimmel!*, dort müssen sie hin, dort muß eine fahrbare Rinne sein. Aber sie sind hier. Hier! Sie liegen fest. Der Wasserhimmel gilt nicht für sie. Die Sägen verlieren in der Kälte alle Biegsamkeit und zerbrechen, die Schnitte frieren innerhalb weniger Minuten wieder zu, die Sprengungen schleudern nur wüste Sträuße aus Eissplittern empor, die dann als Hagel auf sie niederprasseln, die *Tegetthoff* rührt sich nicht, das Steuerruder, das sie gestern freigesägt haben, ist heute wieder vereist, die Krater, die ihr Meißel schlägt, weht der Nordoststurm zu, der Schnee wird glasig und hart, neues Eis, und die Segel knallen vergeblich im Wind. Manchmal rast der Himmel über sie hinweg, im Eissturm brechen Klippen und Trümmer von ihrer Scholle ab, die Insel wird kleiner und rissig, jetzt ist es vielleicht soweit, jeder auf seinen Posten!, aber dann treiben nur noch gewaltigere Eismassen heran und verbinden sich mit ihrer Scholle zu einer einzigen starrenden Landschaft.

Ein kurzer Traum war also die erhoffte Erfüllung unserer Aufgabe gewesen; mit Schmerz erkannten wir das fortgesetzte Mißgeschick, und nur unvollkommen gelang es, unsern Gleichmuth zu bewahren ... Immer kürzer wurden die Tage, immer glühender ging die Sonne unter, umringt von rothen Dunstmassen hinter Barrieren schwarzblauen Eises; immer tiefere Dämmerung folgte ihrem Verschwinden ... Nur vereinzelte Möven ließen sich noch blicken, welche die Wasserplätze unserer Umgebung besuchten. Im kurzen Flügelschlag über der Spitze eines Mastes schwebend, sahen sie starr auf uns herab, und mit einem heiseren Schrei zogen sie pfeilschnell dahin nach Süden. Etwas Wehmüthiges lag in diesem Abzug der Vögel; alle Geschöpfe schienen dem langen Schattenreiche, das uns bevorstand, enteilen zu wollen ... eine trostlose Wüste nahm uns auf, willenlos für eine unbestimmbare Zeit und Entfernung, drangen wir in sie ein. *Julius Payer*

Die Tackelage des Schiffes ist derart mit Eis bedeckt, dass es sehr viel Mühe und Anstrengung kostet um ins Krähennest zu gelangen ... Eigenthümlich sind die an der Tackelage anhaftenden Eischristalle, selbe sehen gerade so aus als wie die schönsten Federn. *Otto Krisch*

Und selbst wenn einer in dieses klirrende Eisgerüst hinaufsteigt und sich im Krähennest mit einem Beil Platz verschafft – er sieht nichts mehr, was er den anderen hinunterschreien könnte. Der Wasserhimmel ist verweht. Endlos das Eis. Als Weyprecht die Segel einholen und dann auch die Marsstengen abnehmen läßt, wissen sie, daß sie für dieses Jahr verloren haben. Aber vielleicht geschieht noch ein Wunder. Vielleicht sind die Nordlichter, die ihnen seit den ersten Septemberwochen erscheinen, die himmlischen Zeichen der bevorstehenden Befreiung. Als die erste Lichtwoge über ihre Verlassenheit hinwegrollt, smaragdgrün und dann herrlich in allen Farben des Regenbogens, fällt Marola zu einem Gebet auf die Knie. Die Madonna wird ihnen helfen. Aber Weyprecht sagt ihnen, sie sollten nicht auf Wunder vertrauen, sondern auf ihn.

Vor Allem ist es das Nordlicht, welches den Neuling in jenen Gegenden mit Staunen erfüllt – jenes ungelöste Räthsel, welches die Natur mit feurigen Lettern an den arktischen Sternenhimmel geschrieben hat.

Wie das ferne Wetterleuchten in der schwülen Sommernacht zum Gewittersturm in seiner ärgsten Wuth, so verhält sich der schwache Abklatsch der Nordlichter in unseren Gegenden zu jenem imponierenden Naturschauspiele im hohen Norden. Das ganze Firmament steht dann in Flammen; in dichten Büscheln schießen fortwährend Tausende Blitze von allen Seiten jenem Punkte am Himmelsgewölbe zu, nach welchem die freie Magnetnadel weist; um ihn herum flimmern und flackern und wogen und lecken in wildem Durcheinander die intensiv lichtweißen Flammen mit farbigen Rändern; wie vom Winde gepeitscht jagen feurige Lichtwellen sich kreuzend und überstürzend von Ost gegen West und von West gegen Ost. In ununterbrochenem Wechsel treten Roth an die Stelle des Weiß und Grün an die Stelle des Roth. Tausende und Tausende von Lichtstrahlen flammen unaufhörlich in Garben empor und suchen in toller Hetzjagd den Punkt zu erreichen, nach welchem sie alle streben, den magnetischen Zenith. Es ist, als sei die Sage wahr geworden, von welcher wir in den alten Chroniken lesen, die himmlischen Heerscharen hätten eine Schlacht geschlagen und sich mit Blitz und Feuer vor den Augen der Erdbewohner bekämpft. In tiefster lautloser Stille geht Alles vor sich, jeder Ton ist verstummt, die Natur selbst scheint den Athem anzuhalten, in regungsloser Bewunderung ihres eigenes Werkes. *Carl Weyprecht*

Jetzt haben sie Muße; die Muße von Gefangenen. Sie können nichts mehr zu ihrer Befreiung tun. Mit der gleichen Besessenheit, mit der sie gegen die Eisbarrieren gekämpft haben, kämpfen sie nun gegen die Monotonie. Gegen die Zeit. Sie nähen Überröcke und Proviantsäcke aus Segeltuch, besohlen ihre Stiefel, zweimal, dreimal, spannen ein Zeltdach über das Deck, machen das Schiff winterfest – die nützliche Arbeit ist ihnen nicht genug, ist zu rasch getan. Die Matrosen errichten um die *Tegetthoff* Bauten aus Eis, nur eine Latrine zuerst, dann Mauern, Häuser, Türme! und mit einer geradezu wütenden Anstrengung schließlich Kastelle und Paläste. Sie zersägen Eistafeln und mauern aus schimmernden Ziegeln Torbögen und Spitzbogenfenster, durch die hindurch die Zeit verfliegen soll. Gut, daß ihre Bauwerke und Städte im Schieben des Eises – noch sind es nicht die gewaltigen Eispressungen, die ihnen bevorstehen – immer wieder einstürzen und versinken. So können sie von vorne beginnen, alles erneuern und größer und schöner machen als zuvor. In tagelanger, mühseliger Arbeit ziehen sie Straßen und Bahnen durch Preßeiswälle, glätten das steinharte Meer, gießen Wasser auf, schnallen sich Kufen an ihre Filzstiefel und laufen Schlittschuh. Maschinist Krisch ist den Matrosen dabei ein lachender Lehrer. Aber die Südländer werden auch hier so geschickt und behende, daß sie schließlich auf Schlittschuhen *Bocce* spielen. Weyprecht bleibt ernst. So wenig er jemals Unsicherheit oder Enttäuschung über den Verlauf der Expedition gezeigt hat, so wenig nimmt er auch jetzt, wo sie sich allmählich in ihrer Gefangenschaft einrichten, an ihrer Unbeschwertheit teil. Nächtelang sitzt er allein in einem Beobachtungszelt, das er auf dem Eis hat errichten lassen, führt seine meteorologischen, astronomischen und ozeanographischen Journale, mißt die Schwankungen des Erdmagnetismus, zeichnet lange Zahlenkolonnen auf, berechnet den wirren Kurs ihrer Drift, lotet Meerestiefen, beschreibt, kalkuliert, stellt Zusammenhänge her. Alles an ihm ist Aufmerksamkeit.

Um sich für die Natur zu begeistern, ist es nicht nöthig, ein Stubengelehrter zu sein, der in den Staubfäden der Blume nur das Zeichen ihrer Classe, in dem Insecte das Objekt für das Mikroskop und in dem Berge den Stein erblickt – man braucht auf der anderen Seite aber auch keineswegs ein sentimentaler Enthusiast zu sein, den das Glitzern der Sterne in Entzücken versetzt und der in seiner schalen Bewunderung der Majestät des Blitzes vielleicht von den ewigen Gesetzen nichts weiß, nach welchen die Natur Alles regelt. In der Erforschung der Räthsel, mit welchen sie uns umgiebt, kommt das Streben des denkenden Menschen nach Fortschritt zum vollsten Ausdrucke. Als Newton aus einer einfachen Betrachtung die unwandelbaren Gesetze entwickelte, auf denen der Lauf der Gestirne, die ganze Mechanik des Himmels und die Existenz der von uns bewohnten Erde beruhen, da stellte er nicht bloße Formeln auf, sondern er gab der ganzen denkenden Menschheit einen Stoß nach vorwärts, indem er sie in ihren eigenen Augen erhob und ihr zeigte, wessen der menschliche Verstand fähig sei.

Wer die Natur wahrhaft bewundern will, der beobachte sie in ihren Extremen. In den Tropen, in ihrer vollsten Pracht und Ueppigkeit, im strotzenden Sonntagskleide, über dessen Betrachtung man nur allzu leicht geneigt wird, den Kern zu übersehen – an den Polen in ihrer Nacktheit, die aber umso klarer und deutlicher den großartigen innern Bau hervortreten läßt. In den Tropen verliert sich das Auge in der Massenhaftigkeit der zu bewundernden Details, hier richtet es sich in Ermangelung dessen auf das imponirende Ganze, in Ermangelung des Productes auf die producirenden Kräfte. Nicht zerstreut und unbeeinflußt durch das Einzelne concentrirt sich hier die Aufmerksamkeit auf die Naturkräfte selbst.

Carl Weyprecht

So eng und gedrängt das Leben auf dem Schiff auch ist und so vertraut sich die Untertanen miteinander machen – Carlsen, der in seiner Jugend das Winterlager des großen Barents auf Nowaja Semlja entdeckt hat, Klotz, der die höchsten Berge hinauf ist, auf Schiffstauen gehen und Heiltränke brauen kann, Pietro Fallesich, der am Suezkanal mitgebaut hat und aus Ägypten die unglaublichsten Dinge zu berichten weiß, Bootsmann Lusina, der Kettenraucher, Marola, der Harmonikaspieler, und die anderen, alle tauschen sie ihre Lebensgeschichten aus, erzählen sie in neuen Varianten wieder und wieder –, nur ihre Kommandanten, die finden zu keiner Nähe. Die beginnen sich fremd zu werden. Payer trauert der verlorenen Zeit nach. Er will neue Länder oder Seewege entdecken, will unerforschte Gegenden mit dem Hundeschlitten bereisen, ein Beobachtungszelt ist ihm zu wenig, er will in einen großen Jubel zurückkehren, mit einer wunderbaren kosmographischen Neuigkeit. Für Weyprecht ist das Meer, durch das sie jetzt treiben, vorerst unerforscht und neu genug. Es gäbe auch so viel zu tun; die Erkenntnisse, die er sammle, hätten der Wissenschaft nützlich zu sein und nicht dem nationalen Ehrgeiz, der neuerdings auch den Nordpol um jeden Preis erobern wolle; selbst der Nordpol habe doch für die Wissenschaft keinen größeren Wert als jeder beliebige Punkt im hohen Norden auch; die internationale Hetzjagd nach Entdeckerruhm und nördlichen Breitenrekorden sei ihm zuwider, und er kehre lieber mit gesicherten Ergebnissen und einer vollzähligen Mannschaft zurück als mit der ungefähren Skizze eines Gletscherlandes. Neue Länder – gut. Aber nicht für den bloßen Ruhm und nicht um jeden Preis. Das alles gibt ihm Payer ja auch zu, dennoch – ohne Erfolg, ohne Land heimzukehren sei für ihn beschämender als der Tod. Gerede, sagt Weyprecht. Payer ist mit seinen Träumen ganz bei den riesigen Eisbergen, die aus ihrer Wüste aufragen – diese Berge können nicht von den Gletschern Nowaja Semljas abgebrochen sein, zu gewaltig, zu mächtig sind sie für diese Küste, nein, *die* Berge müssen aus einem anderen, einem unbekannten Land dahergetrieben sein, und er, Payer, *muß* dieses Land finden.

Der Kommandant zu Lande bereitet sich auf den Triumph vor. Er probt die Entdeckungsreise. Immer wieder zieht Payer auf die Scholle hinaus und hetzt das Hundegespann über das Eis. Die Hunde sind so wütend und unberechenbar, daß Krisch ihnen Beißkörbe aus Leder und Eisen anfertigen muß. Gillis, der große Neufundländer, zerfleischt die letzte, bis hierher am Leben gebliebene Katze aus Tromsö, das einzige Wesen, zu dem sie haben zärtlich sein können.

Dieser Umstand verursachte bei der Mannschaft großes Bedauern, da alle diesem Thiere sehr gewogen waren, besonders der Tiroler Klotz, welchem beinahe die Thränen in die Augen kamen. *Otto Krisch*

Klotz, der besonnene, ruhige Alexander Klotz, gerät in eine so entsetzliche Wut, daß er sich auf den Hund stürzt und wie toll auf ihn einschlägt und sie ihn zurückhalten müssen. Dann hockt er vor den Pflanzen, die er im Mannschaftsraum züchtet, stiert auf die Kresse, die hier, wo sie kein Sonnenlicht erreicht, schwefelgelb aus den Töpfen sprießt, und spricht mit Haller in einem Dialekt, den sonst keiner versteht.

Wenn alles getan ist, was zu tun war, was sie sich auferlegt haben, wenn sie unter Deck sitzen, die einen ein Buch vor sich, ein Journal, und die anderen, die nicht lesen können, nichts vor sich als ihre Hände, und nur noch das Chronometer den Lauf der Zeit bestätigt, dann reißt sie manchmal der Schrei der Wache aus ihrer Erstarrung: *Un orso!* Ein Bär! Dann fällt alles Dahinbrüten von ihnen ab, und sie hasten so, wie sie sind, ohne Stiefel oft, ohne Pelze, an Deck. Es gibt keinen größeren Trost als die Jagd. Jeder will als erster am Schuß sein. Wenn sie das Tier über Kimme und Korn vor sich haben, gibt es keine Trauer mehr und keine bleierne Zeit.

Am 6ten Oktober fällt der Wind aus Südwest mit Schneetreiben an ... Nachmittags ging ich auf Deck um eine Verdauungspromenade zu machen und erblickte zu meiner größten Freude Backbord des Schiffes einen Eisbären, ich avisirte sogleich in die Cajütte »Ein Bär in nächster Nähe« alsogleich stürzten alle ins Achterhäußchen und jeder bemächtigte sich in aller Eile eines Gewehres; der Bär ging längs des Schiffes in der obbenannten Entfernung vorüber, zeitweise sich aufrichtend und nach dem Schiffe schnufelnd, alle waren nun schußfertig und verbargen sich hinter die Bordwand, doch der Bär verbarg sich hinter eine Eisscholle und blieb daselbst unserem Blicke entzogen stehen, wir warteten bis er die Scholle passirt, doch vergebens, unsere Geduld war auf das Höchste gespannt, ich stieg am Kreutzmast um nach dem Bären

auszuspähen und erblickte, daß dieser Anstalten traf, sich zu entfernen, ich gab dieß kund und es wurde beschlossen eine Jagd zu veranstalten wir gingen aufs Eis dem Bären näher, da er uns aber wegen der vorliegenden Scholle nicht sehen konnte, so war es uns gegönnt ihm näher zu kommen, zuerst schoß Herr Payer und traf mit einer Explosionskugel in den Rücken, so daß der Bär zusammenbrach, sich jedoch noch vorwärts schleppte, da er aber schon beinahe der sich Achter gebildeten Waacke näherte, wurden noch 6 Schuß auf ihn abgefeuert und er blieb tod mit der Schnauze am Rande des Eises liegen; ... 8 Mann hatten große Mühe selben am Bord zu schaffen, als man ihn öffnete fand man in seinem Magen aber nicht ein Athom von Nahrung, auch seine Gedärme waren ganz schlaff und leer, das arme Thier mußte schon lange gehungert haben. *Otto Krisch*

Aber so selten erlöst sie die Jagd, und immer öfter zwingt sie ein Schneesturm, der sie nur mit abgewandtem Gesicht atmen läßt, unter Deck. Und auch wenn sich der Sturm legt und nur noch das Klingen und Kreischen von in der Ferne berstenden Eisfeldern zu hören ist – die Kälte, eine Kälte, wie sie die meisten von ihnen noch niemals erlebt haben, bleibt. Es wird dunkler. Glühend und sanft verlöscht das Licht in ihrem schimmernden Eistheater. Aber dann hebt sich kein Vorhang zum großen Ereignis. Die Dramen der Eispressungen, deren Vorspiele sie jetzt fast täglich beunruhigen, werden in der Dunkelheit stattfinden. Sie bangen um ihr Schiff. Sie haben Notproviant und Kohlen auf die Scholle hinausgeschafft für den Tag, an dem die *Tegetthoff* dem andrängenden Eis nicht mehr standhalten wird. Eine unumgängliche Vorsichtsmaßnahme, sagt Weyprecht, die *Tegetthoff* wird standhalten. Am 28. Oktober sinkt die Sonne für dieses Jahr unter den Horizont. Aber zwei Tage später erscheint ihnen plötzlich die verschwundene Sonne wieder, eine verzerrte Ellipse, aber nein, das ist nicht die Sonne, es ist nur ihr Bild, das, entstellt und dann auch vervielfältigt, wieder über den Horizont heraufgespiegelt wird, ein Trugbild, gewoben aus in Frostschleiern gebrochenen Strahlen, eine Täuschung. Nur ein Bild? Was ist die Wirklichkeit? Sie haben ja auch Länder gesehen, Gebirge, die durch den Himmel getrieben sind und zerflossen, Luftspiegelungen, nein, das waren keine wirklichen Länder, dochdoch, das waren Länder, schwebende, von silbernen Rändern gefaßte Welten.

31. Oktober, Donnerstag: Schönes Wetter. Das Eis ziemlich ruhig beim Schiff. Dem Herrn Oberleutnant ein Paar Filzstiefel weiter gemacht. Am 30. Oktober habe ich das letztemal die Sonne gesehen und am 31. Oktober habe ich die letzte Möwe gesehen. Der Harpunier hat sie geschossen. *Johann Haller*

Schon Anfang November umgab uns tiefe Dämmerung; magische Schönheit verklärte unsere Einöde, das frostige Weiß der Takelage des Schiffes zeichnete sich gespenstig ab von dem graublauen Himmel. Das tausendfach gebrochene Eis mit seiner schneeigen Hülle hatte die Reinheit und das kalte Aussehen des Alabasters, die zarte Schattirung von Eisenblüthe angenommen. Nur gegen Süden sah man Mittags noch violette Schleier des Frostdampfes emporsteigen. *Julius Payer*

Die Schönheit ist hier flüchtiger als anderswo und die Stille nur eine Pause, ein Augenblick. Allmählich scheint selbst die Unendlichkeit dieses Eis, das schöne Eis, nicht mehr aufnehmen zu können. Zwischen fünf und zwölf Millionen Quadratkilometer jährlich, wird man im nächsten Jahrhundert feststellen, schwanke die Ausdehnung der polaren Eisdecke. Die Polkappe eine pulsierende Amöbe und die *Tegetthoff* ein störender, verschwindender Splitter im Plasma. Jetzt nimmt das Eis zu. Alles nimmt zu. Die Dunkelheit, die Gewalt des Druckes auf die *Tegetthoff*, die Angst um ihr Schiff; um ihr Leben wollen sie noch nicht bangen. Wo sich gestern ein Berg erhoben hat, schimmert heute ein gefrorener Tümpel und morgen wieder ein Riff. Ihre Paläste klaffen auseinander. Die Stadt ist geborsten. Vielleicht wird die Scholle, ihre Insel, sie vor den andrängenden Eisbergen schützen, die auch den kleinen Platz noch wollen, den die *Tegetthoff* einnimmt. Noch einnimmt. Jetzt pflegen und verbinden sie ihre Insel, ihre bedrohte Zuflucht. Wenn ein Riß im Eis klafft, nähen sie ihn mit Tauen und Ankern zu, füllen Bruchstellen mit Schnee. Aber nichts heilt.

Solches Flickwerk zersprengt ein einziger Athemzug des Eismeeres ... Wie die Volksmenge bei einem Aufstande, so erhob sich jetzt alles Eis wider uns. Drohend erstanden Berge aus ebenen Flächen, aus leichtem Aechzen entstand ein Klirren, Brummen und Brausen, gesteigert bis zu tausendstimmigem Wuthgeheul ... Immer näher kommt das Klingen und Rauschen, wie wenn Tausende Sichelwagen dahinrasten über die Sandflur eines Schlachtfeldes. Stets wächst die Stärke des Druckes; schon beginnt das Eis dicht unter uns zu beben, in allen Tonarten zu klagen, zuerst wie das Schwirren unzähliger Pfeile, dann kreischend, tosend, mit den höchsten und tieffsten Stimmen zugleich, – immer wilder brüllend erhebt es sich, sprengt in concentrischen Sprüngen des Schiffes Umkreis, rollt die zerbrochenen Glieder der Schollen auf. Ein furchtbar kurzer Rhythmus des stoßweisen Geheuls verkündet die höchste Spannung der Gewalt. Dann folgt ein Krach, mehrere schwarze Linien irren ohne Wahl über den Schnee. Es sind neue Sprünge in unmittelbarer Nähe, die im nächsten Moment als Abgründe auseinanderklaffen ... Dröhnend rücken und stürzen die erhobenen Gerüste zusammen, gleich einer einfallenden Stadt ... Neue Massen brechen am Umfang unserer kleinen Scholle ab; steilrecht schwingen sich ihre Tafeln aus dem Meere, ein unermeßlicher Druck wölbt sie bogenförmig auf, ja in Blasen steigen die Felder empor, ein grausiger Hinweis auf die Elasticität des Eises. Ueberall ringen die krystallenen Schaaren, zwischen ihren Gliedern fluthet der Wasserschwall in die hinab-

gepreßten Kessel; die Eisklippen zertrümmern im Einsturze, und Schneeströme fließen von den berstenden Hängen nieder ... Und in diesem Wirrsal ein Schiff! Es windet, neigt und hebt sich; entsetzlich aber ist der Ausdruck der Pressung, wenn sie die »Abhalter«, fußdicke Eichenbäume, plattquetscht, das Schiff selbst zu prasseln beginnt ... Die Menschen, sie arbeiten längst nicht mehr, nur im Geiste ringen sie um ihr Leben. Nicht mehr nähen sie das Eis mit Tauen zusammen; nur anfangs rennen sie etwas durcheinander, irren mit Lampen zu den Sprüngen, bis das rings berstende Eis das Schiff selbst zu würgen beginnt. Des Einen Sorge, des Anderen düstere Fassung auf dem Angesichte, Beides verbirgt die Nacht. Unhörbar verhallen Worte, nur Schreie sind noch verständlich ... Wo auf Erden herrscht solch' ein Chaos? Unbewußt ihrer Schrecken walten die Naturgesetze.

Julius Payer

Die Wut dauert oft nur Minuten. Dann wird es ruhig, dann braust nur der Wind in der Takelage, dann sitzen sie in voller Pelzkleidung zwischen ihren Notsäcken und erwarten den nächsten Angriff des Eises; sie können nichts tun, als bereit zu sein für den Augenblick, in dem das Schiff birst, und dann über Bord, schnell über Bord. Aber wohin dann? Das neue Warten ist quälender als das alte. Ihr Schlaf wird leicht, ganz leicht, und oft unterbrochen. *Macht fort!* Wenn doch dieses verfluchte Schiff endlich bersten würde. Dann wäre alles vorüber. Maulhalten, der Teufel wird nicht an die Wand gemalt, nichts wird bersten. Die Matrosen werfen Bärenschädel und dann auch die Rentiergeweihe, die sie aus Tromsö mitgenommen haben, über Bord. Harpunier Carlsen hat sie beschworen – die Schädel erlegter Tiere brächten Unheil, die Naturgewalt werde sich erst besänftigen, wenn man ihr zurückgegeben, was man ihr entrissen habe. Sie tun, was er sagt. Sie bringen ein heidnisches Opfer, denn die Macht, die sie so bedroht – das kann kein gnädiger, das muß ein fremder Gott sein, und sie werfen ihm ihre Trophäen vor. Weyprecht läßt sie gewähren. Nur zur Bibellesung, nach wie vor, jeden Sonntag, müssen sie alle an Deck; entschuldigt sind nur die gehunfähigen Kranken. In dieser Zeit der Eispressungen liest ihnen der Kommandant aus dem Buch Hiob vor. Der unglückliche Hiob aus dem Lande Uz habe mit Gottes Hilfe schlimmere Prüfungen überstanden als das Eis.

Meine Tage rinnen dahin, meine Pläne reißen ab, meine Sehnsüchte! Nacht fügt man an den Tag. Licht nähert sich dem Dunkel. Aber ich habe keine Hoffnung mehr. Das Totenreich wird meine Wohnung, im Dunkel breite ich mein Lager aus. Der Grube rufe ich zu: »Mein Vater du!«, »Meine Mutter und Schwester!« den Würmern. Wo ist denn alsdann meine Hoffnung und meine Erwartung, wer kann sie erschauen? Steigen sie gesondert hinunter zur Unterwelt, oder sinken vereint wir zum Staube hinab? ... Siehe, glücklich der Mensch, den Gott in Zucht nimmt. Verschmähe die Mahnung des Allmächtigen nicht! Denn

er verwundet und er verbindet; er schlägt, und seine Hände heilen auch. In sechs Drangsalen wird er dich retten, in sieben berührt dich kein Leid.

Wer soll das noch glauben? Ist ihnen Hiobs Klage nicht näher als das Glück, das ihn nach allen Übeln erwartete? Hier ist nicht das Land Uz. Sie stehen an Deck. Ganz still müssen sie stehen.

9. November, Samstag: Wind und Nebel. Ich bin vor einiger Zeit an »Gliederreißen« erkrankt. Was soll ich mir bei einer solchen Krankheit im hohen Norden denken? Die dreimonatige Polarnacht ... Unter dem Matrosentumult leben oder sterben. Mich tröstet die gute Hoffnung, die ich in den Doktor setze. Die Schmerzen hat er mir gleich genommen und nach vier Tagen konnte ich schon vom Bett aufstehen und bin schnell wieder zum Gehen gekommen.

10. Sonntag: Wind und Nebel. Ich bin marod.

11. Montag: Wind und Schneetreiben. Ich bin marod.

12. Dienstag: Wind und Schneetreiben. Marod.

13. Mittwoch: Wind und Schneetreiben. Marod.

14. Donnerstag: Wind und Schneetreiben. Marod.

15. Freitag: Windiges Wetter. Ich marod.

16. Samstag: Helle und Wind. Ich marod.

17. Sonntag: In der Nähe des Schiffes hat es heute einen Krawall gemacht. Ich marod.

18. Montag: Helles Wetter. Beim Schiff hat sich ein Bär gezeigt, er ist aber nicht erlegt worden. Ich bekomme vom Doktor die Erlaubnis auf Deck zu gehen, aber nur einen Augenblick und dann gleich wieder zurück und ins Bett.

19. Dienstag: Eine Eispressung drohte uns schon wieder mit dem Zerdrücken des Schiffes. Ein schlechter Trost für mich, im Krankenstand.

20. Mittwoch: Helles Wetter. Temperatur -29°R. (-36°C, Anm.) Die Gefahr, daß das Schiff zerdrückt wird, besteht fort. Ich marod.

21. Donnerstag: Helles Wetter. Abermals eine große Eispressung. Beim Schiff hat es einen Eishaufen aufgeworfen, so groß wie ein großes Haus.

22. Freitag: Helles Wetter. Das Eis ziemlich ruhig beim Schiff. Meine Krankheit bessert sich.

23. Samstag: Das Eis ruhig. Ich habe mit Aufbietung aller meiner Kräfte ein Paar Filzstiefel gesohlt.

24. Sonntag: Helles Wetter. Um 11 Uhr Kirchenvortrag. Ich bin wieder zum Gottesdienst gegangen. *Johann Haller*

Der December kam, doch ohne die Lage zu verändern. Immer einsamer ward unser Leben, – es gab keinen sinnlich wahrnehmbaren Wechsel der Tage mehr, nur die Aufeinanderfolge des Datums und eine einzige Unterscheidung der Zeit, die vor und nach dem Essen und die des Schlafes ... wir hockten in unseren einsamen Zellen am Lager, dem Sekundenschlage der Uhr zu lauschen. Langsam krochen uns ihre achtundsiebzig Millionen Schläge in zwei und einem halben Jahre dahin; unbetrauert enteilte ihr bleierner Flug, weil ohne Wert für unsere Zwecke.
Julius Payer

Nichts, nichts! haben sie erreicht. Immer wieder brüllt sie das Eis an, der Tod. Die Temperatur fällt auf minus 40, 45, 48 Grad Celsius, und ihre Umgebung versinkt in einer Dunkelheit, in der sie einander auf zwei, drei Schritt nicht mehr erkennen können. Die Kajütenwände sind längst zolldick vereist, es ist ihre eigene Körperfeuchtigkeit, die kondensiert und erstarrt. Selbst im Mannschaftsraum, den sie mit ihrem Meidingerschen Kohleofen heizen, steigt die Temperatur am Boden nicht mehr über den Gefrierpunkt. In Kopfhöhe ist es heiß. Aber bis zu ihren Kojen dringt die Wärme nicht vor. Unter den Schlafstellen bilden sich kleine Gletscher. Die Wolldecken frieren fest. Die Gewohnheit, sich alle zwei Wochen im Baderaum zu säubern, haben sie aufgegeben; die dadurch entstehende

Feuchtigkeit fördert nur die Vereisung im Inneren des Schiffes, und zu oft ist es vorgekommen, daß einer nackt aus dem lauwarmen Wasser springen mußte, wenn eine plötzliche Eispressung ihnen mit dem Untergang drohte. Nur mit einem übergeworfenen Pelz oder nackt in diese Kälte hinaus – den schönen Farbenkranz, der sich nach den Vorstellungen Payers dabei um ihren Körper hätte bilden sollen, haben sie nicht gesehen. Aber sie keuchen beim Atmen. Jetzt entkleidet sich keiner mehr. Maschinist Krisch hustet Blut. Kaum ein Tag vergeht, an dem nicht einige von ihnen mit den Zeichen des Skorbuts in den Kojen liegenbleiben; das Zahnfleisch wird weiß und beginnt zu wuchern, aus den Hautporen sickert Blut, dann windet sich einer in Magenkrämpfen, und die Müdigkeit ist so groß. Sie haben zu wenig Frischfleisch; ein seltener Glücksfall, wenn es ihnen gelingt, in dieser Dunkelheit einen Bären zu erlegen. Ihre hundert Flaschen Zitronensaft, das Dörrobst und Konservengemüse und die Moltebeeren reichen nicht gegen den Skorbut. Wenn sie Jagdglück haben, trinken sie Bärenblut.

Drei Tage vor Weihnachten löst Harpunier Carlsen beim Laden seines Gewehres einen Schuß aus. Die Kugel schlägt im Achterhaus, im Munitionsdepot, ein, zwanzigtausend Patronen haben sie an Bord. Weyprecht und Krisch stürzen zum Achterhaus, dort explodieren die ersten Patronenpacken, und reißen die noch unversehrten Packungen heraus. Das Feuer bleibt klein. Sie können es löschen. Weyprecht verliert über Carlsens Unachtsamkeit kein Wort. Aber unter den Vorwürfen der anderen wird der Eismeister noch schweigsamer. Was denn nun, sagt Klotz, der Sonntag sei dem Herrn Harpunier so heilig, daß er nicht einmal mehr auf Bärenjagd gehen und Felle abziehen wolle, und jetzt, am Samstag, möchte er gleich das ganze Schiff in die Luft sprengen. Am 24. Dezember, dem

Eis ist der Abend nicht heilig, schon wieder prasseln die Planken der *Tegetthoff* unter dem Druck, öffnen sie die Geschenkkisten des Hamburger Proviantlieferanten Richers und der Marine: Sechs Flaschen Cognac, zwei Flaschen Champagner, Tabak, hundert Zigarren, Gebäck, Spielkarten, alles eingewickelt in Münchner Bilderbögen, die Fotografie eines Christbaumes und sechs Mädchenfiguren aus Porzellan; Tänzerinnen, zierliche, zur Pirouette erhobene Arme, rosa glasiert die Schenkel, der Mund tiefrot; jedes Mädchen in einer anderen anmutigen Pose. Richers hat ihnen auch ein plattdeutsches Buch dazulegen lassen – *Swinegel.* Der Schweinigel.

Reden sie viel über Frauen? Oder haben sie manchmal das Verlangen, sich aneinanderzulehnen, einander in die Arme zu nehmen? Wo sie herkommen, wird eine solche Liebe hart bestraft. Aber welche Gesetze gelten im Eis? Genügt es ihnen, daß der Doktor oder die Krankenwache über ihre Stirn streicht, wenn sie im Fieber liegen? Ich weiß es nicht.

Wenn die Disziplin verlorengehe, sagt ihnen Weyprecht, dann sei alles verloren.

Nirgends auf der Erde kann ein Exil so vollständig sein wie hier, unter dem furchtbaren Triumvirat: Finsterniß, Kälte und Einsamkeit. Selbst Engel müßte das Verlangen des Wechsels befallen; wie sehr muß die Sehnsucht Menschen ergreifen, welche Allem entrissen sind, was ihre Wünsche reizt und durch die Phantasie verschönert wird. Wahr ist endlich der Ausspruch Lessing's: »Wir sind zu sehr an den Verkehr mit dem anderen Geschlechte gewöhnt, als daß wir bei gänzlicher Vermissung des Reizenden nicht eine entsetzliche Leere empfinden würden.« *Julius Payer*

In der Neujahrsnacht, das Eis ist ruhig, entzünden sie Teerfackeln und umschreiten ihr Schiff; eine Lichterprozession. Dann nehmen die Matrosen Aufstellung im Eis und singen für die Offiziere, Lorenzo Marola hat die schönste Stimme von allen, und Pietro Fallesich begleitet sie auf der Harmonika.

Solo e pensoso i più deserti campi
vo mesurando a passi tardi e lenti,
e gli occhi porto per fuggire intenti,
ove vestigio uman l'arena stampi ...

Aber nein, *was* sie gesungen haben, ist nicht überliefert, und nicht überliefert auch, was auf jener Fotografie zu sehen war, die sie dann mit ein paar Stückchen Schiffszwieback in eine Blechbüchse gesteckt und durch ein Wasserloch im Meer versenkt haben: Diese Büchse sei das alte Jahr, es sinke hinab zum Grund, vergessen seien alle Enttäuschungen, und mit drei Hurras begrüßen sie das Jahr 1873. Payer läßt eine Flasche Champagner holen, der Inhalt ist gefroren, läßt die Flasche zerschlagen, und dann klirrt in jedem Glas ein blaßgelber Eissplitter, und dann setzt sich Elling Carlsen, der so viele Winter in dieser Wildnis überlebt hat, ans Logbuch und schließt bedächtig, feierlich fast, das Journal ihres bisherigen Unglücks:

Vi önsker at Gud maa være med os i det nye aar,
da kan intet være imod os.
Wir wünschen, daß Gott mit uns sei im neuen Jahr,
dann kann nichts gegen uns sein.

II *Campi deserti*

Daß hier Pinien wachsen.

Auf Spitzbergen gäbe es keine Bäume, hat es doch geheißen. Es sind ja auch keine Bäume. Es ist eine einzige Pinie. Wie eine Wolke aus Nadeln und dichtem Geäst umfängt die weit ausladende Krone das Obergeschoß des Hauses. Ein schneeweißes Haus. Eine Seltsamkeit in Longyearbyen, wo die Holzhäuser jene milden Farben tragen, die er aus Tromsö kennt. Rostbraun. Rostrot. Aber dieses Haus ist weiß. Und tiefgrün die Wolke. Im Erdgeschoß, wie an einem Sommertag, stehen die Fenster offen.

Es ist doch kalt.

Es ist still. Nur die Vorhänge rauschen im Luftzug und geben dann den Blick frei. Er sieht durch das dunkle Innere des Hauses hindurch, auch an der Rückseite offene Fenster, die Schaumkronen des Adventfjordes, eine Meereszunge, die lautlos an die Felsen von Longyearbyen schlägt. Kein Brandungsgeräusch. Im Dunkel des Hauses beginnt jemand zu sprechen. Plötzlich und laut und monoton. Ein Gedicht. Ein italienisches Gedicht! Hier. Du bist der einzige Italiener hier, hat Kjetil Fyrand gesagt, der einzige.

Solo e pensoso i più deserti campi
vo mesurando a passi tardi e lenti,
e gli occhi porto per fuggire intenti,
ove vestigio uman l'arena stampi …

Petrarcas Sonett! Es ist die erste Strophe jenes Sonetts, das er Anna vorgelesen hat. Aber wer kennt es hier? Die Stimme bricht immer wieder ab, beginnt von vorn, stockt, vertauscht die Worte, die Reime, bricht ab, beginnt von vorn. So bereitet man sich auf eine Schulstunde vor, verzweifelte Wiederholungen; die Vorhänge rauschen, die Brandung. Drei Sonette von Petrarca. Bis morgen. Auswendig. Auswendig, Mazzini. Solo e pensoso i più deserti campi … a passi …

Einsam und in Gedanken durchmeß ich
die ödesten Gefilde
mit zögernden, langsamen Schritten
und die Augen führ ich,
auf Flucht bedacht, umher,
aufmerkend,
wo Menschenspur im Sande sich einpräge …

Es ist Annas Stimme. Annas Stimme! Keine Vorhänge, es sind keine Vorhänge, es sind Schneeschleier, die von den Gesimsen herabrieseln, Schneeschleier, und wie im Krampf, eine grüne Faust, umschließt die Pinienkrone jetzt das Haus, fest, immer fester, … per fuggire intenti …, schon splittert das Stuckwerk, brechen Gesimse ab, … Oiiya, Anore! … ove vestigio uman …, aus Eis!, es ist Annas Stimme, das Haus ist aus Eis, und die Wolke ballt sich klirrend zusammen, springen Eissplitter aus dem Geäst …

Oiiya, Kingo! Anore! Yaaa!

Jetzt erwacht er mit einem stechenden Schmerz im Nacken. Yaaa! Oiiya!

Die Schreie waren noch durch das geschlossene Fenster laut genug, um ihn zu wecken. Josef Mazzini verliert beinahe das Gleichgewicht, als er aufspringt und der Schmerz ihn zurückreißt. Nach einem tappenden Schritt steht er am Fenster, vor dem Kjetil Fyrand sein Hundegespann zum Halten gebracht hat. Zwei der sieben schmutzverkrusteten Grönlandhunde fallen sich jetzt an. Fluchend zerrt Fyrand sie auseinander. Als Mazzini das Fenster öffnet, ein kalter Augustmorgen in Longyearbyen, steigert sich das Gekläff zum Gebrüll.

»Eh! Er du ikke ståt opp enda, du?« schreit Fyrand ihm zu und hat Mühe mit den Hunden.

»Altro schermo non trovo che mi scampi!« Auch Mazzini bleibt in seiner Sprache. Wie, wenn er jetzt auch aus diesem Traum noch erwachte? Wenn die Holzhäuser zerfließen und Fyrand verschwinden würde und die Steinmetzwitwe an seine Stelle träte: Guten Morgen, Herr Josef?

Aber das kahle, öde Felsenland da draußen zerfließt nicht und zerspringt nicht. Campi deserti: Er *ist* aufgewacht.

»Eh?« Fyrand hat nicht verstanden, was Mazzini ihm geantwortet, und Mazzini nicht, was Fyrand ihn gefragt hat. Einen Augenblick lang waren sie ganz bei sich. Jeder nur noch sich selbst verständlich. Ich will nicht behaupten, sie hätten sich auch so verstanden. Aber sie winken sich zu.

»See you!« Oiiya! Die Hunde springen auf. Ruckartig setzt Fyrands Gefährt sich wieder in Bewegung.

»See you!« Fyrand hört Mazzini schon nicht mehr; er hockt auf diesem Gefährt, das nichts ist als die bis auf einen festgeschraubten Fahrersitz und ein aufragendes Lenkrad leere, rollende Bodenplatte eines Kleinwagens, und schlingert so durch den Morast der aufgeweichten Straßen Longyearbyens. Der Schnee der letzten Tage ist nicht geblieben. Es ist ja Sommer.

Ohne seinen Blick abzuwenden, tritt Mazzini vom Fenster zurück. Er versucht den Gedanken an beschlagene, randvolle Schnapsgläser zu verdrängen, der seinen Kopfschmerz und das Schwindelgefühl verstärkt. Das Bild ist zäh. Dabei waren die Gläser des vergangenen Abends halbvoll, immer nur halbvoll gewesen; wieder und wieder halbvoll.

Saufen. Auf der *Admiral Tegetthoff* war alle achtzehn Tage eine Flasche Rum an jeden Matrosen ausgegeben worden. Und dann hatte man gehandelt und getauscht, weil einige ihren Trost schon nach ein, zwei Tagen leergetrunken hatten. In der Zeit der Eispressungen gab es Sonderrationen.

Mazzini schließt das Fenster. Fyrand ist zu einer kleinen, roten Gestalt geschrumpft, die Hunde zu hellen, springenden Punkten, Ubi, der Leithund, allen voran, und hinter ihm wie die sechs Augen eines Würfels Kingo, Avanga, Anore, Spitz, Imiag und Suli. Fyrand *trainiert* ... nach einem solchen Abend. Um die Disziplin seiner Schlittenhunde in den schneefreien Sommerwochen nicht zu gefährden, zwingt der Ozeanograph die Meute regelmäßig ins Geschirr und vor sein rostendes Gefährt. Yaaa! So hetzen dann Hunde und Mann durch die Grubenstadt. Aber Fyrand erregt kein Aufsehen. Nicht hier, wo die Bedingungen der Wildnis drängender und spürbarer sind als die Maßstäbe der zivilisierten Welt, die tief unter dem Horizont liegt. Langsam, schwerfällig kleidet Mazzini sich an. In seinem Zimmer, das er seit einer Woche in einem Haus der *Kulkompani* bewohnt, ist es heiß wie in einem Brutkasten; die Thermoregulatoren der Zentralheizungsanlage scheinen bereits auf eine künftige Winterkälte zu reagieren. Draußen fällt Naßschnee. Und dann wieder ein beinahe waagrechter Regen. Die Moraststraßen zwischen den Holzhäusern werden noch weicher, noch tiefer. Es ist der 10. August 1981. Der Tag des Auslaufens. Die *Cradle* liegt seit gestern abend am Pier: eintausenddreihundert Bruttoregistertonnen groß, sechzig Meter lang, ein meerblauer Rumpf und haushoch die weißen Aufbauten; gemessen an den Eisbrechern, die während des Sommers die zweitausendachthundert Kilometer lange *Northern Sea Route* zwischen Murmansk und der Beringstraße, die alte Nordostpassage, befahren, ein kleines Schiff. Aber wie zierlich und zerbrechlich hätte sich wohl die *Tegetthoff* gegen diesen Trawler ausgenommen, von dem Fyrand gesagt hatte, er sei bloß von mittlerer Eistauglichkeit, gut genug für eine sommerliche Routinefahrt, aber nichts für schweres Eis ...

...Weyprecht? hatte Kapitän Kåre Andreasen nachgefragt, als Fyrand ihm Mazzini vorgestellt hatte – Payer und Weyprecht? ... Ach so, aber ja doch, das Franz-Joseph-Land ... Weyprecht! Es gäbe eben so viele mit dem Eismeer verbundene Namen von Seeleuten; unmöglich, alle im Gedächtnis zu behalten ... Sie hatten am Tresen der im Postgebäude von Longyearbyen bewirtschafteten Trinkstube gestanden – Fyrand groß und laut, vollbärtig, ein Vierzigjähriger in einer grellgelben Baseballjacke, die an ihm fast kindisch wirkte; schmächtig der Kapitän, kaum größer als Mazzini und ohne die Zeichen eines Kommandanten. Andreasen hatte einen schweren Pullover aus dunkelblauer Wolle und verwaschene Leinenhosen getragen; daß er etwas zu sagen hatte, war nur daran deutlich geworden, daß es am Tresen, daß es um ihn herum kurz stiller geworden war, wenn er eine Bemerkung gemacht oder eine Frage gestellt hatte.

Das Lokal, das einzige in Longyearbyen, war überfüllt gewesen; Bergleute und Ingenieure, wissenschaftliches Personal und Besatzungsmitglieder der *Cradle* in ihren roten Overalls mit dem weiß aufgenähten Schiffsnamen, hatten sich an der Theke gedrängt. Am lautesten waren drei Geologen geworden; sie hatten sich über das auf der Bäreninsel in einem Wetterumsturz gescheiterte Projekt irgendeines ehrgeizigen Kollegen mokiert und dessen vermutliche Enttäuschung abwechselnd, immer wieder unterbrochen vom Beifall und Gejohle der anderen, pantomimisch nachgeäfft. Der Abend war lang geworden. Als Mazzini nach Mitternacht durch den Morast zum Gästehaus zurückgestapft war, hatte ihn selbst die milde, rubinrote Sonne geblendet und jenen Kopfschmerz in ihm wachgestrahlt, mit dem er noch am nächsten Morgen, geweckt von Fyrands Kommandoschreien und dem Gekläff der Hunde, erwachen sollte.

Es ist später Vormittag, als Mazzini sein Zimmer verläßt. Im Gemeinschaftsraum des Wohnhauses dröhnt der Lautsprecher eines Fernsehgerätes. Malcolm Flaherty sitzt allein vor dem Bildschirm, ganz in das blaue Licht von Katastrophenszenen getaucht, und verfolgt den mit unruhigen Kameraschwenks dokumentierten Ablauf von Bergungs- und Löscharbeiten. Vorsichtig, wie auf klarem Jungeis, bewegen sich vermummte Helfer in Asbestanzügen über ein Trümmerfeld. Zwischen den weitverstreuten Wrackteilen eines Flugzeugs liegt aufgeplatztes Gepäck und Frachtgut, neben einer geborstenen Tragfläche der verkohlte Leichnam eines Passagiers. Eine plärrende Stimme aus dem *Off*, ein Augenzeuge, beschreibt den Hergang des Unglücks; ein Landeanflug, eine Stichflamme, ein Knall, ein Rauchkeil, der Aufschlag. Die Luft im Gemeinschaftsraum ist so warm und träge, daß der Rauch einer Zigarette, die Flaherty zwischen die Zinnen eines Aschenbechers geklemmt und vergessen hat, in einer schnurgeraden, dünn fließenden Säule aufsteigt und sich erst spät zur Spirale kräuselt. Flaherty beginnt die meisten seiner freien Tage vor dem Bildschirm; aber selbst die neuesten Nachrichten sind mindestens eine Woche alt, wenn sie die Grubenstadt im Gletschertal des Adventfjordes erreichen. In Longyearbyen lebt man ohne Fernsehverbindung zum Festland. So werden die Bildberichte der norwegischen Television in Tromsö auf Videobändern gespeichert und die Kassetten mit jener beruhigenden Verspätung, die jedes Ereignis als bloße Erinnerung erscheinen läßt, nach Spitzbergen geschickt; erst dort werden die Nachrichten von *Radio Svalbard*, dem lokalen Sender, per

Kabel in die Holzhäuser weitergeleitet. Selbst eine Katastrophenmeldung wirkt nach dieser langen Lieferzeit weniger bestürzend und das aufgezeichnete Tagesgeschehen blaß.

»Funny«, kommentiert Malcolm Flaherty den Filmbericht, »funny, funny«, greift nach seiner Bierdose, erhebt sich gähnend, stellt das Gerät leiser und wendet sich Mazzini zu: »Möchte das Ferienkind vielleicht Billard spielen?«

Am Bildschirm erscheint jetzt eine tropische Landschaft, dann eine Karte Afrikas, auf der sich weiße Pfeile wie Ungeziefer bewegen, Militärkolonnen. Mazzini tritt an den Billardtisch. Er hat sich an den Ton gewöhnt, in dem man hier miteinander umzugehen scheint; eine Sprache, der nichts ernst ist. Eine Woche in Longyearbyen hat ausgereicht, um ihm die einfachen Ordnungen und engen Schauplätze des gesellschaftlichen Lebens der Grubenstadt vertraut werden zu lassen; bis zur Langeweile vertraut. In Gemeinschaftsräumen wie diesem hier, in dem jetzt das Klacken der Elfenbeinkugeln die überholten Nachrichten übertönt, treffen sich nur Privilegierte – Bergbauingenieure, Wissenschaftler und Gäste der Kohlengesellschaft. Wirklich öffentlich wird das Leben erst im Postgebäude, neben dem Amtssitz des Gouverneurs das einzige Steinhaus Longyearbyens, das Herz der Siedlung. Dort werden Beziehungen gepflegt wie in einem Gewächshaus – am Postschalter die Verbindungen zum Festland und an der Theke der Trinkstube die lokalen, losen Freundschaften. An dem mit internationalen Zeitschriften, vor allem aber pornographischen Magazinen behängten Kiosk in der Vorhalle beschafft man sich das Material für die rotierenden Phantasien und steigt gelegentlich auch die Treppe zum Theatersaal im Obergeschoß hoch, um dort über einem Hollywoodfilm oder – seltener – über einer folkloristischen Darbietung zu vergessen, daß man am kalten Ende der

Welt lebt. Vor zwei Tagen hatte man Hitchcocks *Vögel* gezeigt. Die Schreckbilder angreifender Vogelschwärme, die Stakkatos ihrer Schnabelhiebe, waren vom Publikum mit viel Gelächter und Applaus quittiert worden. Flaherty hatte während der Vorführung seine Erinnerungen an einen Radiotechniker, der im letzten Jahr von arktischen Seeschwalben schlimm zugerichtet worden war, in das Dunkel des Saals gebrüllt. Der Mann war die Klippen entlanggewandert und dabei den Nistplätzen dieser Schwalben zu nahe gekommen.

Die *Sterna paradisea*, ein wunderbarer, möwenähnlicher Vogel, weiß die Schwingen, der Kopf schwarz, greift aus dem Sturzflug mit Schnabel und Krallen gelegentlich auch Menschen an, die ihre Brut zu bedrohen scheinen – eine schnelle, elegante Attacke, die auf den Köpfen der Angegriffenen Risse und Schrammen hinterläßt; Wunden, die an der Theke der Trinkstube begutachtet und belacht werden. Eine Informationsschrift des Gouverneurs empfiehlt Unerfahrenen, feste Wollmützen gegen die Schwalben zu tragen. Joar Hoel, der Zahnarzt, hatte damals die Kopfhaut des Radiotechnikers genäht.

Obwohl die Elfenbeinkugeln nach seinem letzten Stoß noch nicht wieder zur Ruhe gekommen sind, springt Flaherty mit seinem Queue, das er wie ein Florett hält, in einen Scheinausfall gegen Mazzini: »Los, Weyprecht, du bist dran.« Flaherty spielt schnell und konzentriert. Wenn er seine Positionen wechselt, geht er nicht um den Tisch, sondern rennt, um schon im nächsten Augenblick wieder zur gespanntesten Haltung zu erstarren. Mit dieser seltsamen Verflechtung aus Hast und Hingabe scheint Flaherty sich allem zu widmen, was er tut. Er hatte sich vor Jahren in Ny Ålesund, der nördlichsten Siedlung Spitzbergens, noch in der Nacht nach einer verlorenen Wette darangemacht, einen Schwebesitz zu konstruieren, auf dem er

Tage später dreißig Stunden an jenem Ankermast pendelnd zubrachte, an dem schon Amundsen und Nobile ihre Luftschiffe vertäut hatten. Nach diesen dreißig Stunden hatte man Flaherty vier erfrorene Zehen und den kleinen Finger der linken Hand amputiert, und Gouverneur Thorsen hatte ihn ermahnt, künftig mehr Respekt gegenüber den historischen Objekten Spitzbergens zu zeigen. So jedenfalls hatte es Kjetil Fyrand gestern abend erzählt.

Aber auch Malcolm Flaherty ist in der kleinen Gemeinde von Longyearbyen, die unruhige Lebensläufe voll jäher Wendungen zusammenfaßt, keine auffällige Erscheinung. So ordentlich, fast kleinbürgerlich sauber die Holzhäuser der Grubenstadt auch am Gletscherfluß des Adventtales aufgefädelt liegen – unter den Lebensläufen, die Mazzini im Verlauf seiner ersten Tage auf Spitzbergen in verschiedenen Varianten gehört hatte, war keiner, der nicht zumindest *ein* Zeichen von Kauzigkeit aufgewiesen hätte. Was Flaherty allerdings von den anderen Miners unterschied, war der Umstand, daß er seit mehr als zwölf Jahren hier lebte. Die meisten Bergleute kamen nur für wenige Jahre und der hohen, steuerfreien Löhne wegen hierher; ertrugen sie die Beschwerden der arktischen Abgeschiedenheit und eine Grubenarbeit, die in den Tafelbergen von Longyearbyen härter war als anderswo, dann bestand immerhin die Aussicht, das alte Leben nach dieser Prüfung vielleicht eine Nuance bequemer wieder aufnehmen zu können. Mehr als diesen persönlichen Gewinn versprach die Arbeit in den oft kaminengen Schächten des Bergwerks ohnedies nicht – der Wert der geförderten Kohle stand in schlechtem Verhältnis zum betriebenen Aufwand; das weitverzweigte Stollensystem schien weniger den Gesetzen des Marktes als vielmehr einer handfesten Demonstration norwegischer Präsenz in diesem entlegenen Hoheitsgebiet des Königreiches zu dienen. Aber was waren hier schon die Gesetze des Marktes? Welches Gesetz wurde denn in dieser steinernen Wildnis nicht bedeutungslos oder zumindest spröde? Gleichwie – die Miners schürften in aller Abgeschiedenheit nach einer besseren Zukunft und der Staat nach Autorität. Von der Schönheit der Gletscherlandschaft, von Natur überhaupt oder der Faszination der Einsamkeit sprach dabei keiner. Wozu auch? Wer für zehntausend Kronen monatlich und ein beschissenes Leben täglich auf dem Bauch durch die Berge krieche, pflegte Flaherty zu sagen, wenn die Rede auf die Minen kam – der wisse entweder genug von *mother earth* oder aber wolle gar nichts mehr von ihr wissen.

Flaherty behauptete, für immer hierher gekommen zu sein. Der nun sechsundvierzigjährige Sohn eines englischen Kolonialoffiziers war in Kenia aufgewachsen, hatte in Polen Bergbau studiert, in kanadischen und südafrikanischen Minen gearbeitet, war dann einer Schußwunde wegen, die er seinem pensionierten Vater in Cardiff zugefügt hatte, zu einer Gefängnisstrafe verurteilt worden und hatte nach deren Verbüßung jahrelang als unglücklicher Ehemann einer ebenso unglücklichen Düngemittelhändlerin auf den Shetland-Inseln gelebt. Vor zwölf Jahren hatte Flaherty schließlich in Lerwick ein hochseetüchtiges Ruderboot bestiegen und sich dann, allein mit seiner Wut, in die Riemen gelegt. Drei Monate hatte er für den eintausendfünfhundert nautische Meilen langen Weg durch den Atlantik, von den Shetland-Inseln bis ans Nordkap Norwegens, gebraucht. Nach dieser größten Anstrengung seines Lebens hatte er in Hammerfest sein Boot zertrümmert und war dann mit einem Kohlenfrachter nach Spitzbergen gekommen. Seither lebte er hier als Vortriebstechniker unter den Miners und seit fünf Jahren Tür an Tür mit Kjetil Fyrand, der auch schon lange keine Anstalten mehr machte, die Arktis jemals wieder zu verlassen.

Flaherty trug stets weiße Seidenhandschuhe, die er nur ablegte, wenn er sich an das goldlackierte Harmonium setzte, das, von Topfpflanzen überwuchert, in einer Ecke seines Zimmers stand; er griff dann behäbig, mit von Hautflechten zerfressenen Händen in die Tasten, sang dazu walisische Lieder und wurde manchmal von Kjetil Fyrand, so gut es eben ging, auf einem Tenorsaxophon begleitet.

»Ich gebe auf.« Abrupt unterbricht Mazzini nach einem mißlungenen Piquéstoß das Spiel und zerstört mit einer zornigen Handbewegung die Formation der Kugeln.

Als Kjetil Fyrand schmutzverkrustet den Raum betritt, die Hunde waren heute nur mit Gewalt in den Zwinger zu bekommen, findet er Flaherty wieder vor dem Bildschirm, auf dem nichts mehr zu sehen ist als ein weißes, gedämpft rauschendes Flimmern – und Mazzini über eine Zeitung gebeugt, beide schweigsam. Fyrands Auftritt wirkt grob und laut, so, als ob er keine Zeit gefunden hätte, den Tonfall zu wechseln, in dem er eben noch die Hunde angebrüllt hat. Fyrand ist der erste; nach ihm kommen Zahnarzt Hoel, dann Israel Boyle – ein kanadischer, aufs Gletscherwandern versessener Bergmann, Einar Guttormsgaard, der Zeugmeister, und andere, die für Mazzini noch ohne Namen sind. Es ist Mittag. Man begrüßt sich, richtet auch an Mazzini die kleinen, gewohnten Fragen, ist mit ebenso kleinen Antworten zufrieden – es geht; aber klar; man könne nicht klagen; heute sollte der Pott ja auslaufen; also dann – und begibt sich zu Tisch.

Josef Mazzini glaubt sich längst im Inneren dieser Gesellschaft; aber die weiß, woran sie mit ihm ist – ein Journalist oder Schriftsteller oder so ähnlich, der sich in die Polargeschichte vernarrt hat. Man hätte den kleinen Italiener ohne weiteres übergehen und wieder vergessen können, wenn er in den letzten Tagen nicht immer wieder an der Seite von Fyrand, Flaherty und Boyle und sogar im Bergwerk aufgetaucht wäre; schien ja mächtig neugierig zu sein, der Kleine. Israel Boyle hatte ihn in die Stollen mitgenommen und bis an die Flöze herankriechen lassen; soll ja vorkommen, daß sich solche Typen 'nen Kilometer durchs Gebirge graben müssen, nur um nachher schreiben zu können, daß es finster war und eng, was, Boyle? Sogar Gouverneur Thorsen hatte den Kleinen auf ein paar Schnäpse eingeladen, und jetzt nahmen sie ihn auch noch auf 'm Gelehrtenkahn mit, daß er einmal anständig Eis zu sehen bekam; und Kjetil ... he, Kjetil, hast du ihm auch Pulswärmer gestrickt, daß er sich beim Schreiben nicht was abfriert, wie? Skål. Naja, es gab ja genug Leute, die sich auf den Routen von frühen Expeditionen umtaten – behängt mit 'nem Satz Kameras und keinen Schimmer von der Windrose.

Toll, was? Jetzt, wo jeder rachitische Urlauber diesen Scheißpol in einer Boeing einfach überfliegen konnte, na klar, in Anzug und Krawatte, ein Steak aus der Plastiktüte auf den Knien und die Kodak am Bullauge – gerade jetzt wurden sie alle wieder scharf auf ein paar Irre, die anno Schnee mit wurmstichigen Kähnen oder mit'm Schlitten und Ballon und blaugefrorenen Köpfen dahin gewollt hatten, verrückt. Was man so hörte, wollte der Kleine jetzt auch noch mit Fyrands Hunden los; wollte unbedingt 'n bißchen Hühott mit dem Gespann spielen; der mußte die Köter wohl mit Ponies verwechselt haben. Aber gut; konnte einem ja egal sein. Skål.

Am späten Nachmittag wird es Zeit, an Bord zu gehen. Das Schneetreiben hat aufgehört. Auch der Regen. Nur der Nordost bläst unvermindert und kalt und raspelt im Fjord Schaumkronen auf. Die vom Rost zerfressenen Gondeln einer stillgelegten Materialseilbahn kreischen in den Böen; eine lange Prozession hölzerner Stützmasten führt zu den Mundlöchern der Stollen hinauf. Kein Nebel. Die *Cradle* wird noch vor Mitternacht auslaufen. Fyrand und Mazzini stehen reisefertig am Tresen der Trinkstube; am Gürtel des Ozeanographen, an dem er auf ihren kurzen gemeinsamen Wanderungen entlang der Eismeerküste und ins Landesinnere stets einen großkalibrigen Revolver getragen hatte, hängt jetzt ein *Walkman*-Kassettenrekorder; Fyrand hatte nach dem ersten Bier die Kopfhörer aufgesetzt und versucht nun manchmal unvermittelt, Satzfetzen aus einem Gesang nachzusingen, den nur er allein hört – *never put me in a job ... Mama Rose ... well, never, never again ...*

Man hat Fyrand in den letzten Tagen nur selten ohne seinen Walkman gesehen – wie immer, wenn im Laden von Longyearbyen, einem Supermarkt, in dem man vom Zubehör einer Polarausrüstung bis zu kandierten Früchten und Kinderwäsche wirklich alles bekam, eine Sendung neuer Kassetten eingetroffen war. Fyrand konnte sich mit einer Melodie, es waren vor allem Saxophonstücke, die er bestellte, tagelang auseinandersetzen, hörte dann ein Stück wieder und wieder, versuchte Passagen daraus auf seinem Saxophon nachzuspielen, schwärmte vom Original, wenn er die Kopfhörer einmal abnahm, und warf plötzlich alles wieder von sich und spielte und sang wochenlang keinen Ton mehr. *Mama Rose!* Noch 'n Bier, Eirik; jetzt aber wirklich das letzte.

Kjetil Fyrand war vor fünf Jahren zunächst nur für einen Sommer in die Niederlassung des Polarinstituts nach Longyearbyen gekommen und war dann einer Lehrerin wegen, Torill Holt, die an der Ortsschule unterrichtete, geblieben. Aber die Lehrerin hieß mittlerweile Larsen, hatte einen Bergbauingenieur geheiratet, bewohnte mit ihm ein Haus, dessen Inneres mit grellen Fototapeten karibischer Landschaften vollgeklebt war, sah den Ozeanographen höchstens noch, wenn er bei einer ihrer Schulveranstaltungen in den letzten Reihen des Theatersaals ein bißchen grölte – und Fyrand war immer noch hier; er verließ Spitzbergen selten und immer nur für wenige Tage, um in Oslo vor kleinem Publikum Hypothesen vorzutragen oder sich um die Planung eines hocharktischen Forschungsprojektes zu kümmern, besuchte gelegentlich auch Kongresse und kam stets mit einem Sortiment teurer Tabakmischungen und Schnäpse wieder zurück. Fyrand saß oft nächtelang im Büro des Zeugmeisters Guttormsgaard, draußen an der Flugpiste, und hielt die Funkverbindung mit Expeditionen aufrecht, die in den Einöden unterwegs waren, verschwand dann manchmal selbst für Wochen mit seinem Boot oder dem Schlitten, um Meßstationen zu warten und Daten abzulesen, verbrachte viele seiner freien Tage gemeinsam mit Flaherty oder Boyle auf den Gletschern, setzte in den Wintermonaten aus Kupferstücken, die er in einem kleinen Schmelzofen emaillierte, die bizarrsten Landschaftsmosaike zusammen und brachte seinen Schlittenhunden schwierige Kunststücke bei; Ubi, der Leithund, konnte auf ein Wort von Fyrand auf den Hinterläufen gehen. Dabei war man in Longyearbyen längst nicht mehr auf Hundegespanne angewiesen – für den Winter besaß hier fast jeder einen *Scooter*, einen Motorschlitten, die Polarnacht wurde so zur lautesten Zeit des Jahres, und nach der Schneeschmelze pflügte man mit geländegängigen Autos durch den Morast der wenigen Straßenkilometer oder benützte häufiger noch die Funktaxis – mit Kot überbackene Limousinen, die zwischen dem Hafen, der Flugpiste und den Gruben verkehrten. Ein Hundegespann zu halten, war selbst hier nicht viel mehr als ein luxuriöser Sport, vielleicht aber auch das untrügliche Zeichen einer arktischen Männlichkeit; neben Fyrand und anderen hielt auch Zahnarzt Hoel vier bärenhafte Grönlandhunde im Zwinger, von denen er sich in der Zeit der Polarnacht, auf Skiern stehend, übers Eis ziehen ließ und die im örtlichen Hundehalterklub als die bissigsten Rüden Spitzbergens galten.

Fyrands stillstes, wenn vielleicht auch leidenschaftlichstes Interesse lag allerdings weitab von seinen Eismeerforschungen und galt den Quallen mediterraner und tropischer Gewässer; auf den Bücherborden seines Zimmers lag Fachliteratur über die *Hydrozoen* in Stapeln, und selbst der Schirm seiner Schreibtischlampe war eine sorgfältige, aus Milchglas gefertigte Nachbildung einer Melonenqualle. Es gäbe für ihn keinen fremderen und eleganteren Anblick, hatte Fyrand zu Mazzini gesagt, als dieses Dahinschweben einer Meduse durch die submarine Dämmerung – so zerbrechlich und zart die Tentakel an den Glocken, Kelchen und Kuppeln, und jede Bewegung durch das Türkis des Wassers wie ein sanfter Herzschlag …

Aber auch diese Leidenschaft des Ozeanographen wäre ohne Bedeutung für das Leben Josef Mazzinis geblieben, wenn Fyrand nicht vor Jahren vor allem der Medusen wegen nach Wien gekommen und dann auch in den Kreis der Buchhändlerin Anna Koreth geraten wäre. Fyrand war damals – zu einer Zeit, in der sich Mazzini noch im Triestiner Tapeziererhaus schwertat – erstmals nach Wien gereist, um die wunderbaren Quallenmodelle eines böhmischen Glasbläsers zu studieren, die dort im Naturhistorischen Museum aufbewahrt wurden, und hatte über einen bibliophilen Zoologen die Bekanntschaft Annas gemacht; eine Bekanntschaft allerdings, die sich schließlich in einer dauerhaften, von Fyrand oft mit wuchernden Strichzeichnungen illustrierten Korrespondenz erschöpfte.

»Das wär's dann, Eirik!, noch einen Glenfiddigh für mich, einen schnellen, und dann ruf uns doch 'n Taxi; wir müssen an den Pier.« Fyrand hat den Bügel seiner Kopfhörer in den Nacken zurückgeschoben ... *never put me in a job* ... Mazzini schultert sein Gepäck.

Der Hafen liegt weiter oben im Fjord. Die Fahrt ist kurz; die Wagenfenster sind blind vor Schmutz, und das in rotes Licht getauchte Land, das ihnen entgegenschlingert, nur durch die Schlieren der notdürftig blankgewischten Windschutzscheibe zu sehen. Fyrand und Mazzini sind die letzten, die an Bord gehen. Händeschütteln. Dann setzt Fyrand seine Kopfhörer wieder auf und nimmt sie auch nicht ab, als Odmund Jansen, ein Meteorologe aus Trondheim, der *Projektleiter*, vor den in der Messe versammelten zehn Wissenschaftlern, drei *Gästen* und den zwölf Mann der Schiffsbesatzung eine kurze Rede hält – er freue sich ... an Bord zu begrüßen undsoweiter, besonders auch die Gäste des Polarinstituts ... hoffe auf eine gute Zusammenarbeit ... Undsoweiter. Man kennt solche Reden. Rot und störrisch leuchtet das Kontrollämpchen an Fyrands *Walkman*; er grinst eine blonde Frau an, die einzige an Bord; *Mama Rose!* ..., eine Gletscherforscherin aus Massachusetts. Josef Mazzini versteht nur das Grußwort Jansens an die Gäste – den englischen Teil der Rede.

Das Auslaufen der *Cradle* ist, was es ist und nicht anders als das Auslaufen irgendeiner Fähre aus einem anderen Hafen auch; der genormte Beginn einer Dienstfahrt. Nur im langanhaltenden Ton des Nebelhorns klingt eine dumpfe Feierlichkeit nach, die in das Adventtal zurückrollt, sich an den Felsen bricht und wiederkehrt. Mit der Gewalt von dreitausendzweihundert Pferdestärken stampft der Trawler aus dem Fjord in die schwarze Unruhe des Eismeeres.

Ich stelle mir Josef Mazzini während der ersten Stunden auf dem Schiff vor, in der Behaglichkeit seiner Kabine, und frage mich, ob er nicht schon im Verlauf dieser Tage in Longyearbyen begonnen hatte, seine Reise von den Erinnerungen an die Fahrt der *Tegetthoff* allmählich abzulösen;

schließlich lag ja auch über der Arktis nichts als die Gegenwart, eine unumgängliche Gegenwart, die nicht zuließ, daß dieses kahle Land zur bloßen Kulisse einer Erinnerung verkam. Die Beschwörung hinabgesunkener Bilder kann Mazzini in der Grubenstadt nicht leichter geworden sein als noch im Lesesaal jenes Marinearchivs in Wien, in dem er das Logbuch der *Tegetthoff* durchblättert, immer wieder durchblättert hatte. Aber ich verfüge über keine Aufzeichnungen, die meine Vermutungen zweifelsfrei bestätigen würden – Mazzinis spitzbergische Tagebuchnotizen sind oft ebenso karg wie die Journale des Jägers Haller oder des Maschinisten Krisch, geben das Geschehen nur knapp, manchmal in unverständlichen Stichworten wieder und enthalten kaum einen Gedanken über die Gegenwart hinaus. Und so halte ich auch an meiner Vorstellung fest, daß Josef Mazzini beinahe Erleichterung empfunden haben muß, wenn etwa Malcolm Flaherty ihn ein bißchen hämisch *Weyprecht* genannt und ihm so beiläufig gezeigt hatte, daß es wohl keine Phantasie und keine Idee gab, von der man sich nicht bis zum Gelächter befreien konnte.

12 *Terra nuova*

Jänner. Das Eismeer gleicht doch dem Lande Uz. Und jeder hier dem Hiob.

Jäger Klotz leidet an Melancholie und *Lungenschwindsucht*;

Matrose Fallesich an Skorbut;

Zimmermann Vecerina an Skorbut und *Gliederreißen*;

Matrose Stiglich an Skorbut;

Jäger Haller an Gliederreißen;

Matrose Scarpa an Skorbut und Krämpfen;

Maschinist Krisch an Lungenschwindsucht …

Ganz ohne Zeichen der Krankheit und Schwäche ist keiner; für jeden, der vom Krankenlager wieder aufsteht, legt sich ein anderer hin. Und so geht es fort.

Selbst wenn die *Admiral Tegetthoff* der hölzerne Tempel eines Lichtkultes wäre, in dem der Sonnenaufgang als die Wiederkehr der Gottheit verehrt würde, könnte an Bord die Hoffnung auf das Ende der Polarnacht, auf die erlösende Wiederkehr der Sonne nicht größer sein als in diesem Jänner des Jahres 1873. – Die Kranken werden zu Kräften kommen, die Eismauern werden einstürzen und als schmelzende Ruinen in der Dünung davontreiben, und der Wind wird gut sein – wenn nur erst die Sonne wieder über den Horizont steigt …

Aber noch ist die Dunkelheit groß.

An sternenklaren Tagen erscheint um die Mittagszeit bereits der Abglanz einer künftigen Morgenröte am Ende ihres Himmels – ein matter Lichtbogen, der rasch wieder in einer violetten Dämmerung versickert. Dann stehen sie an der Reling und loben dieses Licht; es sei heute doch eine Ahnung heller und kräftiger gewesen als zuletzt; heute habe man eine noch vor Tagen gänzlich unlesbare Überschrift beinahe entziffern, und ein Gesicht schon auf vier Schritt Entfernung ohne Sturmlaterne erkennen können.

Aber die Eispressungen dauern an. Das Meer scheint für alle Zeiten unter starrenden Bollwerken aus Eis begraben zu sein. Weyprechts Beobachtungszelt und ein Teil der ausgelagerten Kohlenvorräte verschwinden in einem plötzlich aufklaffenden Riß, und dann wird auch *Bop*, einer der Schlittenhunde, in die Tiefe gerissen. In der von nur wenigen Temperaturanstiegen unterbrochenen Jännerkälte gefriert Wacholderbranntwein zu glasigen Klumpen, und ausgesetztes Quecksilber wird so hart, daß sie damit ein Gewehr laden und zolldicke Bretter durchschießen können.

Aber auch wenn ihr Leben nicht sanfter, und ihre Angst in den unsäglichen Stunden der Alarmbereitschaft und der Erwartung der Katastrophe nur stumpfer geworden ist, so ermutigt sie der glimmende Lichtbogen am Horizont doch, ihre Kraft dem Chaos da draußen neu entgegenzusetzen. Weyprecht sagt ihnen, daß es vor allem die Ordnung sei, die sie am Leben erhielte; selbst die gewöhnlichsten täglichen Verrichtungen, die meteorologischen Messungen, die Routine der Wachablöse, auch der Küchendienst oder der sonntägliche Kontrollgang der Offiziere durch den Mannschaftsraum hätten doch auch Zeichen dafür zu sein, daß eine menschliche Ordnung selbst in dieser Wildnis nichts von ihrer Gültigkeit verlieren könne; das Festhalten an der Disziplin und am Gesetz sei geradezu Ausdruck der Menschlichkeit und der einzige Weg, um in der Einöde zu bestehen.

Eismeister und Harpunier Carlsen gibt ein Beispiel: Der Alte, der so viele Jahre seines Lebens im Eismeer verbracht hat, trägt stets seine weiße Lockenperücke, wenn er

an die Tafel der Offiziere geladen wird; an den kirchlichen Festtagen jener Märtyrer, die er besonders verehrt, heftet er sogar den Olafsorden an seinen Pelz. (Aber wenn die Wogen und Schleier des Nordlichts am Himmel aufflammen, legt Elling Carlsen alles Metall ab, das er am Körper trägt, auch die Gürtelschnalle, um die Harmonie der fließenden Figuren nicht zu stören und die *Wut der Lichter* nicht auf sich zu ziehen.)

In diesen Jännerwochen läßt Weyprecht Schule halten; auch wenn vor ihnen noch keiner so nahe am Nordpol überwintert hat, und auch wenn diese kreischende Wüste sie unablässig bedroht, so soll jetzt doch *jeder* lesen und schreiben lernen, soll die Bordbibliothek – vierhundert Bände, darunter Lessings und Shakespeares Dramen, auch John Miltons *Verlorenes Paradies* und vergilbende Ausgaben der *Neuen Freien Presse* – gegen die Endlosigkeit der Zeit und gegen die Schwermut verwenden können. Poesie! sollen sie haben und Gedanken über den Jammer der Gegenwart hinaus. Weyprecht und die Offiziere Brosch und Orel unterrichten die Italiener und Slawen, Payer seine Tiroler. In Pelzen und mit frostweißen Bärten sitzen sie in der Deckhütte – Schriftzeichen nachmalend die einen, vor den Grundgesetzen der Physik und Mathematik die anderen.

Wenn in diesem kleinen Lehrsaal eine Aufgabe geprüft werden sollte und die Schüler den Athem anhalten mußten, damit der Lehrer, der aus einer Wolke sprach, die Rechentafel zu erkennen vermochte, oder wenn sie, in einer Division begriffen, plötzlich innehalten mußten, um ihre Hand mit Schnee zu reiben, war es da ein Wunder, daß sich die Schule keiner Beliebtheit erfreute?
Julius Payer

Oft zerreißt auch ein Alarm die tägliche Schulstunde und zwingt sie an die Rettungsboote. Und schließlich wird die Kälte wieder so groß, daß der Unterricht zu einer losen, unregelmäßigen Folge von Unterweisungen und Übungen verkommt. Was denn, sagt Klotz, sollen wir den Bären aus der Heiligen Schrift vorlesen? Sollen wir aus Schreibheften Flöße bauen? Ende Jänner, die Morgenröte leuchtet ihnen jetzt auch schon während der Vormittagsstunden, wird der Neufundländerhund Matotschkin von einem Eisbären zerfleischt. Payers Gespann vermag nun kaum mehr einen großen Schlitten zu ziehen. Glaubt der Kommandant zu Lande denn immer noch an Entdeckungsfahrten? Unbeirrt zwingt Payer die Hunde ins Geschirr und schlägt sie dabei manchmal so, daß Jäger Haller sie nach dem Exerzieren pflegen muß. Payers Ausflüge werden wieder häufiger – und wütender. Wenn es hoch im Norden noch ein Niemandsland gibt, dann wird er seine Hunde darauf hetzen.

Ich weiß nicht, ob die gelegentliche Mißstimmung zwischen dem ernsten, beruhigenden Forscher Weyprecht und dem begeisterten Entdecker Payer schon in den ersten Monaten des Jahres 1873 dramatische Formen anzunehmen begann. Die Tagebücher dieser Zeit enthalten keine Aufzeichnungen darüber. Ich weiß aber, daß Carl Weyprecht in allem Kommandant war; er war *die* Autorität – Richter, wenn es unter den Matrosen zu Streitigkeiten, auch Schlägereien, kam, Tröster und Prophet, wenn es um ihre brüchige Hoffnung auf die Heimkehr ging, und letzte Instanz aller Fragen. Und Payer, der Kommandant zu Lande, war immer noch ohne Land. Im nächsten Jahr, schon auf ihrem qualvollen Rückmarsch über das Eis in die bewohnte Welt, wird Weyprecht in seinem Tagebuch einen Streit erwähnen, von dem die Journale ihrer ersten Polarnacht nichts berichten.

Payer beginnt wieder mit seinen alten Eifersüchteleien. Er ist wieder derart mit Wut geladen, daß ich jeden Augenblick auf eine ernste Kollision gefaßt bin. Wegen einer Kleinigkeit – es handelte sich um einen Sack Brot, von dem er behauptete, er habe ihn zuviel transportieren müssen – sagte er mir vor den Leuten Anzüglichkeiten, die ich nicht ungerügt hingehen lassen konnte. Ich erklärte ihm, er solle sich künftig mit solchen Ausdrücken in Acht nehmen, da ich ihn sonst öffentlich zurechtweisen würde. Hierauf bekam er einen seiner Wutanfälle, sagte, er erinnere sich wohl, daß ich ihm schon vor einem Jahr mit dem Revolver gedroht habe und versicherte mir, daß er mir hierin zuvorkommen werde, erklärte mir sogar unumwunden, er werde mir nach dem Leben trachten, sobald er sehe, daß er nicht nach Hause zurückkehren könne. *Carl Weyprecht*

Ich kann mir den nachdenklichen Weyprecht nur schwer vorstellen, der seinem Gefährten und einstigen Freund mit einem Revolver entgegentritt, und ebensowenig Payer, den Poeten und Maler, der Morddrohungen ausspricht – aber im Eismeer haben sich schon schlimmere Verwandlungen vollzogen, und später, nach ihrer triumphalen Rückkehr, die in diesem Jänner noch so unerreichbar erscheint, wird sich auch der Haß wieder bis zu den Formeln der Höflichkeit zurückbilden. *Das vorliegende Werk beginne ich* – so wird Julius Payer schließlich seinen Expeditionsbericht eröffnen – *mit der rückhaltslosen Anerkennung der hohen Verdienste meines Collegen Schiffslieutenants Weyprecht, gegen welche die Erfolge meiner eigenen Anstrengungen nur von geringem Belange sind …*

Wenn aber geschah, was Weyprecht in seinem Tagebuch festhielt, dessen eng beschriebene Seiten nun in den Aktenschränken des Österreichischen Marinearchivs allmählich verblassen, dann wird es wohl in jener inneren und äußeren Dämmerung geschehen sein, in der sie die Wiederkehr der Sonne so sehr erwarteten.

Je lichter es wurde, desto gräßlicher offenbarten sich die Bilder der Zerstörung. Rings um uns erhob sich ein Gebirge klippigen Eises … Selbst auf geringe Entfernung sah man vom Schiff nichts mehr als die Höhe der Masten; alles Uebrige lag hinter einem hohen Eiswalle gedeckt. Das Schiff selbst aber, sieben Fuß über den Wasserspiegel erhoben, ruhte auf einer emporgehobenen Eisblase und sah durch diese Entrückung von seinem natürlichen Elemente wahrhaft trostlos aus. Diese Eisblase war durch eine vielfach zerrissene und immer wieder zusammengefrorene Scholle gebildet und hatte durch das Unterschieben des Eises und den seitlichen Druck der jüngsten Pressungen eine erstaunliche Wölbung angenommen ... Die gespannte Erwartung, womit wir der rückkehrenden Sonne begegnet, war auch ein Anlaß, uns wechselseitig zu betrachten, und wir waren überrascht über die Veränderung, die unser Aeußeres in der langen Periode der Nacht erlitten. Tiefe Blässe bedeckte die eingefallenen Gesichter. Die meisten von uns trugen die Zeichen der Reconvalescenz, spitze, hervorragende Nasen und eingesunkene Augen ... Julius Payer

Ich habe bedeutende Schmerzen, überhaupt beim Aufathmen, und bin gezwungen das Bett zu hüten, durch das immerwährende Kränkeln bin ich sehr abgemagert und sehe schlecht aus, ich erschrak völlig als ich im Bade meinen abgezehrten Körper sah doch hoffe ich, daß mich die Thrankur wieder herstellen wird. Otto Krisch

11. Februar 1873, Dienstag: Wind und Schneefall. Beim Schiff das Eis unruhig. Neuerdings ist ein Kanal entstanden. Mit den Hunden Schlitten gefahren und Schule.

12. Mittwoch: Helles Wetter. Das Eis unruhig beim Schiff. Mit den Hunden Schlitten gefahren und Schule.

13. Donnerstag: Wind und Nebel. Dem Herr Doktor die Koje gereinigt und Schule.

14. Freitag: Mit den Hunden Schlitten gefahren. Nachmittag wurde Flaschenpost ausgesendet, und zwar nach Norden, Süden, Osten und Westen. Die Post wurde in Flaschen gegeben, die Flaschen verkorkt und versiegelt und so die Flaschen dem Eis überge-

ben. Die Flaschen enthielten Nachrichten von unserer Expedition und sollen von uns Kunde geben, für den Fall, daß wir zugrunde gehen sollten und kein Mensch mehr was sieht von uns allen Vierundzwanzig. *Johann Haller*

Österreichische Yacht »Admiral Tegetthoff«, Expedition nach dem sibirischen Eismeere. Fest im Packeis, am 14. Februar 1873.

Wurden am 21. August 1872 nahe der Küste von Nowaja Semlja auf 76°22´ Nord und 62°3´ Ost von Greenwich im Eise besetzt und froren ein. Trieben seit jener Zeit je nach den vorherrschenden Winden mit dem Packeise und wurden im Laufe des Winters durch die beständigen Eisbewegungen öfters gefährdet. Das Schiff liegt jetzt um mehrere Fuß gehoben zwischen Eis der schwersten Gattung, befindet sich jedoch in vollkommen gesundem Zustande. An Bord alles wohlauf, keine besonderen Krankheitsfälle. Gedenken beim Aufgehen des Eises in OSO-Richtung vorzudringen, um die sibirische Küste in der Nähe der Taymirhalbinsel zu erreichen und dann längs derselben östlich vorzudringen, so weit es die Umstände erlauben. Im Sommer 1874 werden wir die Rückreise durch das Karische Meer antreten. Unsere größte erreichte Breite war 78°50´ Nord, bei 71°40´ Ost von Greenwich, ohne daß wir neues Land in Sicht bekamen. Bis Mitte Oktober 1872 blieb die Küste von Nowaja Semlja nach jeder Richtung hin dicht mit Eis besetzt, später verloren wir sie außer Sicht.

Sollte das Schiff durch das Eis zerdrückt werden, so gedenken wir, uns nach der Küste von Nowaja Semlja zu unserem dort befindlichen Proviantdepot zurückzuziehen.

Payer m. p., Weyprecht m. p.

Achtundvierzig Jahre wird es dauern, bis ein norwegischer Robbenschläger die erste der von der Expedition immer wieder und auf verschiedenen Breitengraden ausgesetzten Flaschen an der Westküste von Nowaja Semlja finden wird; die in dem Dokument angegebenen Adressaten –

die *Marinesektion Wien* und die kaiserlich-königlichen Konsulate – werden zu dieser Zeit bereits verschwunden sein, die Monarchie aufgelöst und die Expeditionskommandanten längst tot; der ehemalige Erste Offizier der *Tegetthoff*, der greise Vizeadmiral i. R. Gustav Brosch, wird die Nachricht von der Auffindung der Flaschenpost in der Chronikbeilage der Wiener *Neuen Freien Presse* mit Erinnerungen und dem Wunsch kommentieren, *daß diese kühne Forschungsreise niemals der Vergessenheit anheimfallen möge* … Aber gut. Noch liegt die erste Post der Expedition zwei Seemeilen im Umkreis des Barkschoners verstreut, und die Mannschaft hat sich versammelt wie zu einem Fest. Es ist der 19. Februar des Jahres 1873. Bereits vor zwei Tagen haben sie ein verzerrtes Trugbild der Sonne über dem Horizont gesehen, eine Spiegelung – aber heute erwarten sie die Sonne selbst, die rotgoldene Wirklichkeit.

Da, einen Augenblick, wallte eine Lichtwelle ankündigend durch den weiten Raum, und die Sonne stieg, von einer Purpurhülle umgeben, empor auf die eisige Bühne. Niemand sprach; wer hätte Worte dem Gefühle der Erlösung geliehen, das auf jedem Antlitz leuchtete, und sich kunstlos unbewußt offenbarte in des einfachen Mannes leisem Ausruf: »Benedetto giorno!« Nur mit ihrer halben Scheibe und zögernd hatte sich die Sonne erhoben über den düsteren Saum des Eises, als wäre diese Welt unwerth ihres Lichtes … Düster, traumhaft ragten die verfallenen Kolosse des Eises gleich zahllosen Sphynxen in das strahlende Lichtmeer hinein; spaltenumringt starrten die Klippen und Wälle und lange Schatten warfen sie über die diamantsprühende Schneebahn. *Julius Payer*

Jäger Klotz ist so in den Anblick dieser halben Sonne versunken, daß er noch stundenlang springende Blendungsbilder, türkise, lichtgrüne und weiße Bälle in den Augen hat. Wie oft haben sie den Morgen schon kommen sehen, glühend und groß, auf ihren Handelsschiffen, im

Gebirge über dem Passeiertal oder auf den Schlachtfeldern der kaiserlichen Armee. Was sind aber alle Tagesanbrüche ihres bisherigen Lebens gegen diesen einen, unvollendeten Sonnenaufgang. Auch wenn sie nur von der Dunkelheit, und nicht vom Eismeer, nicht von ihrer Gefangenschaft und nicht von den Strapazen der Krankheit erlöst sind, so versuchen sie doch, für einen Tag wie von *allem* erlöst zu sein. Sie setzen ein Zeichen. Sie feiern Karneval.

Eine Sonderration Rum haben die Offiziere für jeden ausgesetzt, der zur Fastnacht im Kostüm erscheint. Und so schneiden die Matrosen Kronen, Helme und Bischofsmitren aus leeren Blechbüchsen, nähen aus Fetzen Talare, und Flossen und Tatzen aus Filz, flößen dem Lappenhund *Sumbu* Alkohol ein und verzaubern ihn mit ihren Filzstükken in einen torkelnden Lindwurm; dann tanzen sie zu Marolas Gesang und der Musik der Harmonika zwischen den Eisklippen und zerren den Lindwurm hinter sich her. Für diesen einen Tag soll aus jedem Hiob ein Faschingsnarr werden. Und als sich die Jäger Haller und Klotz im Verlauf einer erfolglosen Bärenjagd, die ihr Fest unterbricht, die Beine erfrieren, überreicht ihnen Antonio Catarinich girlandenumwundene Krücken.

21. Februar, Freitag: Helles Wetter. Klotz und ich mit erfrorenen Füßen marod. Furchtbare Schmerzen.

22. Samstag: Helles Wetter. Klotz und ich marod. In der Frühe kommt wieder ein Bär zum Schiff. Weil noch niemand auf war, wie der wachhabende Offizier und ein Matrose, wurde der Bär ohne Konfusion erlegt.

23. Sonntag: Um 11 Uhr Kirchenvortrag. Klotz und ich marod, deshalb konnten wir dem Gottesdienst nicht beiwohnen.

24. Montag: Klotz und ich fußmarod.

25. Dienstag: Helles Wetter. Klotz und ich marod. Unter der Mannschaft werden Geschenke zum Ausspielen gegeben. Ich habe eine Flasche Himbeersaft gewonnen. *Johann Haller*

Im März müssen sie zwei lange Wochen um das Leben ihres Doktors fürchten. Expeditionsarzt Kepes, der ihnen so oft geholfen und vor allem zugehört hat, wenn sie ihm von ihren Leiden erzählt haben, scheint jetzt selber in Fieberkrämpfen zu vergehen. Er liegt in bösen Phantasien und schlägt Medizin und Speisen von sich wie ein Wahnsinniger. Was, wenn der Doktor stirbt? Wer weiß ihnen dann Rat, wenn sie verwundet sind und krank? Den Heilkünsten des Alexander Klotz trauen nur wenige Matrosen. Und so sitzen sie abwechselnd am Lager des Doktors, reden ihm ratlos zu und starren ihn an.

Commandant Weyprecht geht nicht von seiner Seite und nimmt sich alle Mühe, ihm beihülflich zu sein; in zurechnungsfähigen Momenten lässt er sich vom Doktor die betreffenden Medikamente und deren Gewicht sagen und bereitet sie dann selbst; ... aber der Krankheitszustand des Arztes hat sich bis jetzt nicht gebessert, sondern verschlimmert, er schreit, weint und jammert Tag und Nacht ohne Unterlaß. *Otto Krisch*

Ich habe dem Doktor Wache gehalten. Er ist ganz bewußtlos geworden und macht ein furchtbares Geheul in der Koje.

Johann Haller

Das Befinden des Arztes hat sich in der Nacht von 27ten am 28ten bedeutend verändert, er bekam zwar keine Krämpfe mehr, sondern, wurde allem Anschein nach geisteskrank denn er spricht die ganze Nacht, und sieht alle möglichen Geister vor sich er ist den ganzen Tag in Dilirien. *Otto Krisch*

Dämonen. Dieses Übel ist den Heilern vertraut. Als Klotz und Haller für eine Stunde allein mit Kepes sind, gießen sie Alkohol über den linken Arm, den *Herzarm*, des Doktors und stecken den Phantasierenden in Brand. Die Heiler brüllen vor Lachen und Freude, als Kepes unter Schreckensschreien für einen Augenblick zu klarem Bewußtsein kommt – und dann in einen ruhigen Schlaf ohne Fieberträume zurücksinkt.

Als Kepes Tage später zu seinem ersten Spaziergang an Deck steigt, sagt Klotz, daß die Kräfte des Feuers den Ungarn von seinen Dämonen befreit und ihn aus der Verrücktheit in die Welt zurückgeholt hätten; aber vielleicht sei das gar kein so guter Dienst gewesen, denn diese Welt, was sei das schon für eine Welt.

Ihr Frühling ist stürmisch und manchmal so gleißend weiß, daß sie die Wüste nur durch die Sehschlitze der Gletscherbrillen nach günstigen Zeichen, nach Kanälen und Rissen, absuchen können. Sie bauen eine Sonnenterrasse aus Eisziegeln, auf der die Kranken windstille Nachmittage verbringen. Manchmal steigt die Temperatur innerhalb weniger Stunden von minus vierzig Grad Celsius bis über den Gefrierpunkt, und dann ist jede Träne Schmelzwasser, die von der Takelage tropft, ein Ereignis. Sie sehen sich schon unter Segeln. Ein Glückstag, als sich die ersten Eissturmvögel auf den Rahen niederlassen. Jetzt wird ihre Gefangenschaft bald zu Ende sein.

Der Schnee, der vorher wie sandiger Stein gewesen, beginnt feucht zu werden und läßt sich ballen, die ungewohnte Temperatur erscheint als unangenehme Schwüle, gleich der Sciroccoluft in unseren Gegenden und man fühlt sich beklommen in der dicken Pelzkleidung, die noch kurz vorher nur einen unvollkommenen Schutz gegen die intensive Kälte abgegeben. Dichter Dunst bedeckt den Himmel und erstickt um Mittag wie um Mitternacht jede Spur von Licht. Statt wie sonst in ganz feinen Nadeln, wird jetzt der Schnee in großen Flocken in enormen Massen abgesetzt, die, vom Wind aufgerafft, Alles begraben, was ihnen im Wege liegt. – Die Herrschaft der Wärme dauert aber nicht lange in jenen Regionen. Meistens schon innerhalb 48 Stunden wird der Wind schwächer und dreht sich langsam nach Norden, im dunklen Gewölke entstehen einzelne Oeffnungen, aus denen das Nordlicht und die Sterne hervorblitzen, es heitert sich auf und das Thermometer beginnt zu fallen. – Der Kampf ruht zwischen den streitenden Mächten der Luft. Doch nur für kurze Zeit! Wie in Wuth über den frechen Eindringling, dem er das Feld geräumt, bricht dann der eisige Schneesturm aus Norden, die Geißel des arktischen Reisenden, mit verdoppelter Gewalt herein ... Die Luft ist so erfüllt mit Schnee, daß der Mensch nur mit abgewandtem Gesichte zu athmen vermag und dem sicheren Tode anheimfällt, wenn er dem Sturme schutzlos preisgegeben ist.

Ob der Himmel bewölkt ist oder nicht, läßt sich nicht entscheiden, denn Alles ist eine einzige, rastlos weiter gepeitschte treibende Schneemasse ... Sie rast dahin über die eisige Fläche – dort, wo sie auf ein Hinderniß trifft, baut sie ganze Wände auf – sie nivellirt die Unebenheiten und preßt alles so fest zusammen, daß die immer wieder neu aufgetragene Decke dem Fuße eine feste Grundlage bietet.

Die Verkünder des Schneesturmes sind zumeist im Sommer die Nebensonnen, im Winter die Nebenmonde.

Es zeigt sich dann in Folge der Brechung der Strahlen in den unsichtbaren, in der Luft schwebenden Eiskrystallen ein ganzes

System von Sonnen und Monden, welches stets nach bestimmten Winkeln geordnet erscheint. In den meisten Fällen ist es nur ein Lichtkreis, der auf eine Entfernung von 23° die Sonne umgiebt; zu beiden Seiten auf gleicher Höhe und senkrecht über ihr, stehen in diesem Kreise 3 Sonnenbilder. Ist die Erscheinung intensiver, so bildet sich auf nochmals gleiche Entfernung wiederum ein gleicher Lichtkreis, in welchem abermals 3 Sonnenbilder stehen. Von der eigentlichen Sonne strahlen dann Lichtbüschel nach oben und unten und beiden Seiten, die bis zum äußersten Kreis reichen und ein großes Kreuz über sie bilden. Bisweilen ereignet es sich, daß sich in Berührung mit dem äußersten Kreise und auf dem senkrechten Stamme des Kreuzes aufstehend, nochmals ein umgekehrter Lichtbogen zeigt, und daß außerdem noch zwei Sonnen auf beiden Seiten, aber auf größere Entfernung auftreten. Die Erscheinung ist dann imponierend schön. *Carl Weyprecht*

Nahe bevorstehend schien uns jetzt täglich die heiß ersehnte Stunde der Befreiung. Waren wir aber einmal frei, so lag es immer im Bereiche der Möglichkeit, wenn auch nicht das sagenhafte Gillisland, so doch die menschenleere Eismeerküste Sibiriens zu erreichen. So war Sibirien die rosigste unserer Hoffnungen geworden. Nur wer besonders ausschweifenden Erwartungen sich hingab, der zählte noch immer während des Dahintreibens auf die Entdeckung neuer Länder. Im Uebrigen waren unsere Wünsche so bescheiden geworden, daß selbst die kleinste Klippe unser Selbstgefühl als Entdecker befriedigt hätte. *Julius Payer*

Sie haben die schwere Arbeit gegen das Eis wieder aufgenommen. Achteinhalb Stunden täglich schlagen, sprengen, sägen und graben sie an ihrer Scholle, klopfen mit Stöcken das Eis von der Takelage und zertrümmern den Panzer, der den Schiffsrumpf wie eine Glasur umgibt. In Hängekesseln kochen sie den Gestank des Winters aus ihrer Wäsche und schmirgeln mit Sodalauge den Ruß der Petroleum- und Tranlampen von den Kajütenwänden. Maschinist Krisch entrostet den Dampfkessel, versieht die kupfernen Siederohre, die Einlaß- und Abschäumhähne mit neuen Wergdichtungen, schleift die Kolben und Expansionsschieber und ölt die Kurbellager – dann ist die Maschine dampfklar und wie neu, der Rumpf geteert, und die Segel sind gelüftet und liegen bereit. Aber sie sitzen immer noch fest. Wenn sie am *Tag des Herrn*, nach der Bibellesung, ihre Arbeit betrachten, ist es, als ob zwischen ihren neuerlichen Mühen und den vergeblichen Anstrengungen des vergangenen Jahres keine Zeit verstrichen wäre, als ob sie das letzte Jahr wiederholen müßten wie eine nicht bestandene Prüfung. Alles ist unverändert. Alles umsonst. Jeder Handgriff eine Sisyphusarbeit, sagt Payer. Sisyphus? fragen sie. Dem ist es ergangen wie uns, sagt Payer.

Das Eis, das der Winter unter ihr Schiff gepreßt hat, liegt an manchen Stellen in einer Mächtigkeit von neun Metern, ihre Wasserlöcher sind tief wie Brunnen, und alle Versuche, den Schoner wieder an den Meeresspiegel zu bringen, führen schließlich zu einer solchen Schräglage der *Tegetthoff*, daß sie sich an Deck bewegen wie auf einem

Berghang und Orasch, der steirische Koch, flucht, er könne keinen Topf mehr überstellen. Die *Tegetthoff* liegt wie ein Wrack in einer Werft aus Eis; sie müssen den Rumpf mit Balken abstützen, um nicht zu kentern. Und der Marsgast hockt im Krähennest und verbrennt sich die Augen an der gleißenden Ferne.

Am 1. Mai wirft die Hündin *Semlja* vier Welpen, von denen nur einer überlebt – *Toroßy*, ein Rüde und das erste Wesen an Bord, das keine Erinnerungen an grüne Landschaften, an Bäume, an Felder hat; an alles, was *Heimat* ist. Da hasch es, versucht Haller den Freund Klotz, den das Heimweh quält, zu trösten, der Hund hat nia koa Wiesn nit gseechn und decht isch a da Luschtigste von uns alle.

Toroßy umspringt die von abgenagten Bärenskeletten gesäumten Schmelzwassertümpel wie einen schönen, schilfbestandenen Weiher des Passeiertals und wühlt im Kot und der Asche, in den Abfalltrichtern, die im Umkreis der *Tegetthoff* unter der wärmeren Sonne allmählich tiefer ins Eis sinken, wie in einem Acker, einer Wiese, einem Garten. Die Matrosen verzärteln und hüten den Welpen wie ein heiliges Tier, und selbst *Jubinal*, der sonst unnahbare Leithund, von dem es heißt, ein sibirischer Israelit hätte ihn einst seiner unbändigen Kraft und Wildheit wegen aus dem Ural mitgebracht, duldet, daß *Toroßy* ihm den Fraß aus den Fängen zerrt.

Die Jugend des Welpen sind die weiteren Monate ihrer Gefangenschaft. Ihre Tagebucheintragungen werden hoffnungsloser und monoton von der Aufzeichnung der immer gleichen Arbeit. Jetzt wird ihnen jedes noch so kleine Ereignis zur Sensation. Sie begehen die Feiertage der Monarchie, auch die Kirchenfeste, mit Seidenflaggen, Zeremonien und improvisierten Banketten, für die Schiffsfähnrich Orel Mehlspeisen bäckt. Bärenjagden sind Orgien. Himmelserscheinungen Opern.

Am 26. Mai sollte für unsere Breite eine partielle Verfinsterung der Sonne eintreten; allein aus Versehen erwarteten wir den Anfang der Verfinsterung 2 ½ Stunden zu früh. Jedermann an Bord, der über ein Instrument verfügte, hatte es aufgestellt, und voll Spannung sahen wir dem Eintritt des Mondes in die Sonnenscheibe entgegen. Als wir jedoch vergeblich darauf warteten, erkannten wir unseren Irrthum in der Zeit, verblieben aber dennoch bei unseren Ferngläsern, um die Würde der Beobachtung vor der Mannschaft nicht herabzusetzen. *Julius Payer*

Aber ist es auch würdevoll und angemessen, wenn Payer, der Oberlieutenant, Kommandant zu Lande und Geograph des Kaisers, die Mannschaft dazu anhält, ihm beim Bau einer drei Seemeilen langen *Kunststraße* zu helfen? Einer Straße, die über Viadukte und durch Tunnels führt, an den Gestaden von Schmelzwasserseen entlang, die österreichische Namen tragen, und vorüber an Poststationen, Tempeln, Statuen und Schenken aus Eis. Gewiß, Payer braucht die Bahn, um mit dem Hundegespann zu exerzieren. Aber die Tempel, die Poststationen, die Schenken und diese ganze Spielzeuglandschaft, die einem japanischen Garten gleicht? Der Mannschaft ist diese Arbeit so würdevoll wie jede andere auch. Die Tempel werden prachtvoller und die Türme höher gebaut, als Payer es verlangt. Sie gehorchen nicht, sie *spielen* mit. An einem Junisonntag sieht man den Matrosen Vincenzo Palmich als Burgfräulein verkleidet am Söller eines Turmes stehen und am Fallgatter der Schneeburg, eine Blechbüchse auf dem Kopf, mit wehendem Helmbusch, Lorenzo Marola. Er singt mit seinem von Frostbeulen entstellten Knappen Pietro Fallesich Serenaden. Aber dann schreit der Marsgast *Offenes Wasser!* vom Krähennest, und sie stürzen aus dem Märchen zurück in die Wirklichkeit.

23. Juni 1873, Montag: Helles Wetter und Nordwind. Temperatur 0°. Wir alle, Offiziere wie Mannschaft, arbeiten mit

Hacken und Sägen, um einen Kanal herzustellen und das Schiff in denselben zu bringen. Es ist aber alle Arbeit und Mühe, das Schiff frei zu bekommen, umsonst und es besteht keine Aussicht, von hier fortzukommen. Nur vom höchsten Masten aus sieht man in weiter Ferne einen Kanal mit offenem Wasser. Unser Schiff bleibt weiter im Eis eingeschlossen.

24. Dienstag: Helles Wetter und Nordwind. Temperatur +1°. Dem Doktor beim Weinmachen geholfen. Ein Bär kommt in die Nähe des Schiffes. Der Herr Oberleutnant sah ihn herankommen und rief mir zu: »Ein Bär!« Wir gingen ihm gedeckt entgegen und auf eine schöne Schußweite haben wir ihn erlegt. Am Abend kommt ein zweiter Bär gegen das Schiff, er ist noch in weiter Ferne. Leutnant Brosch war am Mastbaum und erblickte den Bären. Er ruft: »Ein Bär!« Der Kommandant Weyprecht läuft gleich dem Bären, auf ungefähr 500 Schritt Entfernung vom Schiff entgegen. Der Herr Oberleutnant und ich folgen gedeckt im Laufschritt nach. Der Bär ist nur mehr zehn Schritt vom Kommandant Weyprecht entfernt. Er schießt und fehlt den Bären. Weyprecht hatte nur diese eine Patrone bei sich. Der Bär wollte mit einem Satz auf Weyprecht losspringen. In diesem Augenblick schoß aber der Oberleutnant dem Bären eine Kugel durch die Brust und der Kommandant Weyprecht war gerettet. Der Bär flüchtete verwundet davon. Ich traf ihn gleich wieder mit einer Explosionskugel, aber der Bär ging weiter. Ich versetzte ihm eine zweite und dritte Kugel, dann blieb er einen Augenblick liegen, wurde noch einmal hoch und flüchtete weiter, bis ich ihm aus der Nähe durch das Herz schießen konnte, worauf er dann endlich tot liegen blieb.

25. Mittwoch: Helles Wetter und Nordwind. Temperatur +2°. Ein Bärenfell abgespeckt.

26. Donnerstag: Trübes Wetter und Nordwind. Temperatur -2°. Ein Bärenfell abgespeckt.

27. Freitag: Trübes Wetter und Nordwind. Temperatur -1°. Den Tag mit Servieren zugebracht.

28. Samstag: Trübes Wetter und Ostwind. Temperatur -1°. Eis gehackt.

29. Sonntag: Peter und Paul. Mein Geburtstagsfest. In der Nacht um halb 2 Uhr kam ein Bär zum Schiff. Der wachhabende Offizier und ein Matrose haben ihn erlegt. Dann wurde ich geweckt, um den Bären abzuziehen. Zur gleichen Zeit, da ich das dreißigste Lebensjahr erreiche, ziehe ich einen Eisbären aus. Das ist ein schönes Geburtstagsgeschenk. Johann Haller

Was immer sie jetzt auch tun – sie haben es schon einmal getan. Sie wiederholen ihre Tage. Die Zeit kreist. Selbst was sie längst versunken glaubten, kehrt wieder zurück. Eines Morgens liegt auch der Kadaver des Neufundländerhundes *Bop*, den doch das Wintereis verschlungen hat, wieder im Schnee – steif und hart und unverwest, so, als ob er gestern verendet wäre; sie binden ihm einen Stein aus Payers geologischer Sammlung um den Hals, graben einen Brunnen zum Meeresspiegel und versenken das Aas. Und so muß hier wohl alles, auch jede Hoffnung, zweimal, dreimal, und immer wieder begraben werden. Und weil alles, was geschieht, nur die Wiederkehr des gleichen ist, geraten sie in ihren Gesprächen immer tiefer in die Vergangenheit. Die Offiziere reden über die Seeschlacht von Lissa, als ob sie noch bevorstünde, und führen Streitgespräche über politische Kämpfe, die längst entschieden sind. Der Juli ist wie ein einziger, endloser Tag, und es wird August, und sie beginnen zu begreifen, daß dieses Eis ihr Schiff nie mehr freigeben wird und daß sie, den Winden und Strömungen ausgeliefert, auf eine zweite Winternacht zutreiben.

Mitte August führt sie die Drift ihrer Scholle bis auf vier Seemeilen an einen mächtigen, schuttbedeckten Eisberg heran. Auch wenn es nur eine schwimmende Abraumhalde ist, so haben sie doch Steine!, haben sie die Brösel und Splitter einer Küste entdeckt. Der Komman-

dant zu Lande ist allen voran, als eine Abordnung von sieben Matrosen auf den Berg zuhastet.

Zwei Moränen lagen auf seinem breiten Rücken. Es waren die ersten Steine und Felsblöcke, welche wir seit langer Zeit wieder sahen, Kalkschiefer und Thonglimmerschiefer, und so groß war unsere Freude über diese Sendlinge irgend eines Landes, daß wir mit einem Eifer in dem Schutt herumwühlten, als befänden wir uns unter den Schätzen Indiens. Die Leute fanden auch vermeintliches Gold (Schwefelkies) darin, und sie hatten kein anderes Bedenken, als den Zweifel, ob sie im Stande sein würden, damit nach Dalmatien zurückzukehren. *Julius Payer*

Obwohl Payer die Matrosen unterrichtet, ihr Fund sei vollkommen wertlos, tragen sie den Schwefelkies in geschürzten Pelzen zum Schiff zurück. Vielleicht hätten sie davon abgelassen, wenn auch Weyprecht ihnen die Taubheit des Gesteins bestätigt hätte; aber Weyprecht schweigt. Und so häufen sie Steine in ihren Kojen, rennen zum Berg zurück und kommen schwer beladen wieder. Und dann, langsam und gewaltig, treibt der Eisberg aus ihrem Gesichtskreis und ist nach drei Nebeltagen verschwunden. Sie trauern ihm nach wie einem verlorenen Paradies. Keine Erhebung unterbricht mehr die Schneide ihres Horizonts, und sie sinken zurück in die ereignislose Zeit.

Ich habe lange über jenen wirren Augenblick nachgedacht, von dem es später geheißen hat, es sei der größte und begeisterndste ihrer Eismeerfahrt gewesen – und ich bin zu dem Schluß gekommen, daß mir seine Beschreibung nicht zusteht; es ist der Augenblick, in dem irgendeiner an Bord, wer es war, ist nicht überliefert, plötzlich *Land!* schreit. LAND!

Es ist der dreißigste August des Jahres 1873 auf 79°43´ nördlicher Breite und 59°33´ östlicher Länge; der Vormittag ist bewölkt, Nebelfetzen treiben über das Eis; in den Nachmittagsstunden klart es auf; am Morgen weht der

Wind aus Nordnordost und flaut dann ab; die Tageshöchsttemperatur wird mit -0,8° R gemessen und sinkt gegen Abend auf -3° R; die mittägliche Lotung ergibt 211 Meter Meerestiefe; Schlammgrund; ein Tag, den Bootsmann Pietro Lusina mit der Logbucheintragung *Terra nuova scoperta* – Neues Land wurde entdeckt – beschließen und so die Erlösung der Alten Welt von einem ihrer letzten weißen Flecke zum erstenmal aufzeichnen wird.

Es war um die Mittagszeit, da wir über die Bordwand gelehnt, in die flüchtigen Nebel starrten, durch welche dann und wann das Sonnenlicht brach, als eine vorüberziehende Dunstwand plötzlich rauhe Felszüge fern in Nordwest enthüllte, die sich binnen wenigen Minuten zu dem Anblick eines strahlenden Alpenlandes entwickelten! Im ersten Momente standen wir Alle gebannt und voll Unglauben da; dann brachen wir, hingerissen von der unverscheuchbaren Wahrhaftigkeit unseres Glückes, in den stürmischen Jubelruf aus: »Land, Land, endlich Land!« Keine Kranken gab es mehr am Schiffe; Alles war auf Deck geeilt, um sich mit eigenen Augen Gewißheit darüber zu verschaffen, daß wir ein unentreißbares Resultat unserer Expedition vor uns hatten. Zwar nicht durch unser eigenes Hinzuthun, sondern nur durch die glückliche Laune unserer Scholle und wie im Traum hatten wir es gewonnen . . .

Jahrtausende waren dahingegangen, ohne Kunde von dem Dasein dieses Landes zu den Menschen zu bringen. Und jetzt fiel einer geringen Schaar fast Aufgegebener seine Entdeckung in den Schooß – als Preis ausdauernder Hoffnung und standhaft überwundener Leiden – und diese geringe Schaar, welche die Heimat bereits zu den Verschollenen zählte, war so glücklich, ihrem fernen Monarchen dadurch ein Zeichen ihrer Huldigung zu bringen, daß sie dem neuentdeckten Lande den Namen Kaiser Franz-Josefs-Land *gab.* *Julius Payer*

Es scheint ein zimlich großes Land zu sein da man es weit nach Nord und West verfolgen kann, bei der Taufe desselben brachte jeder mit einem Glas Wein in der Hand ein dreimaliges »Hurah« aus dann wurden Peilungen von markirten Bergen und Landesspitzen genommen; es war dieß ein freudiges Ereignis nach 11 Monaten wieder einmal Land zu sehen und für uns noch erfreulicher, da es unentdecktes Land ist und dadurch unsere Expedition ihren Zweck erreicht hat. *Otto Krisch*

Die Kenntniß unseres Erdballes muß selbstverständlich für jeden gebildeten Menschen von hohem Interesse sein; allein in jenen Breiten, die unbewohnt und unbewohnbar in Folge der dort herrschenden Verhältnisse nur für die reine Wissenschaft von Wichtigkeit sind, hat die beschreibende Geographie nur insoferne Werth, als durch die Bodenverhältnisse die meteorologischen, physikalischen und hydrographischen Erscheinungen der Erde beeinflußt werden; es genügt also die Skizzirung in großen Zügen. Die arktische Detailgeographie ist in den meisten Fällen ganz nebensächlich; wird aber durch sie der wahre Zweck der Expeditionen, die wissenschaftliche Forschung, zurückgedrängt und nahezu erstickt, so ist sie absolut verwerflich ...

Es ist nicht nöthig, unser Beobachtungsgebiet bis in die allerhöchsten Breiten auszudehnen, um wissenschaftliche Resultate von hoher Bedeutung zu erringen.

Wird aber mit den bis jetzt befolgten Principien nicht gebrochen, wird nicht die arktische Forschung systematisch und auf reell wissenschaftlicher Basis betrieben, bleibt die geographische Entdeckung noch weiter das angestrebte Endziel, dem alle Arbeit und alle Anstrengungen gewidmet sind, so werden immer neue Expeditionen ausgehen und immer wieder wird ihr Erfolg nicht viel mehr sein, als ein Stück im Eis begrabenen Landes oder ein paar mit unendlicher Mühe dem Eise abgerungene Meilen, die nahezu gleichgiltig sind im Vergleiche zu jenen großen wissenschaftlichen Problemen, deren Lösung den menschlichen Geist fort und fort beschäftigt. *Carl Weyprecht*

27. August 1873, Mittwoch: Regen, Schnee, Nordwind. Temperatur -1°. Ich bin wieder Steward geworden. Das verfluchte Servieren!

28. Donnerstag: Regen, Schnee und heftiger Nordwind. Temperatur -2°. Den Tag mit Servieren zugebracht.

29. Freitag: Regen, Schnee und heftiger Nordwind. Temperatur 0°. Den Tag mit Servieren zugebracht.

30. Samstag: Helles Wetter. Temperatur +2°. Wir haben ein neues Land entdeckt. Wir machten einen Versuch, dem Land näher zu kommen, sind aber zu einem Kanal gestoßen und kamen nicht mehr weiter. Fünf Viertelstunden vom Schiff entfernt haben wir das Land beobachtet. Es war eine große Freude für uns alle. Das Land hat von uns den Namen »Kaiser-Franz-Joseph-Land« bekommen.

31. Sonntag: Helles Wetter. Um 11 Uhr Kirchenvortrag. Den Tag mit Servieren zugebracht. Johann Haller

In den ersten Septembertagen fügen sie sich und stellen alle Arbeiten zur Befreiung der *Tegetthoff* ein. Ihre ganze Aufmerksamkeit und Sorge gilt jetzt dem Land, ihrem Land!, das ihnen in einer wechselnden Entfernung von zwanzig und dreißig Kilometern erscheint, manchmal in den Nebelbänken verschwindet und schöner als zuvor aus der Unsichtbarkeit wiederkommt – ihrem Land, das sich im langsamen Tanz der Drift vor ihnen dreht und sich mit allen Bergkämmen, Felswänden, Schroffen und Kaps zeigt wie eine betörende, gewaltige Dame. Terra nuova. Kein Trug, keine Spiegelung. Sie haben wirklich ein Land entdeckt. Immer wieder rennen sie auf die Küste zu. Und immer wieder werden sie von einem Labyrinth offener Kanäle, von Eisbarrieren und von der Furcht zur Umkehr gezwungen, daß ein Eisstoß ihnen den Rückweg zum Schiff abschneiden könnte. Sie spüren ihre Ohnmacht, ihre Wut und Verzagtheit wie noch nie, als das Land im Nebel zerfließt und sich dann für sieben Tage ihren

Blicken entzieht. Sollte der ferne Anblick der Küste doch alles gewesen sein, ein flüchtiges Bild auf ihrer unerbittlichen Drift? Verstört schwärmen sie in diesen Tagen aus, regellos, ohne Marschordnung und Vorsicht, und nicht einmal Weyprecht hält sie davon ab und beruhigt sie auch nicht, wenn sie erschöpft und enttäuscht aus einer weißen Wand zurückkommen. Aber diesmal ist ihnen der arktische Winter gnädig. Ihre Scholle friert am Eisgürtel, der den Archipel umgibt, fest. Ihre Drift beginnt zu einem langsamen Hin und Her vor der Küste zu erstarren. Jetzt ist das Land selbst ihr Anker. Und auch wenn es dunkel wird in ihrem Jahr und ihnen die Eispressungen des Winters und alle Schrecken der Finsternis neuerlich drohen – das Land bleibt bei ihnen, wechselt nun nur noch zögernd seine Gestalten, liegt oft lange und still und gezähmt da und wird ihnen vertraut.

Am 1. November Vormittags lag das Land im Dämmerlichte in Nordwesten vor uns; die Deutlichkeit seiner Felszüge verkündete jetzt zum ersten Male, daß es erreichbar sein müsse, ohne durch zu langes Ausbleiben die Rückkehr zum Schiffe zu gefährden. Alle Bedenken schwanden; voll Ungestüm und wilder Aufregung kletterten und sprangen wir über das zu Wällen gethürmte Eis nach Norden ... dem Lande zu, und als wir auch den Eisfuß überwunden hatten und es wirklich betraten, sahen wir nicht, daß es nur Schnee, Felsen und festgefrorene Trümmer waren, die uns umgaben, und daß es kein trostloseres Land auf der Erde geben könne als die betretene Insel; für uns war sie ein Paradies, aus diesem Grunde erhielt sie den Namen Wilczek-Insel. So groß war unsere Freude, das Land endlich erreicht zu haben, daß wir seinen Erscheinungen eine Aufmerksamkeit schenkten, die sie sonst nicht verdient hätten. In jeden Felsspalt sahen wir hinein, berührten jeden Block; über jede Form und Contour, die tausendfach und überall jeder Riß bietet, waren wir entzückt ...

Unbeschreiblich dürftig war die Vegetation; sie schien nur auf wenige Flechten beschränkt, nirgends zeigte sich das erwartete Treibholz. Auch Spuren von Renthieren oder Füchsen hatten wir erwartet; allein alles Nachforschen blieb vergeblich, das Land schien ohne lebende Geschöpfe zu sein ... Es liegt etwas Erhabenes in der Einsamkeit eines noch unbetretenen Landes, wenngleich dieses Gefühl nur durch unsere Einbildung und den Reiz des Ungewöhnlichen geschaffen wird, und das Schneeland des Poles an sich nicht poetischer sein kann, als Jütland. Wir waren aber für neue Eindrücke sehr empfänglich geworden, und der Goldrauch, welcher am südlichen Horizont einer unsichtbaren Wacke entstieg und sich als wallender Vorhang vor die mittägige Himmelsglut breitete, besaß für uns denselben Zauber wie eine Landschaft Ceylon's. *Julius Payer*

Am zweiten November marschieren sie im geordneten Zug abermals gegen die Küste der dem Archipel vorgelagerten Wilczek-Insel; Payer ist auch diesmal allen voran. Endlich! führt er das Kommando, und Weyprecht geht mit der Mannschaft und trägt die zusammengerollte seidene Fahne. Und dann ergreifen sie im Namen des Kaisers feierlich Besitz von ihrer Entdeckung, hissen den Doppeladler zwischen tiefgrünen Doleritsäulen, errichten eine Steinpyramide und verwahren darin ein Dokument, das Seine Apostolische Majestät Franz Joseph I., Kaiser von Österreich und König von Ungarn, als den ersten Herrn dieser gletscherbedeckten Wüste aus kristallinem Gestein ausweist und mit kargen Hinweisen auf ihre Zukunft schließt:

Jetzt liegen wir drei bis vier Seemeilen SSO von dem Punkte, auf welchem dieses Document deponiert ist. Unser weiteres Schicksal hängt gänzlich von den Winden ab, denen gemäß das Eis treibt ... *Payer m. p., Weyprecht m. p.*

13 *Was geschehen soll, geschieht*
Ein Bordbuch

Freitag, 14. August 1981

Hellblau liegt das Eis in der Nacht. Am vierten Tag nach dem Auslaufen aus dem Adventfjord, auf 80°05´98″ nördlicher Breite und 14°28´19″ östlicher Länge, schlagen die ersten Schollen gegen das Schiff – ein endloses, von spiegelglatten Kanälen, Seen und Tümpeln zerrissenes Treibeisfeld. Kein Hindernis. Die *Cradle* macht fünfzehn Knoten in der Stunde, schiebt kleinere Schollen beiseite, lästige Splitter, reitet auf große Flarden mit unverminderter Geschwindigkeit auf, bleibt einen Augenblick lang schräg am Eis, bricht dann donnernd ein und hat wieder offenes Wasser unter dem Kiel. So geht man im Jahr 1981 mit dem Eismeer um.

Josef Mazzini steht in dieser sonnigen Nacht, im Getöse des Durchbrechens, ganz vorne am Bug, klammert sich an die Reling und sieht tief unter sich zentnerschwere Eisbrocken aufschwirren wie glänzende Insekten.

Samstag, 15. August

Tag und *Nacht* sind leere Namen für den Lauf dieser Zeit. Es gibt keine Nächte. Es gibt nur die wechselnden Farben und Lichtstärken der Helligkeit, nur die Sonne, die das Schiff umkreist, ohne jemals unter den Horizont zu sinken, nur die Uhrzeit und das Datum.

In der Schiffsmesse hängt eine verglaste Wandkarte der Arktis; auf Knopfdruck flammen hinter den blauen Schattierungen der Eismeertiefen Neonröhren auf. Der Streifen am unteren Rand der Karte trägt neben Zeichenerklärungen auch eine Tabelle, die Angaben über die mit jedem Breitengrad zunehmende Dauer der Polarnacht und der Periode der Mitternachtssonne enthält. Josef Mazzini unterbricht seinen täglichen Rundgang durch das Schiff in der Messe und betrachtet sein Spiegelbild im Glas der Wandkarte: Quer über sein Gesicht verläuft die weiß gezackte Linie der sommerlichen Treibeisgrenze, an seinen Schultern trägt er Landzungen und Inseln, über seinem Kopf die Neonglorie des unschiffbaren Eises und wie ein Häftlingsschild vor seiner Brust die Tabelle der Sonnenauf- und Untergänge.

Table one						
	Midnight sun			Polar night		
Latitude North	First night	Last night	Number of nights	First day	Last day	Number of days
76°	27 Apr.	15 Aug.	111	3 Nov.	8 Feb.	98
77°	24 Apr.	18 Aug.	117	31 Oct.	11 Feb.	104
78°	21 Apr.	21 Aug.	123	28 Oct.	14 Feb.	110
79°	18 Apr.	24 Aug.	129	25 Oct.	17 Feb.	116
80°	15 Apr.	27 Aug.	135	22 Oct.	20 Feb.	122
81°	12 Apr.	30 Aug.	141	19 Oct.	23 Feb.	128
…	…	…	…	…	…	…

»Wir liegen etwa hier.« Einar Hellskog, neben Mazzini und der Glaziologin aus Massachusetts dritter *Gast* an Bord – ein Briefmarkenmaler, der im Auftrag der norwegischen Post arktische Landschaften zeichnet –, ist an die Wandkarte getreten und zeigt auf einen Punkt nordöstlich der Insel *Moffen* ins Blaue; der Umriß der Insel berührt die schwarze Linie des achtzigsten Breitengrades wie eine sauber auf die Zeile gesetzte Null.

Sonntag, 16. August

Wolkenbänke und Südwind; Schneefall. Die *Cradle* zieht durch dichtes Treibeis und hinterläßt einen gewundenen, brodelnden Kanal. Zwölf Tonnen Dieselöl, sagt Schiffsingenieur Seip, verbrenne die Maschine täglich; ein normaler Verbrauch. Der Maschinenlärm, ein mit der Mächtigkeit des Eises an- und abschwellendes Dröhnen, ist allgegenwärtig. Nur oben, im *Krähennest*, ist es ruhiger. Umgeben vom Lichtspiel der Armaturen, sitzt der *Marsgast* in einer klimatisierten Glaskanzel und sieht, was die Satellitenfunkbilder längst bestätigt haben: Das Eis nimmt zu.

Wenn Kapitän Andreasen die Maschinen stoppen läßt – und das geschieht oft in diesen Tagen –, wird es so still, daß man ein Klingen im Kopf hört. Dann werden Kranarme ausgefahren, Datenbojen im Eis versenkt und Schlauchwaagen zur Messung der Oberflächenkrümmung des arktischen Ozeans ausgelegt. Die Zoologen schießen Robben und Vögel, um die über lange Nahrungsketten ins Blut der Polartiere gelangten Industriegifte des Südens nachzuweisen. Die Geologen entnehmen dem Eismeergrund unermüdlich Bodenproben und können ihr Interesse an allfälligen Erdölvorkommen nur mühsam hinter der Reinheit der Wissenschaft verbergen. Im Schleppnetz winden sich Würmer und Seesterne. Was geschieht, ist Routine. Und so geschieht nichts. Die Zeit ist ein Tümpel, in dem die Vergangenheit in Blasen nach oben steigt.

War es vor zwei, war es vor drei Tagen?, daß die *Cradle* im Kongsfjord vor Ny Ålesund lag; daß man für Stunden an Land ging und in der kleinen Siedlung mit viel Lärm empfangen wurde; daß man in einem der Holzhäuser reinen Alkohol aus Plastikkanistern mit Fruchtsaft vermischte und trank, daß ein Kassettenrekorder plärrte und die Frau aus Massachusetts lieber in den Schlamm hinausging, als mit dem betrunkenen Fyrand zu tanzen. Man hatte geglaubt, Fyrand wolle sie zurückholen, als auch er nach draußen ging. Aber er kam mit einem brüllenden Grönlandhund aus dem Zwinger zurück, prügelte ihn auf die Hinterläufe, preßte das Vieh an sich, *tanzte* mit ihm und spuckte ihm Schnaps zwischen die Lefzen, als er den unbändigen Hund nicht mehr zu halten vermochte. Es war Odmund Jansen, neben Kapitän Andreasen oberste Autorität an Bord, der *Kommandant zu Lande*, der das alles unterbrach, der den Aufbruch befahl und sich von einem verstörten Fyrand beschimpfen ließ.

Josef Mazzini war vor zwei oder drei Tagen, war *damals*, vor dem siebenunddreißig Meter hohen Ankermast von Ny Ålesund gestanden, einem Obelisken aus Metallverstrebungen, an dem Amundsen und Nobile ihre Luftschiffe *Norge* und *Italia* hatten vertäuen lassen und der in den arktischen Himmel ragte wie je. Mazzini hatte Malcolm Flaherty in seinem Schwebesitz an diesem Mast pendeln sehen, aber auch die *Italia*, die sich tragisch und gewaltig erhob, hatte das *Leinen los!* gehört und die Stimme der Miniaturenmalerin Lucia, die von den golddurchwirkten Epauletten des schönen Generals Umberto Nobile erzählte. Nein, Josef Mazzini hatte sich an nichts erinnert. Er hatte alles noch einmal erlebt. An diesem rostenden Ankermast hatte am 23. Mai des Jahres 1928 um vier Uhr morgens, bei minus zwanzig Grad Celsius, das Unglück Nobiles, des sanften, strahlenden Helden der Miniaturenmalerin Lucia Mazzini, begonnen. *Leinen los!*

Wie schon zwei Jahre zuvor auf seinem gemeinsamen Polflug mit Roald Amundsen und Lincoln Ellsworth hatte Nobile zwar auch diesmal, zwanzig Stunden nach seinem Start in Ny Ålesund, den Nordpol erreicht, war verzückt über der leeren Eiswüste geschwebt und hatte ein vom Papst gesegnetes Holzkreuz und die Flagge Italiens abgeworfen – aber auf dem Rückflug war die von einem Panzer aus Eiskristallen beschwerte *Italia* unaufhaltsam immer tiefer gesunken und schließlich auf einer Scholle aufgeschlagen. Der General wurde mit acht Gefährten aus seinem Triumph ins Packeis geschleudert. Verletzt und blutend lag er da. Das um die Hälfte seiner Besatzung erleichterte Schiff erhob sich wieder in den Schneehimmel und verschwand mit dem Rest der Mannschaft für immer.

Nobiles wirklichen Sturz, einen Sturz durch alle Sphären der Verehrung in die Verachtung hinab, sollte aber erst eine verlustreiche Rettungsaktion besiegeln, in deren Verlauf auch Amundsen mit fünf Begleitern auf einem vergeblichen Suchflug starb. Denn Umberto Nobile verletzte nach seinem Schiffbruch jenen Ehrenkodex, der den Ablauf von Untergängen regelt. Und das verzieh ihm die Welt nicht.

Zunächst hatte der gestrandete General zugelassen, daß zwei seiner Korvettenkapitäne, Mariano und Zappi, gemeinsam mit dem schwedischen Ozeanographen Finn Malmgreen, die teils gehunfähige Gruppe der Schiffbrüchigen verließen und Spitzbergen auf *eigene Faust* zu erreichen versuchten.

Wochen vergingen.

Als es einem schwedischen Piloten namens Lundborg dann endlich gelang, mit seinem Wasserflugzeug auf Nobiles dahintreibender Scholle aufzusetzen, war es wiederum der General, der zuließ, daß man ihn als ersten rettete. Sein Foxterrierhündchen *Titina* im Arm, bestieg er das Flugzeug, das neben dem Piloten nur einem Passagier Platz bot, und war bald in der Sicherheit des italienischen Hilfsschiffes *Città di Milano.* Ein Kommandant, der sich vor allen anderen bergen ließ! Auch das hatte die Stimme Lucias nicht verschwiegen. Aber die Litanei der Rechtfertigungen war lang.

Es dauerte schließlich noch Wochen, bis auch die auf der Scholle zurückgebliebenen Untergebenen des Generals aus ihrer Verzweiflung geholt wurden, denn Pilot Lundborg konnte auf seinem zweiten Rettungsflug eine Bruchlandung nicht verhindern und geriet selber ins Unglück. Mehr als eintausendfünfhundert Retter bewegten sich mittlerweile mit sechzehn Schiffen, einundzwanzig Flugzeugen und elf Schlittenabteilungen auf die abdriftende Scholle zu. Siebzehn Retter fanden dabei den Tod. Erst der Besatzung des sowjetischen Eisbrechers *Krassin* gelang es endlich, siebenundvierzig Tage nach dem Absturz der *Italia,* durch schweres Packeis an die zu Tode erschöpften Schiffbrüchigen heranzukommen und sie zu bergen. Was dann an die Öffentlichkeit kam, war das häßliche Ende einer der Größe Italiens geweihten Fahrt. Denn weitab und verirrt, hatten die Matrosen der *Krassin* auch die beiden abtrünnigen Korvettenkapitäne gefunden – verstört, dem Hungertod nahe und nur notdürftig bekleidet Mariano, Zappi dagegen noch bei erstaunlichen Kräften, fast wohlgenährt und eingehüllt in die Pelze Marianos und Malmgreens. Malmgreen fehlte. Mariano schwieg dazu oder redete wirr. Aber Zappi wiederholte, beschwor immer wieder, daß der schwedische Ozeanograph irgendwann liegengeblieben sei; Malmgreen habe verlangt, daß man ihn zurücklasse und den Weiterziehenden seine sinnlos gewordene Ausrüstung angeboten, und er, Zappi, habe nichts anderes getan, als dieses Angebot, als Malmgreens Pelz und Proviant anzunehmen.

Das Tragödienpublikum war über solche Reden entsetzt. Die Berichterstatter beeilten sich, Indizienketten zu schließen, und erhärteten den Verdacht, daß der wohlgenährte Zappi den Ozeanographen aus Uppsala in den Tod getrieben oder erschlagen und seinen Leichnam verzehrt habe. Zappi leugnete; später, als er wieder bei Sinnen war, auch Mariano. Der Verdacht blieb davon unberührt – lautete doch die erste verständliche Aussage, die Mariano dem Logbuchschreiber der *Krassin* zu Protokoll gegeben hatte: »Ich habe Kapitän Zappi erlaubt, mich nach meinem Tode zu essen.« Aber gut, daß die Wahrheit für immer im Eis lag. Helden, die sich gegenseitig auffraßen! Das konnte nicht die Wahrheit, das mußte ein Gerücht sein, erstunken von den Feinden Italiens.

Und dann hatte die Stimme Lucias geschwiegen. Josef Mazzini hatte durch das Gestänge des Ankermastes wieder die Häuser von Ny Ålesund gesehen, und Fyrand, der einen Schlittenhund in den Zwinger zurückzerrte, dann schwerfällig auf ihn zukam und *Admiral Odmund Jansen ruft zur Abendandacht an Bord!* schrie, *Hunde an die Kette! Idioten zum Dienst! Disziplin, Sir! Aber klar, Sir! Skål, Sir!* Fyrand war wenige Schritte vor dem Ankermast stehengeblieben und hatte zu schreien aufgehört.

»Signore Mazzini! Cavaliere! Hast du gesehen, wie man mit einem echten Abkömmling aus dem Hundegespann Roald Amundsens umgeht? Man tanzt mit ihm zum Wetterbericht von Radio Svalbard Foxtrott.«

Montag, 17. August

Phippsøya, Martensøya, Parryøya – kahle Felsmassive im Ozean; Schneezungen zwischen den Klüften. Schwarze Küsten. Die *Cradle* kreuzt vor den nördlichsten Inseln Svalbards. Der Marsgast sucht die grelle Ruinenlandschaft des Bruchеises nach einer Durchfahrt ab. Am Nachmittag wird das Eis so mächtig, daß Andreasen sein Schiff vergeblich gegen die Barrieren schlagen läßt. Dem Donner folgt kein Riß. Keine Durchfahrt. Die lakonische Stimme des Kapitäns erreicht über die Bordlautsprecher alle Ebenen des Schiffes: Man werde beidrehen, Kurs Südwest, dann Südost nehmen, unter den achtzigsten Breitengrad zurückfallen, durch die Hinlopenstraße wieder offenes Meer erreichen, werde das Nordostland umfahren und dann wieder auf Kurs Nord gehen. Thanks.

In der Messe wird ein für die Dauer der Durchsage unterbrochenes Kartenspiel fortgesetzt.

Dienstag, 18. August

Windstille. Die Hinlopenstraße zwischen Westspitzbergen und dem Nordostland ist nachtblau und ruhig. Klares Wetter. Wenig Eis. Die Geologen liegen mit den Zoologen im Streit um die besten Ankerplätze, um *Forschungsgebiete.* Der Kurs, klagen die Zoologen, folge stets den Wünschen der Herren Ölsucher; Schlammproben seien offensichtlich wichtiger als Vogelschwärme und Nistplätze. Odmund Jansen versucht zu vermitteln.

Auf der *Admiral Tegetthoff* hatte man an diesem Tag, dem Geburtstag des Kaisers, stets die Flaggen gehißt und die ferne Majestät lauthals hochleben lassen. »Mach es den Typen doch nach«, sagt Fyrand, als Mazzini ihm davon erzählt, »laß dir von Hellskog den Doppeladler auf dein Handtuch malen und stell dich damit auf die Brücke.«

Mittwoch, 19. August

Der Kaiser ist einen Tag alt; ein plärrender, feister Säugling. Und schon liegt im Eismeer ein Land für ihn bereit. Die *Cradle* macht langsame Fahrt. Steuerbord die Küste Westspitzbergens; die Küste des Nordostlandes backbord. Tiefenlotungen. Bodenproben. Vogeljagden.

Um die Mittagszeit holt Kjetil Fyrand Mazzini an Deck und weist auf einen drohenden Berg an der westspitzbergischen Küste: »Vor Ihnen, Signore, liegt das Kap Payer ... Ich schenk's dir.«

Er habe dieses Österreichkap, erzählt Fyrand an der Reling, gemeinsam mit dem Bergmann Israel Boyle im letzten Sommer aufgesucht. Zu Fuß. Ein fast zweihundert Kilometer langer Marsch von Longyearbyen über den Negri-, Sonklar- und Hanngletscher. Gletscherwandern sei unter bestimmten Umständen dem Lawinensurfen oder Drachenfliegen im Himalaya vergleichbar; denn nach jedem Schneefall nehme der Wanderer auf den von zahllosen Rissen und Klüften durchbrochenen Gletschern den Charakter einer Flipper- oder Poolbillardkugel an, die jederzeit und unerwartet in einer schneeverwehten Tiefe verschwinden könne. Immerhin eine tröstliche Vorstellung, als tiefgefrorenes Opfer des Eises die Jahrhunderte in einer türkis und silberblau schimmernden Kluft zu überdauern. Und im Jahr zweitausenddreihundert die Sensation: Gut erhaltener Wanderer gefunden.

»Wie lange seid ihr gegangen?«

»Neun Tage.«

»Hin und zurück?«

»Hin und zurück neunzehn Tage.«

»Mit allem Gepäck?«

»Das schleppten die Hunde.«

Donnerstag, 20. August

Vierzig Meter, fünfzig Meter hoch, ragen die Gletscherabbrüche des Nordostlandes aus der Brandung – überhängende Eiswände in strahlendem Türkis. Aus den Klüften und über die Gletscherkante springen Schmelzwasserfälle, von denen manche, noch bevor sie das Meer erreichen, als Schleier verwehen. Regenbögen erscheinen und verblassen über den Kaskaden, und Vogelschwärme durchflattern die Pracht. Briefmarkenmaler Hellskog sitzt und starrt und zeichnet und starrt. Eine Sturzwelle, groß wie ein Dom, müßte aufsteigen, wenn dieser Gletscher jetzt *kalben* würde, und dann hätte sich ein Eisberg in dem noch tosenden Wasser zu drehen – langsam und gleißend und neu.

Aber an diesem Donnerstag geschieht nichts davon.

Und wären da nicht die Brandung und der Lärm der Maschinen, müßte auch das Stöhnen des Gletschers zu hören sein, der Zentimeter um Zentimeter seiner ungeheuren Masse gegen den Ozean schiebt.

Aber an diesem Donnerstag ist nichts zu hören als das vertraute Getöse des Meeres und der Motoren.

Am Abend wird in der Schiffsmesse eine Videokopie der *Barfüßigen Gräfin* gezeigt. In den Hauptrollen Humphrey Bogart als abgeklärter, alternder Regisseur und Kettenraucher und Ava Gardner als madrilenische Tänzerin, die aus ihrem Elend in die Filmstudios geholt wird. Im Glamour Hollywoods richtet sich die Tänzerin zur traurig-süßen Gestalt eines Stars auf, bleibt dabei unglücklich, heiratet schließlich einen italienischen Grafen, den eine Bombe des Zweiten Weltkriegs entmannt hat (die Madrilenin erfährt es erst nach der Hochzeit; Gelächter in der Schiffsmesse) – und wird von ihrem so versehrten Gemahl in einer Regennacht erschossen. Dann läßt der Graf seiner Gräfin den, wie er sagt, *nicht eben geistreichen Wappenspruch* seiner Familie in den Stein des Grabmals meißeln: *Che sarà, sarà.*

An diesem Donnerstag setzt Josef Mazzini unter seine Journaleintragungen – es sind kaum leserliche Stichwortstrophen, die den Schönheiten des Bråsvellgletschers gewidmet sind – den Wappenspruch des Grafen: *Was geschehen soll, geschieht.* Die Sprüche auf den bemoosten Steinen im Hinterhof der Witwe Soucek waren auch nicht besser.

Freitag, 21. August

Kurs Nordost. Heftige Böen am Morgen. Dann Windstille und Treibeis. Nach langwierigen Manövern in schwerem Eis passiert die *Cradle* wiederum den achtzigsten Grad nördlicher Breite. Das Nordostland bleibt nahe. Vor Kap Laura rasseln die Ankerketten.

Samstag, 22. August

Der Tag des Funkspruchs. Ein japanischer Vogelkundler hat genug. Er hat auf der Insel Kvitøya sechs Wochen im Zelt verbracht und will abgeholt werden. Man werde das übernehmen, läßt Kapitän Andreasen senden, Kvitøya müsse ohnedies angelaufen werden.

Kurs Ost. Nebelbänke und turmhohe Eisberge. Vor den Radarschirmen der Brücke gespannte Aufmerksamkeit.

Am frühen Abend wird vor der Küste Kvitøyas ein Schlauchboot mit fünf Mann Besatzung, darunter Fyrand und Mazzini, zwischen die Schollen gesetzt. Durchnäßt von der Gischt, erreicht Josef Mazzini einen traurigen Strand – Geröll und Treibholz, die mächtigen Skelettfragmente eines Wals und Flechten; Vogelschwärme über kotverschmierten Klippen. Zwischen Strandgut und Ausrüstungsgegenständen steht Naomi Uemura, der Vogelforscher, und verbeugt sich.

Allein? Sechs Wochen allein in dieser Verlassenheit? fragt Mazzini den Japaner. Nicht immer, sagt Uemura, nicht die ganze Zeit; ein schwedisches Filmteam sei dagewesen, Jan Troell, der Regisseur, ein äußerst liebenswerter Mensch, habe hier an einem Epos über den Polflug des Ballonpiloten Salomon Andrée gedreht: Mister Troell habe dabei sehr viel Rücksicht auf die Vögel genommen.

Nach der Wartung einer automatischen Wetterstation, kaum einer Stunde Arbeit für die Mannschaft, schlägt die Gischt wieder ins Schlauchboot. Der Ornithologe aus Nagoja redet und redet, erzählt von Revierkämpfen, Nistplätzen und Zugvogelrouten. Kvitøya sinkt in den Nebel zurück.

Im August des Jahres 1930 hatte die Besatzung des norwegischen Robbenschlägerschiffes *Bratvaag* auf dieser Insel die Leichen des Ballonfliegers Salomon Andrée und seiner Gefährten Strindberg und Fraenkel gefunden; dreiunddreißig Jahre lang hatten die drei Piloten als *verschollen* gegolten. Andrées Tagebücher, sogar die belichteten fotografischen Platten (sie zeigten die Todgeweihten vor ihrem niedergegangenen Fesselballon), waren unversehrt gewesen, und die arktisuntaugliche Wollkleidung des schwedischen Ingenieurs war immer noch von Erbrochenem verklebt, als man ihn fand.

»Ich verstehe Sie nicht«, fällt Josef Mazzini dem Vogelforscher ins Wort, der, von Schwingen und Gleitflügen redend, das Fallreep der *Cradle* hochklettert, »ich verstehe Sie nicht; seien Sie doch endlich still.«

Man hatte Andrée gewarnt, hatte ihn beschworen, doch von seinem lange geplanten und mehrmals verschobenen *Nordpolflug* zu lassen: der Gasdruck seines Ballons werde unter den Bedingungen der Arktis rasch fallen, die seidene Hülle werde vereisen und der Wahnsinn im Packeis enden. Aber nein, da *mußte* doch etwas flattern am Nordpol, da mußte doch etwas knallen und schlagen im Wind der völligen Abgeschiedenheit, eine Flagge!, und sei sie noch so klein, die schwedische Flagge! mußte den Pol zieren. Durch alle kommenden Jahrhunderte sollte die Geschichtsschreibung leiern: Salomon Andrée, schwedischer Ingenieur. Salomon Andrée, der Eroberer des Nordpols. Salomon Andrée, der Erste.

Am 11. Juli des Jahres 1897 stiegen Salomon Andrée und seine gutgläubigen, ergebenen Gefährten in einem in Paris genähten Fesselballon aus den Niederungen Spitzbergens zum Flug an den Pol auf. Noch am Abend dieses Tages flatterten aus dem Tragkorb Brieftauben mit zuversichtlichen Botschaften, die nirgendwo ankamen. Und schon am vierten Tag nach dem Aufstieg erfüllte sich auch die letzte der bösen Prophezeiungen, und der längst unlenkbare Ballon sank jenseits des dreiundachtzigsten Grades nördlicher Breite, unendlich weit vom Pol, unendlich weit von den Menschen, ins Packeis.

Nach sieben Tagen der Ratlosigkeit, in denen sie ihr Unglück auf fotografische Platten bannten, beschlossen die Schiffbrüchigen, nach dem nächstgelegenen Festland aufzubrechen; ihr Ziel war das verlassenste Land der Erde das *Kaiser-Franz-Joseph-Land.*

Wie Hunde spannten sich die Ballonflieger vor ihre für den Notfall mitgeführten Schlitten und quälten sich über das ragende, starrende Eis, setzten mit einem Segeltuchboot über Wacken und Kanäle, brachen oft ein und zerrten ihre Last doch immer weiter – ins Nirgendwo. Denn die Eisdrift trieb und scheuchte sie von ihrem Weg. Nach einem Monat der Tortur war ihnen schließlich Svalbard näher als das *Franz-Joseph-Land*, sie änderten ihre Marschrichtung, plagten sich nun auf Spitzbergen zu und erreichten im Spätherbst die Insel Kvitøya. Aber dort war nur der Tod. Strindberg starb. Dann der von einem Eisbären verstümmelte Fraenkel und als letzter – Salomon Andrée. Salomon Andrée, der Letzte. Dreiunddreißig Jahre später sollte man seine besudelte Kleidung untersuchen und befinden, daß der gescheiterte Eroberer des Nordpols wohl an verseuchtem Bärenfleisch gestorben war. »Es ist doch recht sonderbar, hier über dem Polarmeer zu schweben«, lasen die Nachlaßverwalter in Andrées Tagebuch. »Wir sind nun die ersten, die hier im Ballon umherfliegen. Wann es uns wohl jemand nachtun wird? Werden uns die Menschen für verrückt halten oder unserem Beispiel folgen? Ich kann nicht leugnen, daß uns alle drei ein Gefühl des Stolzes beherrscht. ~~Wir~~ Ich finde~~n~~, daß wir getrost sterben können, nachdem wir das geleistet haben.«

Es mag in einem jener flüchtigen, großen Augenblicke

der Unterscheidung zwischen Wirklichkeit und Wahn gewesen sein, in dem Salomon Andrée dieses *Wir finden* ausgestrichen und durch sein *Ich finde* ersetzt hatte. Und so war es auch gut.

Nach dem Aufstieg und Verschwinden des schwedischen Ingenieurs blieb der Nordpol noch für mehr als ein Jahrzehnt unbetreten; für ein Jahrzehnt, in dem eine lange Reihe von *Polgängern* dem Ingenieur im Namen der Wissenschaft oder irgendeines Vaterlandes ins Eis nachfolgte und verschwand ... die Gefährten des Herzogs Amadeo degli Abruzzi etwa, dessen *Erste Italienische Arktisexpedition* im März des Jahres 1900, nach einer Überwinterung auf dem *Franz-Joseph-Land*, die unerhörte nördliche Breite von 86°34′ erreichte und so den bis dahin gültigen Breitenrekord Fridtjof Nansens um 36 Kilometer überbot. Ein Drittel der herzoglichen Mannschaft starb in den Eisstürmen dieses triumphalen Breitengrades. Amadeo, sein unbeugsamer Kapitän Cagni und der Rest der Mannschaft kehrten noch im August 1900 mit ihrem Rekord und einer Liste von Toten und Verschollenen nach Italien zurück.

Als schließlich am 21. April 1908 Frederic Albert Cook, ein Arzt aus dem Staate New York, und am 6. April 1909 auch sein Konkurrent, der Armeeoffizier Robert Edwin Peary aus Pennsylvania, nach monatelangen Gewaltmärschen und Hundeschlittenfahrten das Eis des Nordpols (oder was sie dafür hielten) endlich betraten, war nicht viel mehr erreicht, als daß der Pol als Fluchtpunkt der Eitelkeiten an Bedeutung zu verlieren begann. Der höchste Norden war *erobert.* Und der Eroberung folgte die Peinlichkeit; folgte ein wütender Streit um die Ehre des Erstrechts.

Cook hatte den Triumph mit seinen Begleitern, den grönländischen Eskimos Awelah und Etukishuk, geteilt, war auf dem Rückmarsch vom Pol mit der Eisdrift westwärts abgetrieben und erst nach einer einjährigen Odyssee im Eis aus der Wildnis zurückgekehrt. Inzwischen hatte aber auch Peary mit vier Eskimos und seinem schwarzen Diener Matt Henson in einer Packeiswüste Aufstellung genommen, die nach seinen Berechnungen die unmittelbare Umgebung des Pols sein mußte. Peary hatte auf diesem Vorstoß keine weißen Begleiter geduldet, um den Sieg nicht mit *gleichwertigen Menschen* teilen zu müssen, hatte auf seinem Rückmarsch Glück mit der Eisdrift, konnte so etwa zur gleichen Zeit wie Frederic Cook mit *seinem* Sieg an die Weltöffentlichkeit treten – und das Geraufe um die Ehre begann.

Robert Edwin Peary setzte alles daran, um mit dem Ruhm allein zu bleiben, schrieb in der *New York Times* erbitterte Kolumnen und nannte Cook einen erbärmlichen Betrüger, der sich bloß für ein Jahr in der Wildnis verkrochen habe, um mit einer maßlosen Lüge daraus zurückzukehren. Cook sei ein Scharlatan, ein Hochstapler, ein Wahnsinniger, alles, alles, nur nicht der Eroberer des Pols.

Frederic Albert Cook wies alle Anschuldigungen als blindes Gestammel zurück und bezog im *New York Herald* Stellung: Er werde unerschütterlich bei seinem Anspruch bleiben, ein Jahr vor Peary im äußersten Norden gewesen zu sein; Peary sei ein unwürdiger Verlierer, ein Fanatiker, ein Verleumder ... Und so ging es fort. Kommissionen und Sympathisantenlager formierten sich um die Frage, wem nun das Ansehen des Ersten wirklich gebührte, Lehrmeinungen kreuzten sich, immer neue Feindschaften entstanden, und die Zeitungen verlängerten die Front in die Jahre. Sooft die Frage nach der Glaubwürdigkeit der beiden Eroberer auch alle Instanzen der Prüfung passierte – sie blieb ungelöst. Die Verwirrung der Lexikonschreiber und Chronisten hielt an. Je nach Lager und Auftraggeber schrieb man einmal Peary und dann wieder Cook den Sieg zu, nannte den einen nie ohne anzügliche Hinweise auf den jeweils anderen und verwandelte so die beiden Feinde in siamesische Zwillinge der Kosmographie.

Als Josef Mazzini am späten Abend die Messe betritt, sitzt Naomi Uemura rasiert, lächelnd und mit frischer Pomade im Haar am *Tisch der Wissenschaft*, den ein am Bambusgerüst hochgezogener Philodendronstrauch vom Tisch Andreasens und der Mannschaft trennt. Odmund Jansen steht mit erhobenem Glas vor dem Grenzstrauch zwischen den Tafeln, zeigt, daß er seinen Toast auf das Wohl des Vogelforschers im Namen der gesamten Besatzung ausbringt: Uemura habe mit seiner einsamen Arbeit auf Kvitøya seinem Namensvetter alle Ehre gemacht, der noch im Jahr 1978 den Nordpol, wie Peary, Cook und alle die anderen, aus eigener Kraft erreicht habe; er, der strapazenscheue Jansen, wünsche dem japanischen Kollegen die Anerkennung der Fachwelt und trinke auf ihn als den beharrlichen Freund der Vögel Kvitøyas.

Diesseits und jenseits des Philodendron folgt Beifall.

Sonntag, 23. August

Kurs Ostnordost. Dichtes Treibeis. Noch einhundert Seemeilen bis zum *Franz-Joseph-Land*. Klares Wetter und Nordwind. Am Nachmittag Packeisbarrieren. Keine Durchfahrt. Kurs Südwest. Ringsum Horizont. Kein Land. Josef Mazzini verbringt die langsamen Nachmittagsstunden mit der Lektüre einer Abschrift von Johann Hallers Tagebuch.

23. August 1872, Freitag: Schnee und Wind. Eingefroren. Schneeschaufeln auf Deck.

23. August 1873, Samstag: Nebel und Westwind. Temperatur 0°. Einen Hut Zucker geklopft.

23. August 1874, Sonntag: Helles Wetter und Wind. Wir haben die Matotschkinschar verlassen und sind mit unseren klei-

nen Fahrzeugen längs der Küste hinuntergesegelt. In der Nacht hat uns ein kleiner Sturm überfallen; wir haben uns alle miteinander verloren. Mein Boot zog bis in die Frühe weiter, dann haben wir das Boot festgemacht und sind auf das Land gestiegen. Wir fanden Treibholz und machten uns damit ein großes Feuer, bereiteten ein Frühstück und trockneten die Kleider.

Montag, 24. August

Wieder vor Kvitøya. Der fünfzehnte Tag an Bord; Besuchstag. Zum erstenmal seit dem Auslaufen aus Longyearbyen trägt Kåre Andreasen die Uniform eines Kapitäns. Um 14 Uhr setzt der Gouverneurshelikopter auf der Landeplattform der *Cradle* auf. Gouverneur Ivar Thorsen und der aus Oslo angereiste Ole Fagerlien schreiten die lose Reihe der angetretenen Mannschaft ab. Schulterklopfen und Händeschütteln.

»Und Sie?« wendet sich Ole Fagerlien an Mazzini, »kommen Sie mit ihrer Arbeit voran?«

»Das Eis liegt zu dicht«, sagt Mazzini.

»Was haben Sie denn erwartet?« sagt Fagerlien schon im Weitergehen.

Am Abend Konversation und Festmahl in der Messe. Beiläufiger Big-Band-Sound aus den Boxen der Stereoanlage. Proteste, als Fyrand einer Glenn-Miller-Komposition Archie Shepps *Mama Rose* mit gesteigerter Lautstärke folgen läßt. Fyrand schimpft die Zwischenrufer Arschlöcher und legt dann eine mit Marschmusik bespielte Kassette ein. Spätnachts zwei kurze Reden und wieder Trinksprüche.

Dienstag, 25. August

Bärenjagd. Drei Zoologen steigen im Helikopter des Gouverneurs auf, gleiten im Tiefflug über das Eis und bringen im Verlauf des Vormittags vier panisch flüchtende

Polarbären mit Betäubungsgewehren zu Fall. Die Zoologen brechen den narkotisierten Tieren je einen Zahn aus dem Kiefer, drücken ihnen mit Zangen Metallmarken ins Fleisch der Ohren und sprühen mit rotem Lack große Zeichen auf die weißgelben Pelze. Dann hält ein Videoband das allmähliche Erwachen der Überfallenen fest – die schwerfälligen Versuche der Bären, sich aus der Betäubung zu erheben, ihr Torkeln, ihre Hinfälligkeit, die fast unmerklich zurückkehrende Kraft und Eleganz ihrer Bewegungen und schließlich ihre von rotem Lack gezeichnete Schönheit. Die großen Blutflecke auf den Schollen verblassen rasch in den Eiskristallwirbeln, die von den Rotorblättern hochgepeitscht werden.

Die *Cradle* bricht zur Zeit der Jagd nur drei Seemeilen nordöstlich aus dem Eis. Am Ende der dritten Meile geschieht ein Unglück: Die Gewalt des Aufritts auf eine Eisbarriere schleudert den unvorbereiteten Briefmarkenmaler mit einer solchen Wucht gegen die Reling, daß er mit einer klaffenden Kopfwunde liegenbleibt. Bordarzt Holt drängt auf eine Einlieferung ins Spital von Longyearbyen. Um 13 Uhr kehren die Jäger zurück; Gouverneur Thorsen und Ole Fagerlien verabschieden sich. Gestützt von Fyrand und Holt, das blutleere Gesicht halb von Bandagen verhüllt, besteigt der Briefmarkenmaler den Helikopter, der dann sachte aufsteigt, noch eine Zeitlang am Schneehimmel dahinschlägt, zum schwarzen, singenden Punkt wird und verschwindet. Betretenes Schweigen in der Messe. Andreasen hat seine Uniform abgelegt und steht wieder in Jeans und einem frisch gebügelten Flanellhemd auf der Brücke. Kurs Nordost. Langsame, sehr langsame Fahrt.

Mittwoch, 26. August

Messungen auf dem Eis. Die *Cradle* liegt vor Anker, Josef Mazzini sitzt den Vormittag über in dem mit Seilen festgezurrten Stuhl des Briefmarkenmalers an der Reling; die Gletscherbrille schützt ihn vor dem Anblick einer gleißenden Ferne. Hellskog hatte ganze Tage in diesem Stuhl verbracht und mit klammen Fingern die Konturen der Einöde nachgezeichnet. Mazzini vermißt ihn; er hatte dem Maler Fotokopien der Zeichnungen Julius Payers gezeigt, Zeichnungen, die bei dreißig und vierzig Grad unter Null entstanden waren – und Hellskog hatte sich bewundernd über den feinen Strich geäußert; ab minus fünfzehn Grad, hatte er gesagt, würde er an alles denken, nur nicht ans Zeichnen.

Donnerstag, 27. August

Stille. Kein Maschinengeräusch, auch kein Rasseln der Ankerketten. Kaum wahrnehmbares Driften.

Die Zoologen liegen stundenlang in einem mit weißen Planen getarnten Schlauchboot auf der Lauer und erlegen zwei Ringelrobben – *Phocae hispidae*; beide auf große Distanz. Josef Mazzini, ein Jagdgast, steht an diesem Tag auf einer Scholle vor den Kadavern. Wie Kleinodien platzen die Eingeweide aus den aufgerissenen Bäuchen der Tiere; dampfend breitet sich die Farbenpracht des Todes über das Eis und setzt Kristalle an. Als die Farben verblassen, glaubt Josef Mazzini, es sei Ekel, was in ihm hochsteigt. Aber es ist nur die Feuchtigkeit und eine alles durchdringende Kälte, die nach ihm greift und ihn schüttelt. Dann werden die blutüberströmten Kadaver, auch die Eingeweide, in Plastiksäcke gepackt; Material für die Labors in Oslo. Ein ausführliches, lautes Gespräch in der Schiffsmesse folgt. Man spricht über lebensrettende Meisterschüsse, angreifende Bären und winterliche Pirschgänge.

Freitag, 28. August

Kurs Ost und Nordost. Trübes Wetter. Fyrand steht fluchend unter einem Kranarm und scheint das Pendeln einer am Seil hängenden Strömungsboje beschwörend zu dirigieren. Wie ein Rammbock schlägt die Boje mehrmals gegen die Bordwand.

Samstag, 29. August

Ein Tag im Eismeer, dicht unter dem 81. Grad nördlicher Breite. Ein Tag ohne Ereignisse. Daß die Sonne in dieser Meeresgegend nun seit mehr als vier Monaten wieder unter den Horizont sinkt, scheint kaum jemanden an Bord zu kümmern. Josef Mazzini erlebt den Untergang – es ist ein bloßes Verschwinden in Wolkenbänken, eine Beiläufigkeit ohne schimmernde Aura und purpurne Lichtbögen – als den Wiederbeginn einer lange vermißten Himmelsmechanik; endlich setzt der Wechsel von Tag und Nacht wieder ein. Aber nein, das ist keine Nacht, nur eine silberne Dämmerung, der keine Dunkelheit folgt.

Sonntag, 30. August

Windstille und Nebel. Schweres Eis. Es ist der Jahrestag der Entdeckung des *Franz-Joseph-Landes.* Eine weiße Sonne im Dunst. Nichts geschieht.

Es war um die Mittagszeit, da wir über die Bordwand gelehnt, in die flüchtigen Nebel starrten, durch welche dann und wann das Sonnenlicht brach, als eine vorüberziehende Dunstwand plötzlich rauhe Felszüge fern in Nordwest enthüllte, die sich binnen wenigen Minuten zum Anblick eines strahlenden Alpenlandes entwickelten!

Josef Mazzini feiert eine Erinnerung. Aber klar, sagt Fyrand, in dieser Langeweile könne man doch auf alles trinken. Nein, *so* hat es sein Schützling nicht gemeint. Aber dann stehen sie doch beide mit einer Flasche Aquavit am Bug und plärren drei Hurras in die Kälte hinaus; einen Jubel, der im Kreischen der unter dem Kiel berstenden Schollen dünn klingt. Und plötzlich fegt über den Lärm ihrer Fahrt auch noch die Klage des Nebelhorns, ein Scherz Andreasens, der den beiden Gestalten am Bug gilt, und man würde auf wenige Schritte Entfernung nur ihre offenen Münder sehen und nichts hören von einem Hurra. Aber sie schweigen ja schon.

Stunden später sitzt Josef Mazzini vermummt wieder in Hellskogs Stuhl an der Reling. Er weiß nicht, wie lange er so dagesessen und, immer müder werdend, in den Anblick der Leere versunken und wieder aufgeschreckt ist in die Wachheit, als dann langsam, unendlich langsam und schwarz wie eine Welle aus Teer, die Gletscher und Firnfelder als Schaumkronen trägt, ein Land über den Horizont steigt. Sein Land. Bergkämme und Grate zerflattern und fügen sich stets neu wieder zusammen, Basaltsäulen, Geröllhalden. *Die Thäler sind von Weiden geschmückt und von Renthieren belebt, welche im ungestörten Genuß ihrer Freistätte weilen, fern von allen Feinden.* Das Land dreht sich, sinkt zurück in die Wolken, kehrt wieder, und keine Brandung schlägt gegen die Felsen, spiegelglatt ist der Ozean, der das Bild einer zerrissenen Küste trägt; kein Eis.

Aber an Bord der *Cradle* bleibt alles still. Da schreit keiner *Land!*, da triumphiert kein Marsgast und keiner aus der Mannschaft. Da ist nur das Tosen der Fahrt. Da hat einer das Land entdeckt, das ihm ganz alleine gehört.

Montag, 31. August

Schneetreiben und Wind aus Südost. Gegen Mittag, neun Bogenminuten jenseits des 81. Grades nördlicher Breite, schließt sich das Packeis zu einer Barriere, die von Westen nach Osten verläuft; endlos das Eis, das auf der Wandkarte der Messe *unnavigable* heißt. Jetzt endlos.

Josef Mazzini ist über seiner Lektüre eingeschlafen und fährt hoch und schlägt um sich, als Fyrand an die Kabinentür klopft. Ohne eine Antwort abzuwarten, reißt Fyrand die Tür auf und wiederholt noch auf der Schwelle die Entscheidung Jansens und des Kapitäns: »Wir kehren um. Wir kommen nicht durch. Du wirst dein Franz-Joseph-Land nicht zu Gesicht bekommen. Scheiße. Hast du gehört? Wir kehren um!«

Dann das Wendemanöver; ein Vorgang bar jeder Feierlichkeit und allen Bedauerns. Was zu messen war, ist gemessen; was an Arbeit zu tun war, getan. Nord und Nordost keine Durchfahrt. Es war zu erwarten. Dann eben Kurs Süd. Kurs Longyearbyen.

Süd. Südwest. Süd. Eine vollendete Monotonie. Ich schließe das Bordbuch. Die Tage der Rückfahrt sind ohne Bedeutung. Die *Cradle* passiert die Eriksenstraße, das Küstenwasser des Kong Karls Landes, den Freemansund zwischen Barentsøya und Edgeøya, fällt auf einem Fächer südlicher Kurse um fünf Breitengrade zurück, irgendwann taucht steuerbord das Südkap Spitzbergens auf und verschwindet, und dann wieder Kurs Nordwest. Am 3. September läuft die *Cradle* in den Adventfjord ein. Es ist früher Morgen. Jetzt gehört Josef Mazzini zu denen, die Spitzbergen umfahren haben. Elling Carlsen, den Eismeister und Harpunier, hatte man für eine solche Fahrt noch mit dem Olafsorden geehrt. Aber lächerlich die Vorstellung, daß nun im Hafen von Longyearbyen auf einem Samtkissen ein Orden bereitliegen könnte. Lächerlich auch die Vorstellung von aufbrausendem Jubel am Pier. Taue klatschen auf die Landungsbrücke. Dann setzt der Lärm der Maschinen aus. Am Kai hebt jemand die Hand. Es ist Hellskog. Es schneit. So sieht das Ende einer Dienstfahrt aus.

Zu sagen bleibt, daß Josef Mazzini in den Tagen der

Rückfahrt nur noch selten an der Reling gesehen wurde. Wie einer, der sich auf seine Entlassung, auf die große Freiheit vorbereitet, saß er in der Messe und in seiner Kabine über polargeschichtlichen Schriften der schmalen Bordbibliothek und schrieb wahllos und unablässig aus den Büchern ab; ein Sekretär der Erinnerung. Schrieb er gegen die Langeweile? Wollte er *alle* Bilder des Nordens sammeln und sie durch die Abschrift zu seinen eigenen machen? Das dünne, blau gebundene Heft, das er damals vollkritzelte, liegt jetzt vor mir; Kjetil Fyrand hat es gemeinsam mit den anderen Aufzeichnungen und der Habe des Verschollenen an Anna Koreth übersandt. Gewiß, es ist nicht Josef Mazzinis Handschrift, die auf dem Umschlagschild den Titel dieser heillosen Sammlung von Zitaten festhält: *Der Große Nagel* – so haben grönländische Eskimos den Nordpol genannt. Es ist nicht Josef Mazzinis Handschrift. Das habe ich geschrieben. Ich. Ich habe auch die anderen Hefte Mazzinis mit Namen versehen. *Campi deserti. Terra nuova.* Ich bin mit den Aufzeichnungen verfahren, wie jeder Entdecker mit seinem Land, mit namenlosen Buchten, Kaps und Sunden verfährt – ich habe sie getauft. Nichts soll ohne Namen sein.

14 *Dritter Exkurs*
Der Große Nagel – Fragmente des Mythos und der Aufklärung

Kamst du bis zu den Speichern des Schnees, und sahst du die Kammern des Hagels, den ich aufgespart für die Drangsalszeit, für den Tag des Kampfes und Krieges? Wo ist der Weg zu dem Ort, wo das Licht sich verteilt und der Ostwind sich über die Erde zerstreut?

Bist du zu des Meeres Quellen vorgedrungen und in des Ozeans Tiefe einhergewandelt? Taten sich dir die Pforten der Totenwelt auf, schautest du die Tore der Finsternis? Hattest du acht auf die weiten Flächen der Erde? Gib Antwort, so du sie völlig kennst!

Gewiß, es gibt einen Fundort für Silber, eine Stätte für Gold, das man läutert. Eisen wird aus Erde gewonnen und Gestein zu Kupfer geschmolzen. Man setzt ein Ende der Dunkelheit, durchforscht bis zum äußersten Winkel das Gestein des Dunkels und der Finsternis. Stollen gräbt dort ein fremdes Volk: Vergessene hängen am Seil ohne Gebrauch ihrer Füße; menschenfern schwanken sie. Dort ist die Heimat des Saphirs und des Goldstaubes. Aber kein Raubvogel kennt den Weg dorthin, kein Falkenauge hat ihn erspäht. Das stolze Wild betritt ihn nicht und kein Löwe schreitet auf ihm.

An Kieselgestein legt man die Hand, gräbt von der Wurzel her die Berge um und schlägt Schächte in die Felsen, und reiche Schätze erblickt das Auge. Durchsickernde Rinnsale dämmt man ein, und Verborgenes bringt man ans Licht. Die Weisheit aber – wo findet man sie, und wo ist die Stätte der Einsicht?

Kein Mensch kennt die Schicht, in der sie liegt. Man findet sie nicht im Lande der Lebenden. Das Urmeer spricht: »In mir ist sie nicht« und der Ozean sagt: »Ich bin leer.«

Das Buch Hiob

Wenn die gewaltige Ausdehnung des Atlantischen Meeres es nicht unmöglich machte, könnten wir die Strecke von Iberien bis nach Indien längs desselben Breitengrades durchsegeln.

Eratosthenes
Drittes Jahrhundert v. Chr.

Es wird aber eine Zeit kommen, nach späten Jahren, da der Ozean die Fesseln der Dinge lösen wird, da die unermeßliche Erde wird offen liegen, da die Seefahrer neue Welten entdecken werden, und dann wird Thule nicht mehr der Lande äußerstes sein.

Lucius Annaeus Seneca
Erstes Jahrhundert

Die Winter im Norden sind eine Heimsuchung, eine Strafe, eine Plage. Die Luft ist zäh vor Kälte und macht die Gesichter welk, die Augen tränen, die Nasen fließen und die Haut zerspringt. Die Erde ist dort wie blinkendes Glas und der Wind wie stechende Wespen. Wen es in den Norden verschlägt, der sehnt sich vor schmerzhafter Kälte danach, ins Höllenfeuer einzugehen.

Qazwînî
Zwölftes Jahrhundert

Der Norden ist reich an Völkern von ungeheuerlicher Seltsamkeit ohne menschliche Kultur.

Saxo Grammaticus
Zwölftes Jahrhundert

Auf diesem großen Meere fährt man nicht wegen der Magnete.

Legende einer Kompaßkarte des Nordpolarmeeres
Fünfzehntes Jahrhundert

Die sommerlichen Lichtverhältnisse müssen die Fahrt im Eismeer ungemein begünstigen, über welches zu schiffen – dem gemeinen Vorgeben nach – so gefährlich und so schwer, oder vielmehr ganz und gar unmöglich sein soll; denn wenn man erst einmal über die kleine Strecke des Weges hinüber ist, welche für so gefährlich ausgeschrien wird, nämlich eine Entfernung von etwa zwei oder drei Seemeilen, ehe man an den Pol kommt, bis ebensoweit nach Zurücklegung des Pols, so muß unstreitig das Klima der dortigen Seen und Länder ebenso gemäßigt sein als in hiesigen Gegenden.

Robert Thorne
Sechzehntes Jahrhundert

Der nördliche Ozean ist ein weites Feld, auf dem sich der Ruhm Rußlands, verbunden mit beispiellosem Nutzen, vermehren kann ... Der Ozean ist in einer Entfernung von fünfhundert bis siebenhundert Werst von der sibirischen Küste in den Sommermonaten frei von solchen Eismassen, welche dem Lauf der Schiffe hinderlich sein, und die Seefahrer der Bedrohung aussetzen könnten, eingeschlossen zu werden. Die Sorge um die Menschen ist allerdings stets viel drückender als die Sorge um die aufgewendeten Mittel – indessen, wir stellen den Nutzen und Ruhm für das Vaterland in Vergleich: Schicken die Völker für ein gewonnenes kleines Stück Land oder ausschließlich aus Ehrgeiz Tausende, ja ganze Armeen in den Tod, so hätte man im Eismeer, wo es sich um den Erwerb ganzer Länder in anderen Weltgegenden, um die Vermehrung der Schiffahrt, des Kaufmannswesens und der Macht zum

größeren Ruhm des Staates handelt, nur ungefähr hundert Mann zu beklagen. Michail Wassiljewitsch Lomonossow
Achtzehntes Jahrhundert

Aber auf Grund meiner eigenen Erfahrung und darüber hinaus auch der von holländischen Kapitänen eingebrachten Erkundigungen, kann man mit Sicherheit annehmen, daß eine nördliche Passage des Polarmeeres unmöglich ist. Wassilij Jakowlewitsch Tschitschagow
Achtzehntes Jahrhundert

Die einen wollten nichts versuchen, weil sie glaubten alles sey unnüz und diese Schiffarth unmöglich; andere beharreten auf ihrem Vorurtheil, daß die Farth in Nordwest vorzuziehen sey; die dritten ließen sich mehr meinen Entwurf gefallen – zwischen Spitzbergen und Nowaja Semlja nach Norden zu fahrn – und endlich hatte jenige Meynung bey der königlichen Gesellschaft den Vorzug, daß man bey Ihro Königlichen Majestät um zwey Schiffe ansuchen solle, welche gerade gegen den Nordpol schiffen sollten; wenn man nun, nach meiner Meynung, in diesem eine mehr oder minder von Eis freye See finden werde, so müssen alle Schwierigkeiten verschwinden, und werde man nicht länger verziehen, die Farth gegen die Meerenge und gegen Japan etc. zu unternehmen; wenn aber die See beeiset, so werde doch diese Farth nicht unnüz seyn, sondern die zu machende astronomische, physische und andere Betrachtung, ihren Nutzen haben. Samuel Engel
Achtzehntes Jahrhundert

Ich trat der Ansicht vieler gelehrter Naturforscher bei, daß das Meer um den Nordpol nicht gefroren sein könne, daß sich innerhalb des Eisgürtels, welcher dasselbe bekanntlich umschließt, eine offene Fläche veränderlicher Ausdehnung finden müsse, und wollte die Beweise vermehren ... Meine früheren Erfahrungen führten mich zu dem Schlusse, daß ich imstande sein würde, ein Fahrzeug bis ungefähr zur 80. Parallele nördlicher Breite in den Eisgürtel hineinzuschieben und von da ein Boot über das Eis nach dem offenen Meer zu schaffen, das ich jenseits zu finden hoffte. War ich so glücklich, dies offene Meer zu erreichen, so gedachte ich, mein Boot vom Stapel zu lassen und nordwärts in See zu stechen. Für den Transport über das Eis setzte ich mein Vertrauen hauptsächlich auf den Hund der Eskimos.

Isaac Israel Heyes
Neunzehntes Jahrhundert

Mister Hayes! Sie könnten ebensogut versuchen, auf den Dächern über die Stadt New York zu fahren.

Henry Dodge
Neunzehntes Jahrhundert

Unsere Hoffnung, eine weite Fläche glatten, ungeborstenen Eises zu finden, die nur durch den Horizont begrenzt ist, erfüllte sich nie.

William Edward Parry
Neunzehntes Jahrhundert

Aber in Gedanken steuerten wir unsere Boote nach Norden, überschritten Parallel nach Parallel und machten welterschütternde Entdeckungen.

Emil Israel Bessels
Neunzehntes Jahrhundert

Wir haben 83°24´3˝ und damit eine höhere Breite erreicht, als sterbliche Menschen je vor uns, und ein Land gesehen, von welchem niemand wußte. Wir entfalteten in dem kalten Nordwinde das glorreiche Sternenbanner.

David Legge Brainard
Neunzehntes Jahrhundert

Sicher, eine Überwinterung im Packeis ist dann unterhaltend, wenn man zu Hause am Kaminfeuer davon liest, doch sie wirklich durchzumachen ist eine Prüfung, die einen Menschen vorzeitig altern lassen kann.

George Washington De Long
Neunzehntes Jahrhundert

Der Nordpol ist unerreichbar! George Stronge Nares
Neunzehntes Jahrhundert

»Bis hieher und nicht weiter« hat schon so mancher Polarfahrer gesagt, und sein Nachfolger ist ruhig über die Eismauern hinweggefahren, die der Vorgänger »für die Ewigkeit gebaut« erklärt hatte. Der Pol ist weder absolut practicable, noch absolut impracticable. Es wird im ganzen Polargebiete stets weite Strecken geben, die, je nach den Eisverhältnissen der Jahre und der Jahreszeiten, das eine oder das andere sind . . .

Der Pol selbst ist aber als Punkt für die Wissenschaft vollständig gleichgiltig. Ihm nahe gekommen zu sein, dient allenfalls zur Befriedigung der Eitelkeit . . .

Angesichts des immer reger werdenden Interesses für die arktische Forschung und der Bereitwilligkeit, mit der Regierungen und Private immer wieder die Mittel für neue Expeditionen liefern, ist es wünschenswerth, diejenigen Principien aufzustellen, nach welchen dieselben ausgesendet werden sollen, um sie den verwendeten großen Opfern entsprechend nutzbringend für die Wissenschaft zu gestalten, und ihnen jenen abenteuerlichen Charakter zu benehmen, der das große Publicum wohl reizen, der Wissenschaft aber nur schaden kann. *Carl Weyprecht*
Neunzehntes Jahrhundert

Wir empfanden (nach unserer Rückkehr aus dem Norden, Anm.), daß wir weit über unser Verdienst gewürdigt, das höchste erreicht hatten, was die Erde zu bieten vermag: die Anerkennung unserer Mitbürger ... Was die Entdeckung eines bisher unbekannten Landes anbelangt, so lege ich persönlich heute keinen Werth mehr darauf.

Julius Payer
Neunzehntes Jahrhundert

Wir sind gewiß nicht hinausgezogen, um den mathematischen Punkt, der das nördliche Ende der Erdachse bildet, zu suchen – denn diesen Punkt zu erreichen hat an und für sich nur geringen Wert –, sondern um Untersuchungen in dem großen, unbekannten Teil der Erde, welcher den Pol umgibt, anzustellen, und diese Untersuchungen werden nahezu die gleiche große wissenschaftliche Bedeutung haben, ob die Reise nun über den mathematischen Pol selbst führt oder ein Stück davon entfernt bleibt ... Aber man muß den Pol erreichen, damit diese Besessenheit aufhört.

Fridtjof Nansen
Jahrhundertwende

Die Fremden suchen nach dem Großen Nagel, der ins Eis des Nordens getrieben wurde und verlorengegangen ist. Wer den Suchern folgt und den Großen Nagel findet, wird Eisen haben für Lanzen und Beile.

Die Eskimos von Annotoak
Zwanzigstes Jahrhundert

Die meisten Menschen denken an »Abenteuer«, wenn das Wort »Entdeckung« fällt. Deshalb will ich den Unterschied zwischen diesen beiden Ausdrücken vom Standpunkt des Entdeckers festlegen. Für den Entdecker ist das Abenteuer nur eine unwillkommene Unterbrechung ernster Arbeit. Er sucht nicht Nervenkitzel, sondern Tatsachen, die bisher unbekannt waren. Oft ist seine Entdekkungsfahrt nichts anderes als ein Wettlauf mit der Zeit, um dem Hungertode zu entgehen. Für ihn ist ein Abenteuer bloß ein Fehler in seinen Berechnungen, den die »Probe« der Tatsachen aufgedeckt hat. Oder es ist ein unglückseliger Beweis dafür, daß niemand alle zukünftigen Möglichkeiten in Betracht ziehen kann ... Jeder Entdecker erlebt Abenteuer. Sie regen ihn an, und er denkt gerne an sie zurück. Aber er sucht sie niemals auf. Roald Amundsen

Zwanzigstes Jahrhundert

Eingefrorene und blutende Wangen und Ohren sind die kleinen Unannehmlichkeiten, die zu einem großen Abenteuer gehören. Schmerz und Unbequemlichkeiten sind unvermeidlich, aber im Zusammenhang mit dem Ganzen gesehen, sind sie kaum wichtig.

Robert Edwin Peary

Zwanzigstes Jahrhundert

Das Leben im Eis? Ich bezweifle, daß sich Menschen je so einsam und verlassen gefühlt haben wie wir. Ich bin nicht fähig, die Leere unseres Daseins zu beschreiben.

Frederic Albert Cook

Zwanzigstes Jahrhundert

Der geographische Nordpol ist der mathematische Punkt, den die gedachte Achse der Erdrotation durchsticht, auf dem sich die Meridiane vereinigen, auf dem es nur noch die Südrichtung gibt, wo der Wind nur aus Süden kommt und nach Süden weht und der Magnetkompaß stets nach Süden zeigt, wo die Zentrifugalkraft der Erde aufhört und die Gestirne nicht mehr auf- und untergehen. Geographische Definition

Um 1980

15 *Aufzeichnungen aus dem Lande Uz*

Der Klotz wird immer stiller. Den tröstet keiner mehr. Der will heim. Er muß heim.

Aber das Land! Sie haben doch ein Land entdeckt, schöne Gebirge! Jetzt haben sie doch ein Land.

Das Land? Ach, dieses Land. Die Berge tragen ja keine Fichtenwälder, keine Föhren, keine Krüppelkiefern, nichts. Und die Täler sind voll Eis. Heim will er, der Klotz. Heim.

Es ist ein dunkler, quälend kalter Dezembernachmittag des Jahres 1873, an dem der Jäger Alexander Klotz – er ist eben gemeinsam mit Payer und Haller von einer ihrer Exkursionen nach der Küste zurückgekehrt – seinen vereisten Pelz abwirft, die Handschuhe, die Fellkapuze, den ledernen Gesichtsschutz, alles abwirft, und dann seine Sommerkleider anlegt. Dort, wo er jetzt hingeht, braucht er keinen schweren Pelz. Die Winter in Sankt Leonhard, die Winter im Passeiertal sind schneereich und mild.

Klotz räumt seine Koje leer und läßt dann aber den mit seinen Habseligkeiten gefüllten Leinensack einfach stehen. Nur das Kostbarste nimmt er an sich – die Zylinderuhr, die er beim letzten Scheibenschießen zu Ehren des Geburtstages Seiner Majestät gewonnen hat; das Papiergeld, das Payer ihm zugesteckt hat, wenn er dem Herrn Oberlieutenanten besonders dienstbar gewesen ist, und als letztes einen hölzernen Rosenkranz. Groß und ernst tritt Klotz dann vor seine Gefährten hin und schüttelt jedem die Hand: *Pfiat enk.*

»Klotz! Spinnsch?« fragt Haller.

»Pfiat di, Haller«, sagt Klotz und steigt an Deck. Wer ihm nachgeht, sieht ihn an der Reling stehen, ein Gewehr geschultert, steht er da wie ein Bild und gibt keine Antwort und schaut in die Dunkelheit, schaut über das Eis.

Vielleicht muß man ihn nur lassen, den Klotz. Er wird schon wieder zu sich selber kommen. Man muß ihn nur lassen.

»Der hat doch einen Rausch«, sagt Feuermann Pospischill, »nur einen Rausch; seine ganze Rumration hat er leergesoffen.«

Ist ja gut. Laßt ihn nur. Er wird schon alleine wieder unter Deck kommen. Laßt ihn.

Aber als Weyprecht nach zwei Stunden aus der Offiziersmesse kommt – die Herren haben dort einmal mehr die Zukunft der Expedition besprochen und nichts bemerkt von Klotzens Verrücktheit –, als der Kommandant befiehlt, den Jäger zu holen, und Johann Haller gehorsam an Deck steigt, da steht Klotz nicht mehr an der Reling; da ist der Tiroler verschwunden. Das war also keine Verrücktheit. Das war kein Rausch. Das war ein Abschied. Der Jäger und Hundetreiber Alexander Klotz ist nach Hause gegangen.

Jetzt läuft die Zeit schnell wie noch nie. Jetzt, wo keine Minute mehr verlorengehen darf, fliegt die Zeit plötzlich dahin. Und sie rennen ihr nach, rennen dem Klotz nach, der in wenigen Stunden erfroren sein wird, wenn sie ihn nicht finden. Der verfluchte Passeirer! In Sommerkleidern in diese Kälte hinaus! In vier Abteilungen, in alle Himmelsrichtungen hasten sie davon; wie ein Messer fährt ihnen die Luft in den Hals. Nicht stehenbleiben! Schneller! Kloootz! Soll doch erfrieren, die Sau. Der will doch erfrieren! Der ist doch hin. Der muß doch längst hin sein.

Aber sie finden ihn anders. Nach fünf Stunden, endlich, finden sie ihn: Langsam und würdevoll, barhäuptig, das Antlitz nahezu vollständig vereist, schreitet Alexander Klotz dem Süden zu.

Sie halten ihn an; sie reden auf ihn ein; sie schreien ihn an. Aber er spricht kein Wort. Sie führen ihn zum Schiff zurück, führen ihn ab. Er läßt alles geschehen. Im Mannschaftsraum tauen sie den Flüchtling auf, brechen seine Kleider von ihm los, tauchen seine erfrorenen Füße und Hände in mit Salzsäure versetztes Wasser, reiben ihn mit Schnee ab, der hart wie Glasstaub ist, flößen ihm Schnaps ein und fluchen vor Ratlosigkeit. Klotz läßt alles geschehen und bleibt stumm. Dann legen sie ihn in seine Koje, decken ihn zu, halten Wache. Dort liegt er und starrt, nimmt keinen Anteil mehr an ihrem Leben und hält wortlos jedem Blick stand; liegt nur und starrt. Jetzt haben sie einen Wahnsinnigen an Bord.

Wochen werden über der Versteinerung des Alexander Klotz verstreichen. Manchmal, wenn die winterlichen Eispressungen sie heimsuchen, wenn die Skorbutkranken im Fieber weinen und ein Eissturm sie an das Ende der Zeit erinnert, werden sie den Jäger noch beneiden, der in sich versunken ist und nichts mehr zu erkennen scheint. Und doch wird dieser Winter weniger wütend und grausam sein als der vergangene. Hier, in der Nähe des Landes, im Schutz ihres Landes, sind die Eispressungen weniger gewaltsam, ist die Leere weniger groß, und sie haben ja die Hoffnung, im nächsten Frühjahr das Land zu erforschen und dann endlich heimzukehren, wenn es denn sein muß, zu Fuß über das Eis heimzukehren. Auch wenn jetzt neunzehn von ihnen die Zeichen des Skorbuts tragen; sie werden heimkehren. Gut, daß Maschinist Krisch nichts weiß von dem, was Expeditionsarzt Kepes an der Offizierstafel vorgetragen hat: Auch wenn der Maschinist sich noch leidlich bei Kräften zeige und gelegentlich auch seinen Dienst verrichten könne, so bestehe nun doch keine Hoffnung mehr für ihn; seine Lungen seien unheilbar zerfressen. Krisch sei dem Tod nah wie kein anderer an Bord.

Und was, hatte man nach einem Schweigen an der Tafel gefragt, was, wenn uns der Krisch siech wird und sich nicht mehr fortbringen kann, wenn die *Tegetthoff* aufgegeben und der Rückzug nach Europa angetreten werden muß? Zu Fuß über dieses Eis! Wohin dann mit Krisch? »Dann«, hatte Weyprecht gesagt, »tragen wir ihn.«

Krisch bemüht sich. Krisch kämpft; bis zum Frühjahr wird er gesund sein und wieder alle Lasten tragen können. Payer muß ihm versprechen, ihn auf die Schlittenreisen des kommenden Frühlings mitzunehmen. Krisch wird durch den Firnschnee über Landstriche gehen, die noch nie ein Mensch betreten hat. Payer verspricht es ihm. Sorgfältig, so schreibt ein Entdecker, der dem Vaterland und der Wissenschaft dient, zeichnet Krisch die Windstärken, die Windrichtungen und Temperaturen aller Tage auf; immer noch. Aber schon im Dezember beginnt der Tod ihm die Hand zu führen, und sein Tagebuch gerät ihm mehr und mehr zum Protokoll einer Agonie.

Am 15ten Dezember Windstille, Temperatur von -28,6° R auf -31,2° R (-39 °C, Anm.), schönes heiteres Wetter, das Quecksilber ist hart gefroren, die Mannschaft baut an einem Schneepalast unzählige Nordlichter am Südhimmel. Ich habe noch immer große Schmerzen und es stellt sich auch Schlaflosigkeit ein, so daß ich täglich nur 2 bis 3 Stunden mit Unterbrechungen schlafen kann, ich werde von Tag zu Tag schwächer.

Am 21ten Dezember Wind aus SSW ... Um 11 Uhr Vorlesung aus der Hl. Schrift, Inspizirung der Mannschaftsräume; Im magnetischen Observationshause gearbeitet; steigende Temperatur. Mein Krankheitszustand hat sich abermals verschlimmert ich leide fürchterliche Schmerzen in der rechten Brustseite. Am 23ten Dezember Wind aus WSW ..., bedeckter Himmel leichter Schneefall, die Mannschaft decorirt den Schneepalast Magnetische Beobachtungen ..., zu meinen Leiden gesellte sich noch ein Fieber, was mir den ganzen Appetit benimmt und ich daher nichts als

Suppe essen kann, ich fühle mich sehr schwach meine Füße tragen mich kaum mehr. *Otto Krisch*

Am 24. Dezember stehen sie in ihrem Schneepalast um einen Christbaum, den sie aus Holzlatten zusammengesteckt und mit Tranlichtern geschmückt haben, und diesmal muß ihnen Schiffsfähnrich Eduard Orel aus der Heiligen Schrift vorlesen, weil Weyprecht fiebert und beim Sprechen Mühe hat. Aber gestützt auf den Ersten Offizier, steht der Kommandant mitten unter ihnen und hört die Frohbotschaft.

Da trat ein Engel des Herrn zu ihnen, und es umstrahlte sie die Herrlichkeit des Allmächtigen und sie fürchteten sich sehr. Der Engel aber sprach zu ihnen: »Fürchtet euch nicht! Denn seht, ich verkünde euch eine große Freude, die dem ganzen Volk zuteil werden soll: Euch wurde heute in der Stadt Davids ein Retter geboren, der ist Messias und Herr. Und dies soll euch zum Zeichen sein: Ihr werdet ein Kind finden, in Tücher gehüllt und in einer Krippe liegend.« Und plötzlich erschien über dem Engel eine große Schar des himmlischen Heeres, die Gott pries mit den Worten: »Ehre sei Gott in der Höhe und Friede den Menschen auf Erden, die guten Willens sind.«

Beruhigend, daß am nächsten Tag, dem Christtag, doch wieder Weyprecht selbst die Bibel zur Hand nimmt und ihnen vorliest. Noch am Morgen hatte der Matrose Lettis im Mannschaftsraum herumerzählt, er habe gesehen, wie sich der Kommandant nach einem Husten das Blut vom Mund gewischt. Das ist nicht wahr, hatte man Lettis schweigen geheißen, du lügst.

Wahr ist nur, daß der Kommandant heute langsamer liest als sonst, daß er Pausen macht, in denen man ihn atmen hört.

Am 26ten Dezember Wind aus NO dann Stille ..., schönes heiteres Wetter, Nordlicht in Bogenform in Ost – Eisschieben in größerer Entfernung ringsum hörbar ... Zu meiner Krankheit ge-

sellt sich noch eine viel gefährlichere denn nach der Diagnose des Doktor Kepes zeigen sich Symptome von Skorbut das Zahnfleisch ist geschwollen und mit Blut unterlaufen, rothe Flecken an den Füßen und Händen sichtbar, Schmerzen in den Knien und Handgelenken, dabei continuirliches Fieber.

Am 27ten Dezember Windstille, schönes heiteres Wetter ... Schöne Dämmerung, mein Gesundheitszustand hat sich nicht geändert, heftige Schmerzen in den unteren Extremitäten; Beobachtungen im magnetischen Hause werden fortgesetzt.

Am 28ten Dezember Windstille ..., um 10 Uhr Vormittags Mondesaufgang 11 Uhr Vorlesung aus der Hl. Schrift dann Inspizirung der Mannschaftsräume, gegen Mitternacht ferner andauerndes Eisgepolter in SO. mein Gesundheitszustand blieb unverändert.

Am 29ten Dezember Wind aus Süd dann Stille ..., leicht bewölkt, großer blasser Ring um den Mond Abends fällt staubförmiger Schnee ..., heftige Schmerzen in den Füßen.

Am 30ten Dezember Wind aus OSO dann Stille ..., dunstig zeitweise leichter Schneefall, helle seitliche Nebenmonde und blasser Halbkreis im Zenith ... Mein Gesundheitszustand blieb unverändert.

Am 31ten Dezember Wind aus Ost 3–4 und ONO 2–3 ... dunstig leichtes Schneetreiben, nebelgrauer Ring um den Mond mit Kreutz und Spuren von Nebenmonden. Heute wird der Sylvester Abend gefeiert und das Jahr 1874 bewillkommt, ich blieb auch bis 10 Uhr Abends am Tisch, dann ging ich zur Ruhe.

Am 1ten Jänner 1874. Wind aus Süd 6–7 und SSO 5 ... bedeckt Schneefall und Schneetreiben unaufhörlich. Beim Mittagessen wenig Zuspruch alles schläft nur ich habe einen leichten Kopf, weil ich gestern des Fiebers wegen keinen Wein trank, es werden Häringe und Sardellen geachtet. Die Temperatur steigt von Stunde zu Stunde.

Am 2ten Jänner Wind aus SSW 5–6 ..., bedeckt Schneefall und Schneetreiben ..., der Mond scheint matt durch den Dunst-

schleier mein Gesundheitszustand blieb unverändert, nebst heftigen Schmerzen in den Kniegelenken alltäglichen Fieberanfall.

Am 3ten Jänner Wind aus SO 2–3 und SSO 5–6 ..., bedeckt ausnahmsweise Nebelreißen mit feinem wässerigen Schnee gemischt ..., Boote von Schneewehen geklart ... heute 540 Tage in See respective Eis.

In Folge heftiger Schmerzen muß ich heute im Bett zubringen.

Am 9ten Jänner Windstille ... Minimum -31,1° R (-38,9°C) zimlich heiter, mehrere blasse Nordlichter sichtbar ... Das Fieber dauerte die ganze Nacht und ich schloß kein Auge.

Am 11ten Jänner Wind aus NNW und Nord ... Minimum -35,1°R (-34,9°C) ganz heiter sternhell um 3 Uhr Mondaufgang letztes Viertel. Nordlichter von blaßgrüner Farbe im III und IV Quadranten schwache Dämmerung am Südhorizont ... Mein Gesundheitszustand hat sich etwas gebessert das Fieber trat sehr schwach auf.

Am 12ten Jänner Wind aus WNW ... Minimum -35,6°R (-44,5°C) klares heiteres Wetter empfindliche Kälte, Nordlichter über dem Zenith ... ich fühle nur noch heftige Schmerzen in den Füßen und eine nahmenlose Schwäche. *Otto Krisch*

Am 15. Jänner 1874, zwei Monate vor seinem Tod, schreibt der Maschinist nur noch Zahlen in sein Tagebuch – Temperaturwerte und Windstärken, aber kein Wort mehr über seinen Zustand, über seine Empfindungen; auch nichts mehr von Wolken und Nordlichtern. Es ist seine letzte Eintragung. Nur einmal noch, im Februar, als die Macht seiner Krankheit für wenige Stunden nachläßt, wird Krisch die inzwischen verlorengegangenen Tage nachzutragen versuchen und einen Fetzen Papier in sein Journal einkleben – das Fragment eines von Weyprecht für den Fall der *Ausschiffung* erteilten Befehls; Otto Krisch, heißt es in diesem Befehl, wird nach der Aufgabe der *Tegetthoff* gemeinsam mit Brosch, Zaninovich, Stiglich, Sussich, Pospischill, Lukinovich und Marola die Besatzung des dritten Rettungsbootes bilden. Otto Krisch wird im dritten Rettungsboot heimkehren. Aber auf den eingeklebten Befehl folgen nur leere Seiten, folgt die Zeit der leeren Seiten.

Während der Maschinist sich in seinem Kampf gegen das Sterben verzehrt und immer wieder in Bewußtlosigkeit und Wahnvorstellungen versinkt, geschieht, woran keiner mehr geglaubt hat: der Jäger Klotz kehrt aus seiner Versteinerung zurück; nein, nicht langsam und nach und nach, sondern jäh und so selbstverständlich wie einer, der erwacht, seine Träume abstreift, aufsteht und seiner Arbeit nachgeht wie an allen anderen Morgen auch. Alexander Klotz erhebt sich an einem der ersten Februartage von seinem Lager, der Dämmerungsbogen über dem Horizont ist jetzt schon hell und groß, kleidet sich unter dem sprachlosen Staunen seiner Gefährten an, greift nach einem Gewehr, nimmt dann vor dem Kommandanten Haltung an und meldet sich zur Deckwache. Klotz, der so lange stumm und wie sein eigenes Denkmal in der Koje gelegen hat, will seinen Dienst wieder antreten; er hat seinen Winter in Sankt Leonhard verbracht; jetzt ist er aus dem Passeiertal zurückgekehrt.

Alexander Klotz ist wie früher. Nicht fröhlich, aber wie früher. In diesen Tagen sieht man Eismeister Carlsen zum erstenmal lachen, sieht ihn begeistert: »Seht ihn euch an, den Klotz. Seht ihn an! Wie der heilige Olaf steht er da; er ist wie der heilige Olaf!« Auch der Schutzpatron Norwegens habe nach langen Zeiten des Dahinbrütens und Schweigens in die Welt zurückgefunden, habe unter seinen Feinden blutiges Gericht gehalten und sein Bekehrungswerk fortgeführt. Und er, Carlsen, glaube auch zu wissen, warum Klotz jetzt wieder als ganzer Mensch unter ihnen sei: Die Seele des Maschinisten Krisch habe in den letzten Tagen ihre sterbliche Hülle immer öfter verlassen, um den Weg in die Ewigkeit zu erkunden; auf diesen Erkundungsgängen müsse sie aber der Seele des Passeirers begegnet sein und sie zur Umkehr bewegt haben. Und so habe sich die Erstarrung des Jägers gelöst.

Am 24. Februar, nach einhundertfünfundzwanzig Tagen der Finsternis, geht ihnen die Sonne wieder auf. Ich schweige über das Fest. Bedeutsamer ist, daß Weyprecht der Mannschaft an diesem wolkenlosen Dienstag das Urteil über die Zukunft der Expedition verkünden läßt. Der Kommandant befiehlt alle Mann an Deck, und Orel liest ein von den Offizieren gezeichnetes *Document* vor: *Die Theilnehmer der österreichisch-ungarischen Nordpol-Expedition sind Willens, das Schiff Ende Mai zu verlassen und nach Europa zurückzukehren. Da diesem Augenblicke jedoch noch eine, zwei vielleicht drei Schlittenreisen zur Erforschung des Kaiser-Franz-Josefs-Landes vorausgehen sollen, so tritt die Nothwendigkeit ein, dieses Project und die sich daran knüpfenden Erwartungen in bestimmte Formen zu kleiden, um so gewagte Unternehmungen für die Zurückbleibenden wie für die Abreisenden, so wenig beunruhigend als möglich zu machen. Diese Formen sind: die Schlittenreisenden zählen auf die Hinterlassung eines Rettungsapparates, welcher die Mittel ergänzt, über die sie selbst verfügen; sie zählen ferner darauf, daß die Deponirung dieser Gegenstände am Lande am ersten Tage ihrer ersten Reise schon beendet sei. Die Reisen werden im März beginnen, sechs bis sieben Wochen dauern, in der Zeit vom 10. bis 20. März ihren Anfang nehmen und die Richtungen derselben sich wenn möglich theilen: in eine Unternehmung längs der Küste des Landes nach Nord, in eine nach West und in eine nach dem Binnenlande; jedesmal wird die Ersteigung eines dominirenden Berges den Abschluß bilden.*

Reihenfolge und Zeitdauer dieser Reisen sind unbestimmbar – selbst noch im Momente des jeweiligen Abgangs – und lediglich der Entscheidung an Ort und Stelle vorbehalten. Dies sei deßhalb erwähnt, um sowohl Besorgnisse, als auch irregehende Aufsuchungen fernzuhalten. Falls die Schlittenreisenden bei ihrer definitiven Rückkehr das Schiff nicht mehr antreffen sollten, werden sie versuchen, sofort allein nach Europa zurückzukehren und nur unter den zwingendsten Umständen eine dritte Überwinterung erstreben, zu welcher ihnen das ans Land zu schaffende überzählige Material einigermaßen die Mittel böte. Es ist selbstverständlich, daß diese Reisen nicht bis in eine Zeit ausgedehnt werden, welche der Mannschaft die gebotene Erholungsfrist vor der Heimkehr nach Europa verwehren würde und daß ihre Beendigung schon Anfang Mai eintreten wird.

Die Heimkehr nach Europa. Sie reden von ihrem bevorstehenden Rückzug wie von einer Reise von Wien nach Budapest; so, als ob die Heimkehr besiegelt wäre und nicht von der Tortur eines monatelangen Marsches durch die Eiswüste abhängen würde. Zwischen ihnen und der bewohnten Welt liegen Tausende Quadratkilometer Treibeis und Packeis – aber sie reden, als ob sie nicht wüßten, daß die meisten ihrer Vorgänger auf solchen Rückzügen umgekommen sind – erfroren, verhungert, gestorben an Erschöpfung und Skorbut. Aber sie müssen wohl so reden. Und noch gilt ihre Aufmerksamkeit und Sorgfalt ja auch der Vorbereitung einer anderen, einer weniger bedrohlichen Strapaze: der Begehung und Vermessung ihres Landes, das ihnen die ganze Polarnacht über nah geblieben ist. Auch wenn der Skorbut sie quält, so machen sich jetzt doch mehr Matrosen erbötig, den Herrn Oberlieutenanten auf seiner ersten Schlittenreise zu begleiten, als Payer brauchen kann; sie sprechen an der Offizierstafel vor, beschreiben den Herren ihre Ausdauer und Kraft und verkleinern ihre Krankheiten. Wer gestern noch im Fieber gelegen hat, will heute einen zentnerschweren Schlitten durchs Bruchheis ziehen; nein, nicht allein wegen der Ehre, was kann *Ehre* nach zwei Polarnächten noch bedeuten?

Aber die Eintönigkeit des Bordlebens ist mit jedem Tag schwerer zu ertragen. Und Prämien sind auch versprochen.

In den ersten Märztagen entscheidet sich Payer für die Matrosen Lukinovich, Cattarinich und Lettis, für den Feuermann Pospischill und die beiden Passeirer Haller und Klotz. Ja, auch der Klotz wird mitkommen; in den Bergen und auf den Gletschern kann es keinen erfahreneren Begleiter geben als ihn. Ihrer sieben werden sie also gemeinsam mit den drei kräftigsten Hunden Toroßy, Sumbu und Gillis einen großen Schlitten nach Norden ziehen und die Gletscher, Kaps und Gebirgszüge vermessen und taufen. Am 9. März sind sie bereit. Morgen werden sie aufbrechen.

»Der Maschinist ist zum Sterben«, sagt Haller, »darf man fortreisen, wenn einer zum Sterben ist?« Aber der Kommandant zu Lande hat den Schlitten schon beflaggt. Den hält nichts mehr auf.

Am 9. März lag Krisch regungslos und im Zustande der Agonie auf seinem einsamen Krankenlager. Lukinovich hatte Wache bei ihm, und weil er glaubte, daß Krisch im Begriffe sei zu sterben, so begann er, um dem wenngleich Bewußtlosen, doch noch Lebenden die Pforten der Ewigkeit zu öffnen, eine Stunde lang in der fanatischen Weise seiner südlichen Heimat mit lauter Stimme zu rufen: »Gesù, Giuseppe, Maria vi dono il cuor e l'anima mia!« Wir waren zugegen, und in unseren Cabinen beschäftigt, wagten wir es nicht, eine Handlung zu unterbrechen, deren Absicht zwar Frömmigkeit, deren Wirkung aber Grauen war ... Am 10. März Morgens verließen wir das Schiff ... So sehr hatte mich dieses »Endlich« nach jahrelangem Hinwarten erregt, daß ich die Nacht vorher nicht zu schlafen vermochte; sowohl die Ausziehenden als die Zurückbleibenden hatte eine Aufregung ergriffen, als gälte es der Eroberung Peru's oder Ophir's und nicht kalter schneebedeckter Länder. Mit unbeschreiblicher Freude begannen wir das harte Automatentagewerk des Schlittenziehens.

Julius Payer

11. März, Dienstag: Trübes Wetter und Wind. Temperatur -19°R. Das Reisen mit dem Schlitten ist traurig. Johann Haller

Sieben Zentner wiegt ihr Schlitten. Ihre Arbeit ist kein Ziehen, sondern ein Zerren und Reißen an der Last, eine erschöpfende Einübung in die Qual, die sie auf dem Rückzug nach Europa erwartet. Immer wieder müssen sie ihr Gefährt entladen – die Kochmaschine, das Zelt, die Petroleumfässer, den Proviant, müssen alles Stück für Stück fortschaffen, um wenigstens mit dem leeren Schlitten über die Eishöcker, die *Hummocks*, zu kommen. Manchmal bahnen sie sich ihren Weg mit Spitzhacke und Schaufel. Das Eis ist wie Stein. Wenn einer nach der Mittagsrast, die sie zusammengekauert hinter Eisklippen oder Felsen verbringen, erst recht in den Schnee zurücksinkt und einfach liegenbleiben will, droht Payer, ihn allein zurückzulassen. Und dann ist die Angst stets größer als die Erschöpfung. Sechs Tage soll diese erste Schlittenreise nur dauern, und sie müssen jeden Weg, der in dieser Zeit zurückgelegt werden kann, zurücklegen, jeden Berg, der erstiegen werden kann, ersteigen und überhaupt alles, was Entdecker und Landvermesser in sechs Tagen tun können, ohne dabei zu sterben, tun. Für die Nacht graben sie sich ins Eis, spannen ihr Zelt über die Grube, und Schneestürme decken ihre Unterkunft zu. Dicht aneinandergedrängt, liegen sie dann in ihrem Gemeinschaftsschlafsack aus Büffelfell und fluchen und klagen, bis Payer sie anherrscht. Wenn sie sich am Morgen erheben, glauben sie zu zerbrechen; das Büffelfell ist hart wie ein Brett und das Zelt durch die Kondensation und Vereisung ihrer Atemluft eine schimmernde Höhle.

Indem wir das schneeverwehte Zelt abbrachen, war jeder Gegenstand, der in den Schnee fiel, sofort von seinen treibenden Wellen begraben. Ueberhaupt gibt es auf arktischen Reisen keine härtere Probe der Standhaftigkeit, als die, ein solches Schneetrei-

ben zu überwinden und den Marsch fortzusetzen bei gleichzeitig tiefer Temperatur. Etlichen meiner Begleiter, die an die furchtbare Rauheit eines solchen Wetters noch nicht gewöhnt waren, erfroren sofort die Finger, weil sie das Einknöpfen der Windschirme und Nasenbänder und das Schließen ihrer Röcke unbedachter Weise, erst nachdem sie das Zelt verlassen, zu beenden suchten. Unsere Segeltuchstiefel wurden steinhart; jeder stampfte mit den Füßen, um sie vor dem Erfrieren zu schützen ... schneebereift und zusammengeschrumpft zogen Männer und Hunde dahin, die Hunde mit gesenktem Kopf und eingezogenem Schweif, von Schnee starrend, nur die Augen waren noch frei ... Dieses Gehen gegen den Wind, welches die Voranziehenden am härtesten empfinden, hatte zur Folge, daß sich fast Alle die Nase erfroren ... Ein Häuflein Menschen, einer so tiefen Temperatur ausgesetzt, gewährt einen eigenthümlichen Anblick. Ziehen sie im Marsche dahin, so entströmt der Hauch qualmend ihrem Mund, eine Dunsthülle feiner Eisnadeln umringt und verhüllt sie fast bis zur Unsichtbarkeit; auch der Schnee, über den sie schreiten, dampft die Wärme aus, welche er vom Meere unterhalb empfängt. Die unzähligen Eiskrystalle, welche die Luft erfüllen und die Klarheit des Tages bis zu einer graugelben Dämmerung dämpfen, üben ein unausgesetztes flüsterndes Geräusch aus; ihr feiner Schneestaubfall, oder ihr Schweben als Frostdampf ist zugleich die Ursache jenes durchdringenden Feuchtigkeitsgefühles, welches bei großer Kälte umso fühlbarer wird und durch die offenen Meeresstellen entströmenden Wasserdämpfe immer neuen Zuschuß erhält ...

Die Augenlider vereisen selbst bei Windstille, und damit sie sich nicht schließen, müssen wir sie öfter vom Eise befreien. Nur der Bart ist weniger mit Eis bedeckt, als sonst, weil der rauschend ausgeathmete Hauch sogleich als Schnee niederfällt ... Am empfindlichsten aber drückte sich das Kältegefühl bei bewegungslosem Verweilen nach einiger Zeit durch das Erkalten der Fußsohlen aus, wahrscheinlich wegen der reichlichen Endverzweigungen der Nerven. Nervöse Abspannung, Apathie und Schlafsucht sind die

Folge, und dies erklärt den gewöhnlichen Zusammenhang des Rastens und Erfrierens. In der That ist es für eine Reisegesellschaft, welche eine große körperliche Leistung bei einer sehr tiefen Temperatur zu vollführen hat, die erste Bedingung, so wenig als möglich stehen zu bleiben, und in der intensiven Durchkältung der Fußsohlen während des Mittagsrastens ist auch der Hauptgrund zu suchen, warum Nachmittagsmärsche die moralische Kraft in so hohem Maße erschöpfen. Große Kälte verändert die körperlichen Ausscheidungen, gleichwie sie das Blut verdichtet, während die vermehrte Ausscheidung von Kohlensäure das Nahrungsbedürfnis erhöht. Die Secretion des Schweißes hört gänzlich auf; die der Schleimhaut der Nase und der Bindehaut des Auges dagegen wird permanent vermehrt, der Urin nimmt eine beinahe hochrothe Farbe an, der Harndrang wird erhöht; anfangs tritt Stuhlverstopfung ein, welche fünf und selbst acht Tage lang anhält und in Diarrhöe übergeht. Eine interessante Wahrnehmung ist auch das Bleichen der Bärte unter diesen Einflüssen. Julius Payer

Den Schlittenreisenden wird der Oberlieutenant in diesen Tagen unheimlich. Er leidet unter den Strapazen, unter den fünfzig Kältegraden, den Erfrierungen und dem schmerzhaften Auftauen erstarrter Glieder wie jeder andere auch – aber er wird nicht müde, die Vermessung und Taufe des Landes begeistert weiterzuführen: hier ein *Cap Tegetthoff*, dort der *Nordenskjöld-Fjord*, der *Tyroler-Fjord*, da eine *Hall-* und eine *McClintock-Insel* und in der Ferne die *Wüllerstorff-Berge* und der *Sonklar-Gletscher* ... Payer zwingt seine Jäger, mit ihm Felswände zu durchsteigen, wenn die anderen rasten, zeichnet und schreibt mit blaugefrorenen Fingern, wenn die Mannschaft apathisch im Zelt liegt, und begutachtet seine geplatzte Haut, die Zerstörungen an seinem eigenen Körper wie Frostschäden an einer Maschine, einer Versuchsperson, die nichts, nichts empfindet als Begeisterung. Der Kommandant zu Lande treibt seine Gefährten an, zornig, fanatisch, treibt sie immer weiter –

und doch kommen sie in diesen Tagen über die südlichsten Inseln und Küsten des Archipels nicht hinaus. Tosend leistet ihnen das Land Widerstand; gegen diese Stürme vermag alle Wut und Begeisterung nichts.

Basalttürme, Brucheis, grelle, tote Berge, Schluchten, Grate, Halden, Klippen und kein Moos, keine Sträucher. Nur Steine und Eis. Und dieses Tosen. Diese Stürme. Herr Jesus Christus! Wenn das ein Paradies ist, wie muß dann erst die Hölle sein.

Das Franz-Josefs-Land zeigte den vollen Ernst der hocharktischen Natur; besonders im Anfang des Frühjahres schien es allen Lebens entblößt zu sein. Ueberall starrten ungeheure Gletscher von den hohen Einöden des Gebirges herab dessen Massen sich in schroffen Kegelbergen kühn erhoben. Alles war in blendendes Weiß gehüllt; wie candirt starrten die Säulenreihen der symmetrischen Gebirgsetagen …

Ohne Rivalität, fast alle gleich hoch, ragen die Berge der einzelnen Gebiete auf, im Mittel bis zu 2–3000 Fuß, im Südwesten bis zu etwa 5000 Fuß … Die weitaus vorherrschende Felsart ist überall krystallinisches Massengestein, welches die Schweden Hyperstenit nennen, das aber mit dem Dolerit Grönlands völlig identisch ist. Dieser Dolerit des Franz-Josefs-Landes ist mittelkörnig, dunkel lauchgrün und besteht aus Plagioklas, Augit, Olivin, Titaneisen und Eisenchlorit. Der Plagioklas bildet die Hauptmasse, obgleich er den Augit an Menge nur um weniges übertrifft. Die Krystalle des Plagioklases sind häufig ein Millimeter, zuweilen bis drei Millimeter lang. Sie bestehen bald aus dünneren, bald aus dickeren Lamellen, die wenigen Einschlüsse lassen nichts Auffallendes wahrnehmen. Der Augit ist grünlichgrau, zeigt keine Krystallumrisse, sondern bildet Körner, die oft ein Millimeter lang und ebenso breit sind. Einschlüsse, die aus den übrigen Mineralien bestehen, sind häufig, ebenso kleine in die Länge gezogene Dampfporen. Der Olivin bildet Körner, die kleiner sind als die des Augit, und nur selten einen Krystallumriß erkennen lassen. Diese Körner sind häufig mit einer Rinde umgeben, die aus einem dichten gelbbraunen Mineral (Eisenchlorit) besteht; oft sind sie auch von krummen Sprüngen durchzogen, die gleichfalls mit jenem braunen Material erfüllt sind. An Einschlüssen ist der Olivin sehr arm. Das Titaneisenerz tritt in länglichen Blättchen auf, oder füllt Zwischenräume der übrigen Mineralien aus.

Dieser Dolerit zeigt in allen Stücken Aehnlichkeit mit manchen Doleriten Spitzbergens; ... damit wäre auch die geologische Uebereinstimmung der neuen Länder mit Spitzbergen nahezu erwiesen ... Mit Pflanzenfarben also kann die Natur sich dort oben nicht schmücken; sie kann nur durch ihre Starrheit imponiren und im Sommer durch ihr ununterbrochenes Licht, und gleichwie es Länder gibt, die durch das Uebermaß, mit welchem sie die Natur gesegnet hat, bis zur Uncivilisirbarkeit erdrückt sind, so lag hier das andere Extrem vor uns; gänzliche Vernachlässigung, unbewohnbare Dürftigkeit. *Julius Payer*

Am vierten Tag ihrer Schlittenreise, es ist Freitag, der 13. März 1874, fällt die Temperatur auf minus fünfundvierzig Grad Celsius; am nächsten Tag auf minus einundfünfzig Grad. Der Rum, den Payer zum Trost ausgeben läßt, ist zähflüssig wie Tran und so kalt, daß sie beim Trinken meinen, die Zähne müßten ihnen zerspringen. Feuermann Pospischill kann nicht mehr ziehen; er hat sich beide Hände erfroren und spuckt Blut. Lettis und Haller haben sich von Klotz die Segeltuchstiefel von den geschwollenen Füßen schneiden lassen; jetzt hinken sie in Wickelschuhen aus Rentierfell daher. Lukinovich scheißt sich beim Ziehen an, und Catarinich ist schneeblind; seine Augenhöhlen sind tränende Wunden; die Anstrengung treibt ihm das Blut aus den Poren, das auf der Haut zu schwarzen Krusten gefriert. Payers Gesicht ist von einem eiternden Ausschlag entstellt. Jetzt ist es genug. Sie müssen umkehren. Am schlimmsten leidet Pospischill; er stöhnt vor Schmerzen und fürchtet, der Doktor werde ihm die erfrorenen Hände amputieren. Am Morgen des fünfzehnten März gibt Payer dem Feuermann einen Kompaß und befiehlt ihm, zum Schiff vorauszulaufen. Vielleicht kann Kepes die Hände des Heizers noch retten.

Als Pospischill die *Tegetthoff* am Abend erreicht, kann er nicht mehr sprechen; aus seinem Mund kommt nur ein Lallen und Blut. Weyprecht fragt ihn, schüttelt ihn, fragt ihn. Der Feuermann stammelt nur. Weyprecht nimmt ihn am Arm, nimmt den ganzen Mann, als ob er einen Wegweiser errichten wollte, dreht den halb Besinnungslosen in die Richtung, aus der er gekommen ist, und schreit immer wieder *Wo*? Irgendwann zeigt der Arm nordwestlich in den Frostdampf. Weyprecht nimmt nicht einmal ein Gewehr mit. Ohne Pelz rennt er davon. Die Offiziere Brosch und Orel stürzen ihm mit acht Matrosen nach. Orel trägt einen Pelz für den Kommandanten; aber sie können ihn nicht einholen. Sie sehen ihn in der Ferne manchmal stehenbleiben und hören ihn nach Payer rufen; aber sie können ihn nicht einholen. Fast drei Stunden müssen so vergehen, bis Weyprecht Antwort bekommt: *Carl! Hier!* Es ist das erste Mal in ihren Eisjahren, daß der Kommandant bei seinem Vornamen gerufen wird. Es wird nicht wieder geschehen.

Es ist eine strauchelnde, düstere Prozession, die dann zum Schiff zurückkehrt. Catarinich muß gestützt und Lettis auf dem Schlitten gezogen werden. Aber auf der *Tegetthoff* ist kein Trost. Als sie über die Eisstiege, eine Spielerei vergangener Tage, an Bord steigen, hören sie die Schmerzensschreie Pospischills und auch den Doktor, der immer wieder »hörst du!« dazwischenruft, »du wirst deine Hände behalten, behalten!, hörst du!« Aber dann wird der Schmerz des Feuermannes plötzlich bedeutungslos, und sie hören nur noch den Maschinisten. Daß einer, der stirbt, so schreien kann. Die ganze Nacht und noch am nächsten Tag über stöhnt und schreit Otto Krisch die Neige seines neunundzwanzigjährigen Lebens aus sich heraus.

Was für eine Stille, als am späten Nachmittag der Lärm des Sterbens jäh aufhört.

16. März 1874, Montag: Helles Wetter und Wind. Temperatur -29°R (-36,2°C). Für die zweite Schlittenreise Vorbereitungen gemacht. Nachmittag um halb 5 Uhr ist unser Maschinist Otto Krisch gestorben! Gott gebe ihm die ewige Ruhe!

Johann Haller

In den achthundertsiebenundvierzig Tagen, die zwischen dem Aufbruch der österreichisch-ungarischen Nordpolexpedition und ihrer Rückkehr nach Wien verstreichen müssen, verwendet der Jäger Johann Haller für seine Journaleintragungen nur zweimal das Rufzeichen; beide Zeichen am Todestag des Maschinisten. Interpunktionen der Trauer oder des Entsetzens – ich maße mir kein Urteil darüber an; ich bewahre nur und überliefere diese ebenso selbstverständlich wie filigran hingesetzten Zeichen als Fossilien einer unwiederholbaren Empfindung.

Der Raum im Inneren des Schiffes ist zu knapp, um darin einen Leichnam über die vorgeschriebene Aufbahrungszeit ertragen zu können; Krisch muß an Deck. Aber er soll nicht bloß, soll nicht ungeschützt sein. Noch in der Todesstunde des Maschinisten beginnt der vom Skorbut, vom Rheuma und vom Fieber gebeugte Zimmermann Antonio Vecerina mit der Arbeit an einem Fichtenholzsarg; sägt, hämmert und leidet an seinem Werkstück. Die anderen halten Totenwache. Die Mannschaft, die Offiziere, auch die bettlägerigen Kranken, alle umstehen das Lager des Maschinisten, ein Gedränge um das entstellte Antlitz, und Weyprecht spricht gemäß der Würde des Augenblicks das Totengebet lateinisch.

Libera me Domine, de morte aeterna in die illa tremenda, quando caeli movendi sunt et terra, dum veneris judicare saeculum per ignem – Rette mich, Herr, vor dem ewigen Tod an jenem Tag des Schreckens, an dem Himmel und Erde erzittern, da Du kommst um das Menschengeschlecht durch das Feuer zu richten... – Requiem aeternam dona ei, Domine, et lux perpetua luceat ei – Herr, gib ihm die ewige Ruhe und das ewige Licht leuchte ihm. Mehr als eine Stunde beten sie so – auch italienische, deutsche und kroatische Anrufungen des Allmächtigen. Dann waschen Klotz und Haller den Leichnam des Maschinisten und kleiden ihn. Krisch soll gebührend und mit aller Sorgfalt an der Küste des neuen Landes bestattet, und nicht wie irgendein Seemann dem Eismeer überlassen werden. Der Matrose Antonio Lukinovich stiftet ein Totenhemd; es ist ein gestärktes und schön besticktes Leinenhemd, das er am Tag der Rückkehr in seine Heimatstadt Brazza tragen wollte und in dessen Saum er nun eine Reliquie einnäht, einen Schneidezahn, von dem ein Triestiner Devotionalienhändler behauptet hatte, er sei dem Mund des gesteinigten Heiligen Stephanus entnommen und besäße die Kraft, einer armen Seele ins Paradies zu verhelfen. Bootsmann Lusina gibt einen Rosenkranz aus Alabaster, den dann Lorenzo Marola, der sich so gut aufs Dekorieren versteht, um die blauen Hände des Maschinisten legt. Auch den Weihnachtsbaum, die Neujahrs- und Ostertafel hat Marola immer geschmückt. Sie bereiten ein Leichenbegängnis vor, eine Feierlichkeit; keine Entledigung. Alexander Klotz sitzt bis in die Nacht über einem Holzschild und malt an einer klobigen Inschrift, die er dem Krisch ans Grabkreuz nageln will:

Der Mensch in seiner Herrlichkeit
kann nicht bestehen
sondern er muß davon wie das Vieh

»Klotz, so ebbas tuasch ihm aber nit aufs Grab«, unterbricht Haller die bedächtige Arbeit des Gefährten.

»Warum nit? 's steht in der Heiligen Schrift. «

»Dort kannsch es ja lesen, aber schreiben darfsch es nit.«

Zwei Tage steht der Sarg mit dem geschmückten Leichnam des Maschinisten auf einem Katafalk an Deck. Trotz einer schützenden Plane, die das Achterdeck überspannt, wachsen auf dem Totengerüst bizarre, zerbrechliche Eiskristallfiguren, die ihre Formen unberechenbar wechseln, zerspringen und wiederkommen. Eismeister Carlsen steht in diesen Tagen der Aufbahrung immer wieder vor dem Katafalk, versinkt in den Anblick der Kristallfiguren und versucht, aus dem Spiel ihrer Verwandlungen die Fallen und Hindernisse herauszulesen, die der Seele des Maschinisten auf ihrem Weg aus der Zeit beschieden seien. Blühende Eiskristalle, sagt Carlsen, seien Zeugnisse des Fegefeuers und der Verzögerung der Seligkeit; erst das glasklare, schimmernde Eis sei Zeichen und Mantel der Erlösung. Am neunzehnten März schlagen sie die Eisdecke vom Sarg und tragen Otto Krisch von Bord.

Ein trauriger Zug verließ das Schiff, den Sarg in der Mitte, der, mit Flaggen und einem Kreuze bedeckt, auf einem Schlitten ruhte und nach den nächsten Strandhöhen der Wilczek-Insel gezogen werden sollte. Schweigend und gegen heftiges Schneetreiben kämpfend, zogen wir hinaus durch die trostlosen Schneegefilde, nach anderthalbstündiger Wanderung hinan zur Höhe der Wilczek-Insel. Hier, zwischen Basaltsäulen, nahm eine Kluft die irdische Hülle auf, überragt von einem einfachen Holzkreuze – eine traurige Stätte der ewigen Ruhe inmitten aller Symbole des Todes und der Abgeschiedenheit, fern von allen Menschen – unnahbar irdischer Pietät und dennoch ehrenvoller denn in einem Sarkophage, durch die unentweihbare Einsamkeit. Wir knieten im Umkreis des Grabes nieder, bedeckten es mit mühsam losgebrochenen Steinen, der Wind verhüllte es mit Schnee. Laut spra-

chen wir das Gebet für den Dahingegangenen ... Dann trat die Frage vor uns auf, ob es uns selbst vergönnt sein würde, in die Heimat zurückzukehren, oder ob das Eismeer auch für uns die unerforschliche Stätte unseres Endes bilden sollte. *Julius Payer*

Wenn das Ende so gegenwärtig ist, darf erst recht kein Tag mehr verlorengehen über der Trauer, der Verzagtheit oder beklemmenden Entwürfen der Zukunft; jede Stunde hat jetzt der Vorbereitung der zweiten Schlittenreise zu gehören, der großen Reise nach dem äußersten Norden des Landes. So will es Payer. Und Weyprecht stimmt ihm zu. Selbst wenn sie alle zugrundegehen und keine Heimat und keine Akademie je von ihrer Entdeckung erfahren sollte – wenigstens für sich selbst müssen sie sich Gewißheit verschaffen über die Ausdehnung, über die kosmographische Bedeutung des *Kaiser-Franz-Joseph-Landes.* So will es Payer. Und Weyprecht stimmt ihm zu.

Sechzehn Zentner schnüren sie diesmal an Ausrüstung und Proviant auf den Lastschlitten; sie werden einen Monat lang unterwegs sein. Die Tiroler Jäger und Lukinovich gehen zum zweitenmal mit; Sussich, Zaninovich und Schiffsfähnrich Orel sind neu. Tausend Gulden in Silber hat Payer seinen Begleitern für die Erreichung des 81., und zweitausendfünfhundert Gulden für die Erreichung des 82. Grades nördlicher Breite versprochen. Die vielen Inseln ihres Archipels scheinen dem Kommandanten zu Lande nun als Preis für die Jahre der Entbehrungen nicht mehr zu genügen; Payer will jetzt auch noch einen neuen Breitenrekord. Im Mannschaftsraum geht das Gerücht um, daß der Herr Oberlieutenant nicht bloß die zweiundachtzigste Parallele überschreiten, sondern wahrhaftig den Nordpol erobern wolle.

Der Aufbruch geschah am 26. März Morgens bei 17°R unter Null und Schneetreiben aus Nordwest ... schon etwa tausend Schritte vom Schiffe entfernt, nahm das Schneetreiben so zu, daß wir unfähig waren, unsere nächsten Nachbarn zu erkennen und im Kreise umhergingen. Da es unmöglich war, die Reise mit Erfolg fortzusetzen, bevor sich der Sturm legte, wäre die Rückkehr zum Schiffe ohne Zweifel das einfachste Auskunftsmittel gewesen. Dennoch zogen wir es vor, das Zelt, vom Schiffe aus gedeckt, hinter einer Eisgruppe aufzuschlagen und vierundzwanzig Stunden lang darin zu verbringen ... Am 27. März setzten wir die Reise bei schwachem Schneetreiben und zwar so zeitig fort, daß wir darauf rechnen durften, unsere Niederlage von gestern den Bewohnern des Schiffes zu verheimlichen. Als wir die südöstliche Spitze der Wilczek-Insel erreichten und das Schiff unseren Blicken entschwand, nahm jedoch das Schneetreiben bei fallender Temperatur abermals derart zu, daß sich Sussich beide Hände erfror, und wir gezwungen waren, dieselben eine Stunde lang mit Schnee zu reiben. Nachdem wir von neuem aufgebrochen, geriethen wir sämtlich in Gefahr, das Gesicht zu erfrieren, weil wir einem heftigen Winde entgegengingen. Der schwer belastete Schlitten nöthigte dabei zu solchen Anstrengungen, daß wir zum ersten Male in Schweiß gebadet waren. *Julius Payer*

Und so quälen sich die Landvermesser abermals dahin und wiederholen alle Strapazen der ersten Schlittenreise; zerren ihre Last die Küstenlinien von immer neuen Inseln entlang, überqueren gefrorene Meerengen, durchsteigen Gebirge, kartieren das Land, und was immer geschieht, geschieht in einer eisigen, schneeverwehten Leblosigkeit, die nur von streunenden Bären durchbrochen wird. Bogensekunde um Bogensekunde plagen sich die Landvermesser auf den äußersten Norden zu. Sie messen und taufen und leiden. Nur Payer scheint auch diese neuerliche Tortur mit Begeisterung zu ertragen.

Es kann nur wenig Spannenderes geben, als das Entdecken neuer Länder. Unermüdlich erregt das Sichtbare das Combinationsvermögen über die Configuration, und die Phantasie ist rastlos beschäftigt, die Lükken des Unsichtbaren zu ergänzen. So oft auch der nächste Schritt die Irrthümer zerstört, ist sie dennoch sofort bereit, sie wieder zu erneuern ... nur dann vermindert sich dieser Reiz, wenn man Tagreisen weit über Schneewüsten zu wandern hat, deren Ufer in solcher Entfernung liegen, daß sie sich nicht hinreichend rasch verändern und dem Errathen des Kommenden keinen Spielraum lassen. *Julius Payer*

Aber womit immer der Kommandant auch spielt und was immer er erlebt – die Untertanen erleben es anders; Payer allein hat schließlich die Freiheit, die Zuggurten jederzeit abzustreifen, auf ein im Dunst der Ferne liegendes Kap als den nächsten Treffpunkt zu deuten und dann allein und ohne Last über das Land zu gehen; wer weiß, wie schön und spannend dieses Land erst für einen von der Schinderei des Ziehens befreiten Knecht wäre, der es noch dazu im Schutz eines leichten, warmen Federkleides durchwanderte, eines Federkleides, wie der Herr Oberlieutenant eines unter seinem Pelz trägt. Wenn aber in künftigen Jahren von dieser Reise, von dieser Prüfung, überhaupt noch einmal die Rede sein sollte, dann wird man gewiß nicht *Zaninovich, der Entdecker* sagen, oder *Giacomo Sussich, der berühmte Schlittenreisende* – soviel weiß man auch als gehorsamspflichtiger Lastenträger noch allemal –, sondern es wird immer nur *Payer* heißen; *Payer und Weyprecht.* Welcher Knecht wollte denn auch je seinen Namen in ein Geschichtsbuch hinüberretten oder gar auf der Weltkarte Spuren hinterlassen? Giacomo Sussich zum Beispiel käme gewiß nicht auf die Idee, einen Tafelberg des neuen Landes nur deswegen *Monte Volosca* zu taufen, weil seine mildtätige, republikanische Mutter ihn in Volosca zur Welt gebracht hat; oder Zaninovich – würde er etwa ein namenloses Kap *Lesina* taufen, nur weil seine Geliebte in Lesina auf ihn wartet? Der Oberlieutenant kann mit Namen und Taufen freilich anders umgehen, wie ein Herr, wie ein vollendeter Entdecker. Weil man den Kommandanten zu Lande seinerzeit an der Wiener Neustädter Militärakademie zum Lieutenanten der Infanterie ausgebildet hat, heißt nun gleich eine ganze Insel, die wie eine ungeheure Miesmuschel im *Austria-Sund* liegt, *Insel Wiener Neustadt.* Payer streut seine Namen wie Bannsprüche über den Archipel, forscht dabei in seinen Erinnerungen und findet immer neue Städte und Freunde, die er im Eis verewigen will, und vergißt dabei doch nie, auch dem Herrscherhaus, der Kunst und der Wissenschaft zu huldigen: *Cap Grillparzer* sagt er zu einem wüsten Felsenturm und *Cap Kremsmünster* zu einem anderen. Die Litanei der schönen Namen wird mit jedem Tag länger – *Insel Klagenfurt, Kronprinz-Rudolf-Land, Erzherzog-Rainer-Insel, Cap Fiume, Cap Triest, Cap Buda Pest, Cap Tyrol* und so fort – Payers Begleiter aber werden täglich schwächer. Die Untertanen können dem Täufer nicht mit jener Kraft folgen, mit der er seine Mission erfüllt.

Antonio Lukinovich glaubt sich nach der ersten Woche des Schlittenziehens unwiderruflich auf seinem letzten Weg und betet viel und laut, bis Payer ihn zurechtweist: Wenn der Matrose während des Ziehens partout beten müsse, dann habe er dies still und für sich selbst zu tun, um seine Kräfte zu schonen.

Am 3. April, es ist Karfreitag, wird Lukinovich aufsässig. An diesem Tag, sagt er, habe sich der Himmel über Jerusalem verfinstert und der Erlöser am Kreuz seinen Geist aufgegeben; an diesem Tag müsse alle Arbeit ruhen und allein der Marterung des Heilandes gedacht werden; kein Schlittenziehen; keine Gewaltmärsche.

Vorwärts, sagt Payer, uns wird kein Tag verlorengehen.

Eine Sünde, sagt Lukinovich, eine Entheiligung; die Marschprämie für diesen Tag sei ein Judaslohn.

Maulhalten, sagt Payer.

Karsamstag, 4. April

Dichtes Schneetreiben, ein Schneesturm schließlich, zwingt die Landvermesser, den Vormittag im Zelt zu verbringen. Das ist ein Zeichen, sagt Lukinovich, jetzt müssen wir den Ruhetag doch halten. Sie warten und kauern sich aneinander; Zughund Sumbu springt irgendwann auf und einer unsichtbaren Beute nach, springt in das heulende Weiß und verschwindet darin für immer. Das ist ein Zeichen, sagt Lukinovich, Gott stehe uns bei.

Ostersonntag, 5. April

Das Tosen wird schwächer. Endlich können sie weiter. Keiner wagt beim Kommandanten die Feiertagsruhe einzufordern. Sie haben keine Feste mehr. Ihr Heil liegt allein in der nördlichen Marschrichtung. Eduard Orel muß gemäß Payers Befehlen jede Gelegenheit nützen, um ihre Position neu zu bestimmen – und endlich liefern die Berechnungen des Schiffsfähnrichs das längst überfällige Ergebnis: Sie haben den einundachtzigsten Grad nördlicher Breite überschritten. Payer läßt den Schlitten beflaggen. Zwei Bären erlegen sie an diesem Sonntag; unmöglich, eine solche Strecke noch auf den Schlitten zu laden. Sie legen ein Fleischdepot an, das ihnen auf dem Rückweg zum Schiff nützen soll.

Bärenfleisch bildete jetzt vorzugsweise unsere Nahrung; wir genossen es nach Belieben roh oder gekocht. Mangelhaft gekocht, besonders von alten Bären, war es noch schlechter als roh, eine wahre Kost für Möven, kaum geeignet für die Diät von Teufeln an den Fasttagen der Hölle. Auch sonst vermögen die Polarländer den Feingeschmack nicht zu befriedigen; mit geringer Ausnahme sind ihre Producte für die Mahlzeiten der Menschen derb und thranig. Der Beifall, den sie dessenungeachtet finden, entspringt nur der Noth. Denn in der That sind die öden Gestade der Polarländer die wahre Heimat des Hungers. *Julius Payer*

Ostermontag, 6. April

Der Tag ist so düster und nebelverhangen, daß die Landvermesser über eine silberweiße Kuppel zu streiten beginnen, die vor ihnen in der Ferne liegt: einer deutet die Lichterscheinung als sonnenbeschienene Wolkenbank, ein anderer als Landzunge; Frostdampf ist es, nein, die Walze eines Schneesturms oder aber der ungeheuerlichste Eisberg aller ihrer Jahre. Sie gehen darauf zu. Und dann ist es doch nur eine Insel. Wieder eine Insel.

Dann zogen wir über ihren eisbedeckten Rücken; voll gespannter Erwartung betraten wir ihre Höhe; eine unbeschreibliche Einöde lag nach Norden hin, trostloser anzusehen, als irgend eine, die ich je in der arktischen Region angetroffen. Julius Payer

Mittwoch, 8. April

Mit großer Anstrengung brachten wir den Schlitten vorwärts; da und dort mußten wir eine Gasse graben, und oft liefen wir Gefahr, ihn zu zerbrechen. Beständig bewegten wir uns im Zickzack und in Irrgärten, woran die verworrene Lage des Eises und die geringere Verläßlichkeit des Compasses in hohen Breiten gleiche Schuld trugen. Julius Payer

Freitag, 10. April

Erschöpft lagern die Landvermesser am Fuß einer Felsenzinne auf einer Insel, die Payer *Hohenlohe-Insel* nennt. Der Archipel hat noch lange kein Ende. Im Norden, jenseits eines Sundes, den sie von ihrer Zuflucht aus überblicken, ragt ein mächtiger Gletscherabbruch auf. Wie groß muß erst die Insel sein, die solche Gletscher trägt. Dort müssen wir hin, sagt Payer. Vielleicht könnten sie immer so weitergehen, bis in alle Ewigkeit so weiter, und sie würden doch immer wieder eine Küste sehen, immer noch eine Insel, noch ein Gebirge, nur – Sussich und Lukinovich können nicht mehr. Nichts und niemand aber könnte den Herrn Oberlieutenanten jetzt zur Umkehr bewegen; der Herr Oberlieutenant will das Land bis an sein Ende durchmessen, er will alles sehen, er muß *alles* sehen, und er wird auch den zweiundachtzigsten Grad nördlicher Breite überschreiten und vielleicht auch den dreiundachtzigsten und den nächsten: Da kann er keine Hinkenden, keine Fiebernden und keine Mutlosen gebrauchen.

Der Herr Oberleutnant entschloß sich, mit nur einem kleinen Teil der Schlittenreisenden weiter nach Norden vorzudringen. Der andere Teil, der durch die bisherigen Strapazen schon etwas geschwächt war, soll beim Kap Schrötter auf der Hohenloheinsel zurückbleiben, und mich hat der Herr Oberleutnant zum Kommandanten dieser Abteilung bestimmt. Es wurde der Schlitten und das Zelt entzweigeschnitten und der Proviant aufgeteilt. Ich packte die Sachen und der Herr Oberleutnant fuhr ab. Ich soll hier bis zu seiner Rückkehr warten, was wahrscheinlich sieben Tage dauern soll. Eine schauderhafte Trennung ... Johann Haller

Sieben Tage warten!

Eine zweite, eine beängstigendere Order Payers zeichnet Johann Haller gar nicht erst auf; es ist die Notverordnung: Wenn der Oberlieutenant, Klotz, Orel und Zaninovich nicht binnen fünfzehn Tagen aus dem Norden zurückkehren sollten, dann haben die Wartenden von der Hohenlohe-Insel keinesfalls nach den Verschwundenen zu suchen, sondern den Rückmarsch nach der *Admiral Tegetthoff* unverzüglich und allein anzutreten. Vielleicht unterschlägt Haller seinem Journal diese Verordnung, weil er ebensogut wie Payer und die anderen weiß, daß keiner von ihnen ohne den Navigationsoffizier Orel jemals aus diesem Eislabyrinth wieder heraus und zum Schiff zurückfinden wird.

Es ist natürlich, wird Payer Tage später notieren, *daß namentlich die Matrosen mit denjenigen Compassen völlig vertraut waren, welche zur See in Gebrauch kommen. Die Bussole aber, welche ich zu ihrer Verfügung gab, war sehr klein, und sie verwechselten die Lage der Declination ... Als ich sie fragte, welche Richtung sie nach dem Schiffe eingeschlagen hätten, wiesen sie zu meinem Entsetzen auf den Rawlinson-Sund anstatt auf den Austria-Sund.* Die Bahn ist gut an diesem Tag. Nach einer vierstündigen Rast und der Trennung von den beiden unglücklichen Matrosen und ihrem Beschützer Haller bleibt die Hohenlohe-Insel rasch zurück. Wie immer und wie aus Angst vor der trügerischen Starre der Meereisdecke ziehen die Hunde mit aller Kraft nach der nächstgelegenen Küste, nach dem Gletscherabbruch im Norden; das Blut ihrer rissigen Pfoten hinterläßt auf dem Eis ein rotes Muster, das von den Schlittenkufen zerschnitten wird. Die rote Sprenkelung, die dunklen Parallelen der Spurrinnen – die Route der Nordfahrer ist an diesem Apriltag wie eine Tapete, die sich in die Unendlichkeit entrollt. Die Bahn ist gut.

Als wir uns aber den südlichen Vorbergen des Kronprinz-Rudolfs-Landes näherten, geriethen wir unter zahllose Eisberge von hundert bis zweihundert Fuß Höhe, in deren Leibern es bei Sonnenschein unaufhörlich knisterte und knackte. Mit einer ungeheueren Mauer zog der Middendorff-Gletscher unübersehbar hin gegen Norden. Tiefe Schneelager und aufgebrochene Meeresspalten, die Folge ihrer Einstürze und ihres Umkippens, erfüllten die Zwischenräume. Immer häufiger geschah es, daß wir darin einbrachen und unsere Segeltuchstiefel und Kleider mit Seewasser durchnäßten. Aber der Anblick dieser Pässe zwischen den gigantischen Kolossen der Gletscherfragmente hindurch war nichtsdestoweniger so fesselnd, daß wir unsere Aufmerksamkeit fast nur der Höhe ihrer schimmernden Gestalten zuwandten, ja lange unverdrossen zwischen den Pyramiden, Tafeln und Klippen irre gingen. Erst als ich Klotz voraussandte, um einen der Eisberge zu besteigen und uns dann durch seine Fußstapfen die Richtung einer ersteigbaren Stelle des Middendorff-Gletschers zu hinterlassen, kamen wir in eine freiere Gegend, und indem wir uns sämmtlich vorspannten, überwanden wir, schneeüberbrückte Randspalten überschreitend, die Anhöhe des Middendorff-Gletschers. Sein unterer Teil klaffte in breiten Spalten auseinander ... Weiterhin aber schien der Gletscher eben, spaltenfrei, und trotzdem seine Neigung mehrere Grade betrug, ohne übermäßige Anstrengung nach Norden hin überschreitbar, sobald wir mit vereinter Kraft am Schlitten zogen. *Julius Payer*

Aber jetzt ist es Klotz, der nicht mehr weiterkann. Der Passeirer trägt schon lange keine Stiefel mehr, sondern nur Fellwickelschuhe – und diese Fetzen streift er nun ab und zeigt dem Oberlieutenanten seine blutenden, eiternden Füße; wo einmal Zehennägel gewesen sind, ist nur rohes, faulendes Fleisch. Mit solchen Füßen, sagt Klotz, sei schon das eigene Gewicht ein großer Schmerz, jede andere Last aber und auch das Schlittenziehen jetzt unerträglich.

Payer ist wütend. Warum er denn eine solche Blessur nicht vor dem Abmarsch von der Hohenlohe-Insel eingestanden hätte, herrscht er den Passeirer an, da wäre noch Zeit gewesen, mit dem Haller die Aufgabe zu tauschen. Er habe dem Herrn Oberlieutenanten keinen Verdruß machen wollen, sagt Klotz, und mit dem Haller sei alles abgesprochen – der Haller habe sich vor dem Alleinbleiben auf der Insel nicht so gefürchtet wie er, der mit den wehen Füßen und zwei maroden italienischen Matrosen keine große Hoffnung auf der Insel gehabt hätte.

Du gehst zu ihnen zurück, sagt Payer.

Zurück? fragt Klotz, zurück? Allein?

Aber Payer ...; Orel versucht einen Einwand.

Ich will nichts hören, sagt Payer.

Aber Klotz sagt ja ohnedies nichts mehr.

Mit einem Sack beladen und dem Revolver zog er von dannen; bald war er in dem Labyrinth der Eisberge unterhalb unseren Blicken entschwunden.

Wir selbst jedoch hatten den Schlitten wieder gepackt, die Hunde eingespannt und die Zuggurten umgenommen; aber fast im nämlichen Augenblicke, als wir uns in Bewegung setzten, öffnete sich die Schneedecke unterhalb des Schlittens, lautlos stürzten Zaninovich, die Hunde und der Schlitten hinab, aus unbekannter Tiefe herauf jammerten Menschen und Hunde, – dies waren die für mich wahrnehmbaren Eindrücke des kurzen Augenblickes, in dem ich als Vorangehender vom Seile zurückgerissen wurde. Zurücktaumelnd, den finsteren Abgrund hinter mir erblickend, zweifelte ich keinen Moment, daß ich ebenfalls sogleich hinabstürzen würde; aber eine wunderbare Fügung stemmte den Schlitten in etwa dreißig Fuß Tiefe zwischen den Eisgebilden des Gletscherspaltes ... Als sich der Schlitten festgeklemmt hatte, lag ich, vom straff gespannten und in den Schnee einschneidenden Seile regungslos an den Rand des Spalts gedrückt, auf dem Bauche ... und Zaninovich, als ich hinabrief, ich wolle mein Zugseil durchschneiden, beschwor mich, es nicht zu thun, weil der Schlitten sonst hinabstürzen und ihn tödten müsse. Eine Zeitlang blieb ich so liegen und sann nach, was nun zu thun sei, wobei es mir vor den Augen flimmerte. Die Erinnerung daran, wie ich einst mit meinem Führer Pinggera in der Lombardie über eine achthundert Fuß hohe Eiswand des Ortlergebirges herabgestürzt und glücklich entkommen war, gab mir Zuversicht, den unter solchen Umständen verzweifelten Rettungsversuch zu wagen ..., daß ich nämlich die Zuggurte auf meiner Brust durchschnitt. Der Schlitten in der Tiefe machte darauf noch einen kurzen Ruck und blieb dann abermals stecken. Ich selbst aber erhob mich, zog meine Segeltuchstiefel aus und sprang den etwas zehn Fuß breiten Spalt zurück. Ich hatte dabei Zaninovich und die Hunde gesehen, und rief dem Ersteren hinab, ich wolle zur Hohenlohe-Insel zurücklaufen, um Leute und Stricke zu seiner Rettung herbeizuschaffen, diese müsse gelingen, sobald er im Stande sei, sich vier Stunden lang vor dem Erfrieren zu bewahren. Ich hörte noch seine Antwort: »Fate, signore, fate pure!« – Machen Sie, Herr, machen Sie!

Julius Payer

Payer stürzt davon. Orel kann ihm nur mit Mühe folgen, bleibt immer weiter zurück und verliert den Läufer schließlich aus den Augen. Den Blick unverwandt auf die halb verwehte Schlittenspur des Vormittags gerichtet, rennt Payer dahin. Orel ist längst unsichtbar. Zaninovich sitzt in der Tiefe. Und Klotz ist irgendwo.

Jetzt ist jeder allein.

Die Vorhut der österreichisch-ungarischen Nordpolexpedition ist ein panischer, im Eis versprengter Haufen, in den die Schrecken dieses Landes gefahren sind, wie der Sturm in ein geborstenes Dach fährt und es vollends zerreißt. Und die schlimmste Verstörung hat den *Kommandanten zu Lande* selbst erfaßt.

Abgesehen von der persönlichen Zuneigung für Zaninovich, ergriff mich, angesichts meiner reichlichen Erfahrung im Hochgebirge, der Vorwurf des unüberlegten Bereisens von Gletschern, und ich fand keine Beruhigung ... Glühend erhitzt und in Schweiß gebadet, zog ich meine Federkleider aus und warf sie, meine Stiefel, Handschuhe und Shawl weg und lief in Strümpfen weiter durch den tiefen Schnee. *Julius Payer*

Zaninovich in der Gletscherkluft; wenn er jetzt das weggeworfene Federkleid seines Herrn hätte und nicht bloß den zerschlissenen Pelz – vielleicht blieben ihm dann mehr als drei, vier Stunden bis zum Erfrierungstod ... Ich habe mich gefragt, wie wohl Weyprecht diesem Unglück begegnet, und wie dieser Tag unter seinem Kommando verlaufen wäre; wären Haller und die erschöpften Matrosen auch unter seinem Befehl auf irgendeiner Insel zurückgeblieben? Hätte auch er diesen zerfurchten Gletscher um den Preis einiger Bogenminuten höherer Breite betreten? Und wanderte Klotz jetzt ebenso zurechtgewiesen, allein und gedemütigt im Eis? Mein Bericht ist immer auch ein Gerichthalten über das Vergangene, ein Abwägen, ein Gewichten, ein Vermuten und Spielen mit den Möglichkeiten der Wirklichkeit. Denn die Größe und die Tragik, auch die Lächerlichkeit dessen, was gewesen ist, läßt sich ermessen an dem, was gewesen sein könnte. – Was aber einen anderen, einen bloß möglichen Verlauf dieses Unglückstages anbelangt, habe ich mich entschlossen, auf Vermutungen zu verzichten: Ich will nicht *entwerfen*, was Weyprecht an Payers Stelle getan hätte.

So stelle ich mir also doch nur wieder Zaninovich vor, der sich im blauen Dunkel der Gletscherkluft an die Hunde drängt und schon nichts mehr zu erwarten meint als den Tod. Meilenweit voneinander entfernt, sehe ich dann auch Payer und Orel dahinhasten, beide waffenlos; ihre Gewehre liegen beim Gespann und allen anderen Überlebensmitteln im Gletscher. Und dann sehe ich Klotz; er nähert sich der Hohenlohe-Insel unter solchen Schmerzen und so langsam, daß Payer ihn einholt. Klotz bleibt stehen und starrt den Atemlosen ohne eine Frage an. Keuchend, eingehüllt in den weißen Dunst seiner Anstrengung und mit langen Pausen, berichtet Payer vom Stand der Dinge. Klotz scheint seinen Herrn, der wie in Frostdämpfe gekleidet vor ihm um Luft ringt, nicht zu begreifen. Er steht nur und starrt. Dann sinkt er plötzlich auf die Knie und weint.

... denn in seiner Einfalt maß er die Schuld an dem Geschehenen sich selbst bei. So verstört war er, daß ich ihm das Versprechen abnahm, sich selbst kein Leid zuzufügen, und ihn seiner Schweigsamkeit überlassend, lief ich weiter nach der Insel.

Julius Payer

Die Überlieferung enthält keinen weiteren Hinweis auf die Empfindungen des Alexander Klotz, aber ich nehme an, daß der Jäger noch Jahre nach seiner Rückkehr aus dem Eis davon überzeugt bleibt, mit diesem Tag die größte Verlassenheit seines Lebens überstanden zu haben.

Als Klotz das Lager auf der Hohenlohe-Insel endlich erreicht, ist es leer. Haller, Payer und Orel und selbst die beiden Matrosen sind längst auf dem Weg zum Gletscher, um Zaninovich beizustehen.

Zehn Stunden, zwölf, vierzehn Stunden wartet Klotz im Windschatten des Kaps, hockt im Zelt, umschreitet das Zelt trotz seiner Schmerzen dreihundertmal und öfter, stampft gegen die Kälte auf und starrt in die Richtung, aus der doch irgendwann einer zurückkommen muß, und glaubt schließlich zu wissen, daß keiner jemals hierher zurückfinden wird und er für immer allein ist. Vielleicht hat der Passeirer schon mit seinem Sterben begonnen und sich zurechtgesetzt für eine andere Welt, als die Zeltbahn, die vom Eis hart und schwer ist wie eine Tür, plötzlich zurückgeschlagen wird und einer »Klotz« sagt, »Klotz. Schlafsch?«

Haller hat den Weg auch im Schneetreiben gefunden; er ist mit den zwei Matrosen zurückgekommen; sie kommen ihn holen; sie werden ihn fortholen aus diesem furchtbaren Eis.

Nein, sagt Haller, wir holen dich nicht; man hat uns selber zurückgeschickt; dableiben müssen wir; warten müssen wir. Zaninovich sei gerettet, sagt Haller, aber nach der Errettung habe der Oberleutnant nicht länger säumen und gleich nach Norden weiterziehen wollen und habe die drei Hohenloher wieder nach der Insel gehen heißen.

Im Zelt ist es kalt, und finster wie tief unter der Erde. Jetzt ist Haller ihr Anführer; jetzt hat er zu bestimmen, was zu geschehen hat. Sie entzünden Tranlichter und wärmen sich daran die Hände.

Haller wiederholt und bespricht diesen Tag mit den

anderen wie eine Lektion; was geschehen ist, hört nicht auf, ihn zu beunruhigen: Der Herr Oberleutnant hat einen Fehler gemacht. Der Herr Oberleutnant hat auf einem Gletscher einen Fehler gemacht und ist dann verzweifelt gewesen.

Erst als Haller die Ereignisse des Tages in seinem Journal vermerkt, sieht er, daß die Dinge auch über den Kommandanten hinweg ihren geordneten Lauf genommen und sich wieder zusammengefügt haben; erst dann spürt er auch, wie müde er ist.

Der Herr Oberleutnant ist mit seinen Gefährten auf einem Gletscher gefahren. Nach kurzer Fahrt ist aber der Matrose Zaninovich samt den Hunden und dem Schlitten in eine Gletscherspalte gestürzt. Der Herr Oberleutnant konnte sich nur noch durch Abschneiden der Zugleine retten. Ich soll mit dem Herrn Oberleutnant und mit meiner Abteilung zur Gletscherspalte eilen und den großen Gletscherstrick mitnehmen und die Verunglückten retten helfen.

Ich werde in die Gletscherspalte abgeseilt, wo ich den Matrosen und die Hunde noch lebend angetroffen habe. Ich habe sie nacheinander angeseilt und hinaufziehen lassen. Der Schlitten ist ganz geblieben und auch aufgezogen worden. Zuletzt habe ich mich wieder angeseilt und aus der Gletscherkluft herausziehen lassen. Somit ist alles glücklich und ohne Schaden abgegangen. Der Herr Oberleutnant konnte wieder weiterreisen und ich bin mit meiner Abteilung zum Land zurückgekehrt und habe auf die Rückkunft des Herrn Oberleutnants mit Schmerzen gewartet.

Johann Haller

Sonntag, 12. April

Um die Mittagszeit erfüllt sich Payers Traum: Orels Positionsbestimmung scheint zu bestätigen, daß nun auch der zweiundachtzigste Grad nördlicher Breite bereits hinter ihnen liegt; sie haben die zweiundachtzigste Parallele überschritten. Und sie gehen weiter. Sie gehen immer noch weiter. Aber am Abend ist das Land plötzlich zu Ende. Tief unter ihnen liegt wieder das Meer, liegt ein schwarzer Streifen offenen Küstenwassers. Jetzt ist der Horizont endlich leer.

Aber nein, sagt Payer, das dunkle, rissige Band im Norden, das sei keine Wolkenbank, das müßten *blaue Alpensäume* sein, Gebirge.

Gut, dann sind es eben blaue Alpensäume, Landzungen, Kontinente – es ist gleichgültig. Denn was immer dieses dunkle Bild im Norden auch bedeutet, Land oder Trug – es liegt in der unerreichbaren Ferne jenseits des offenen Wassers; sie haben kein Boot. Jetzt also müssen sie endlich umkehren, und auch ihr Kommandant kann nun nichts mehr tun, als mit Namen nach dem Schattenbild zu werfen: *Petermann Land, Cap Wien* und so fort; auch der Kommandant kann nun nicht mehr wissen, ob, was er tauft, Felsen sind oder Wolken. Mehr als ein Jahrzehnt wird verstreichen, bis Fridtjof Nansen und sein Begleiter Hjalmar Johansen an dieser Küste erkennen werden, daß nur Leere ist, wo Payer Alpen sah, daß jenes nördliche Bild eine Täuschung war, eine Dunstbank, eine Spiegelung, Wahnvorstellung, alles, nur kein Land.

Aber was bedeutet eine Wahrheit schon, die in der Zukunft liegt?

Mit stolzer Erregung pflanzten wir die Flagge Oesterreich-Ungarns zum ersten Mal im hohen Norden auf; wir hatten das Bewußtsein, sie so weit getragen zu haben, als unsere Kräfte es erlaubten. Schmerzlich fühlten wir die Unfähigkeit, Länder nicht betreten zu dürfen, die wir vor uns sahen . . . Das nachfolgende Document deponirten wir, in einer Flasche verwahrt, in einem Felsenriffe:

Die Theilnehmer der österreichisch-ungarischen Nordpol-Expedition haben hier in 82°5´ ihren nördlichsten Punkt erreicht, und zwar nach einem Marsche von siebzehn Tagen von dem in 79°51′ N. B. vom Eise eingeschlossenen Schiffe aus. Sie beobachteten offenes Wasser geringer Ausdehnung längs der Küste. Es war von Eis umsäumt, welches in Nord- und Nordwestrichtung bis zu Landmassen reichte, deren mittlere Entfernung 60 bis 70 Meilen betragen mochte, dessen Zusammenhang und Gliederung sich jedoch nicht ermitteln ließ. Sofort nach der Rückkehr zum Schiffe und nach stattgehabter Erholung daselbst wird die gesammte Mannschaft dieses verlassen und nach Oesterreich-Ungarn zurückkehren. Dazu zwingen sie die rettungslose Lage des Schiffes und Krankheitsfälle.

Cap Fligely, am 12. April 1874.
Antonio Zaninovich, Matrose.
Eduard Orel, Schiffsfähnrich.
Julius Payer, Commandant.

Noch in den Abendstunden des 12. April 1874 kehrt die Vorhut der österreichisch-ungarischen Nordpolexpedition um. Was folgt, ist der Vollzug der reinen Strapaze. Zwischen ihnen und der *Admiral Tegetthoff* liegen nun dreihundert Kilometer. Dreihundert Kilometer Angst, auch im Süden das Küsteneis bereits gebrochen und den Rückweg zum Schiff abgeschnitten zu finden. Zwölf Tage werden über dieser Angst vergehen. Erste Station ihres Gewaltmarsches ist das Lager auf der Hohenlohe-Insel.

Die Zurückgebliebenen waren kaum mehr zu erkennen. Geschwärzt vom Thrankochen, matt, vom Durchfall befallen, von Langeweile heimgesucht, krochen sie ebenso erfreut als verwahrlost aus dem geschwärzten Zelte. *Julius Payer*

Wie oft jetzt Wolkenlosigkeit herrscht; an manchen Tagen stundenlang Wolkenlosigkeit. Das Land ist so grell, als weigerte es sich, auch nur einen einzigen Lichtstrahl aufzunehmen, als müßte es das Bild der Sonne Strahl für Strahl zurückwerfen in einen ohnedies gleißenden Himmel. Daß Licht so schmerzen kann. Orel leidet am schlimmsten von allen an der Schneeblindheit und kann nur mit geschlossenen Augen ziehen und stürzt oft.

Ihr Weg ist tief und wird manchmal grundlos: Wo noch vor Tagen eine harte Schneebahn gewesen ist, sinken sie jetzt bis zum Gürtel ein, und dann bricht wieder einer durch und schlägt in einem Wasserloch um sich. Aber sie dürfen nicht rasten und die nassen Kleider nicht trocknen; und die Pelze versteinern im Wind. Ihr Kommandant hat sich spät, zu spät vielleicht, zur Umkehr entschlossen. Und wenn ihre Tage noch so beschwerlich sind – sechs Stunden Nachtruhe, manchmal nur vier, müssen jetzt genug sein. Dann müssen sie auf und weiter, bevor der Weg unter ihren Füßen bricht und zu Wasser wird.

Aber als sie am 19. April die südlichen Strände des Archipels erreichen, dehnt sich vor ihnen nur jenes Bild, vor dem sie sich gefürchtet haben: Wo vor Wochen noch alles erstarrt lag und die Architektur des Eises sich in ragenden Formen verlor, tost jetzt schwarz das Meer. Das Küstenwasser ist offen.

Wälle hochgepreßten Eises umringten dieses Wasser, das, von heftigem Winde bewegt, sich in hohen Wellenkämmen schwang; dreißig Schritt weit peitschten die Flugwasser seiner Brandung den Eisstrand ... Eisstücke trieben vor dem Winde umher mit spielender Sorglosigkeit, als müsse uns ihr Umherirren erfreuen, als sei nicht das Mindeste nachtheilig verändert für jenes Häuflein Menschen, das sich in Wirklichkeit vor einem unüberschreitbaren Abgrunde befand. *Julius Payer*

Da draußen, irgendwo da draußen und gewiß immer noch fest im Eis, das sich jenseits des offenen Wassers auftürmt wie je, muß die *Tegetthoff* liegen. Aber auch dieser Horizont ist nur von Splittern gezackt wie eine mit Glasstücken bewehrte Mauer und leer. Kein Schiff.

Drei Tage lang suchen sie nach einer Eisbrücke zwischen ihrem Land und jener Ferne, in der sie ihr Schiff vermuten. Die Tiroler gehen nun stets voran, den Strand entlang und über die Gletscher; nein, das ist kein Gehen mehr, sie schleppen sich voran, kriechen. Aber der Weg, den sie mit ihren langen Bergstöcken prüfen, ehe sie den anderen winken, nachzukommen, ist sicherer als ein Weg des Kommandanten. Klotz und Haller finden auch auf einem zerrissenen Gletscher und zwischen den schneeverwehten Bruchstellen des Meereises in den Buchten noch einen gewundenen, festen Pfad.

Wiederholt waren wir gezwungen zu rasten. Lukinovich und selbst den ausdauernden Zaninovich ergriffen vorübergehende Anfälle der Ohnmacht, die Folge übergroßer Anstrengung.

Julius Payer

Als der Kommandant zu Lande auf einem Erkundungsgang in der Nacht vom 22. auf den 23. April einen Felskegel an der Küste ersteigt, die Nacht ist wolkenlos und tiefrot, sieht er endlich wieder eine schimmernde Ebene vor sich, endlich die gewaltige, geschlossene Eisdecke des Ozeans, ausgespannt zwischen dem Strand und der Unendlichkeit, und darin, fern und winzig wie ein Insekt, das Schiff; haarfein die Masten. Das Schiff.

Die Rückkehr der Vorhut ist kein Fest. Zu groß ist die Wortlosigkeit und Erschöpfung der Verlorengeglaubten; zu beklemmend auch der Anblick dieser abgezehrten, zerlumpten Gestalten, die an Bord Einzug halten wie eine lebendige Prophezeiung dessen, was ihnen nun allen bevorsteht.

Seit Wochen läßt Weyprecht den Rückzug nach Europa vorbereiten, läßt das Entbehrliche streng vom Unentbehrlichen trennen: Persönlicher Besitz und überhaupt jeder Gegenstand, dessen Nutzen für das Allgemeinwohl nicht erwiesen ist, muß im Norden zurückbleiben. Wer bis in diese Tage insgeheim geglaubt hat, daß der Schiffslieutenant doch noch einen anderen Ausweg finden würde … oder daß vielleicht die Heilige Jungfrau das Packeis im letzten Augenblick zerteilen und ihnen freies Wasser verschaffen könnte, nicht bloß Seen, Sunde und Tümpel, unschiffbare Fetzen des Meeres, wie sie jetzt vor der Küste des neuen Landes brodeln – wer also bis in diese Tage noch auf ein Wunder gehofft hat, den zwingt die Entschlossenheit, mit der Weyprecht die Aufbruchsvorbereitungen befehligt, zur Einsicht, daß ihnen doch nur ein einziger Ausweg geblieben ist: der Marsch über das Eis. So lange haben sie davon gesprochen, und jetzt ist es doch seltsam und beängstigend, daß sie die *Admiral Tegetthoff*, ihre Wohnung, ihren Schutz, ihre Zuflucht, wirklich verlassen und dem Untergang preisgeben werden. Ein dritter Winter, sagt Weyprecht, würde uns töten. Der Kommandant zu Wasser und Eis zieht die Kraft der Mannschaft, das Gewicht ihrer Lebensmittel und die Unwegsamkeit der Route ins Kalkül und prüft alle Varianten seiner Voraussicht. Aber was immer dreiundzwanzig Männer neben den drei schweren Rettungsbooten an Ausrüstung und Proviant noch mit sich zu schleppen vermögen, kann ihnen das Überleben nicht länger als drei Monate sichern. In diesen drei Monaten müssen sie ihre Boote bis an das offene Meer zerren, Hunderte Kilometer weit über geborstenes, sperriges, haushohes Eis, um dann Nowaja Semlja segelnd und rudernd zu erreichen. Und selbst wenn ihnen dies gelingt, können sie nur hoffen, vor der Küste dieses menschenleeren Archipels auf den Schoner eines Pelz- oder Tranjägers zu stoßen, der noch nicht vor dem Winter geflohen ist und sie an Bord nimmt. Denn aus eigener Kraft werden sie Europa niemals erreichen; die russische Küste – vielleicht. Aber nein, auch diese Küste ist unerreichbar; gegen die Stürme des Weißen Meeres hätte selbst ein dreimastiges Vollschiff zu kämpfen; nein, auf dem Weißen Meer werden Rettungsboote nichts retten.

In den letzten Wochen vor dem Aufbruch sind die Gespräche an der Offizierstafel wie im Mannschaftsraum nur immer neue Versuche, die Tatsache zu zerreden, daß die Aussichten gering sind, der Arktis zu Fuß zu entkommen; sehr gering. Und noch keine Schiffsbesatzung hat einen solchen Rückzug vollzählig überlebt. Dennoch wenden sie sich schließlich beinahe erleichtert von des Kaisers kalten Ländern ab und ganz ihren Vorbereitungen zu. Nur Payer trennt sich schwer von der Entdeckung. Kaum eine Woche ist nach dem Ende der großen Schlittenreise vergangen, und Lukinovich liegt immer noch dienstunfähig in seiner Koje und muß gepflegt werden, als der Oberlieutenant darauf besteht, noch einmal, ein letztes Mal, über sein Land zu gehen; in die westlichen Gebirge. Am 29. April bricht Payer, nur noch begleitet von Haller und dem Ersten Offizier Brosch, zur *Dritten Schlittenreise* auf. Aber Brosch kann schon nach dem dritten Reisetag nicht mehr weiter, und dann auch Haller nicht mehr. Seinen letzten Gipfel besteigt der Kommandant zu Lande allein. Dann kehren sie um; am 3. Mai sind sie wieder auf der *Tegetthoff.* Vierhundertfünfzig Meilen, mehr als achthundert Kilometer, rechnet Payer nach, habe er nun auf dem *Franz-Joseph-Land* zurückgelegt. Jetzt ist es genug, sagt Weyprecht, sagt der Kommandant zu Wasser und Eis, jetzt keine Entdeckungsreisen mehr. Und der Kommandant zu Lande fügt sich.

Alle Sorge war vorbei; mit Ehren konnten wir zurückkehren, denn unentreißbar waren die gemachten Beobachtungen und Entdeckungen, und der bevorstehende Rückzug konnte kein größeres Uebel bringen, als den Tod. *Julius Payer*

Am 15. Mai, fünf Tage vor dem Aufbruch, werden die astronomischen, meteorologischen und ozeanographischen Beobachtungen eingestellt und die wissenschaftlichen Journale, auch das Logbuch, abgeschlossen. Weyprecht läßt die wichtigsten Aufzeichnungen in Blechkisten einlöten und auf die drei Rettungsboote verteilen; *frutti* taufen die Matrosen diese Fracht, die so sorgsam gehütet und transportiert werden muß, als wären es Lebensmittel.

Widerwillig, aber gehorsam führt Johann Haller in diesen Tagen die Hunde Semlja und Gillis aufs Eis und erschießt sie; Semlja, weil sie für den Schlitten zu schwach geworden ist, und Gillis, weil ihn das Hundegeschirr bestialisch gemacht hat.

Als Weyprecht die Mannschaft zum Abschiedsgang nach dem Grab des Maschinisten Krisch antreten läßt, fehlt Elling Carlsen. Der Eismeister hat sich mit dem Spiritus der zum nutzlosen Ballast gewordenen zoologischen Sammlung so schwer betrunken, daß er wie auf dem Totenbett liegt. Die Matrosen nehmen die gerahmten Bilder ihrer Familien und Geliebten mit an Land und nageln sie an einen Felsen: In ihren Jahren an Bord hat diese Bildergalerie den Mannschaftsraum geschmückt; und wenn die verlassene *Tegetthoff* schließlich vom Eis zerdrückt wird und sinkt und wenn auch der Rückzug nirgendwohin als zum Grund des Meeres führt, dann soll dieser Felsen der Bilder das Zeichen sein, daß bewahrt wurde, was zu bewahren war.

16 *Die Zeit der leeren Seiten*

Es gibt keine Aufzeichnungen und keine Zeugenaussagen darüber, wie Josef Mazzini die Vormittagsstunden des 6. September 1981 verbracht hat – aber vielleicht stand er damals an einem der Piers im Hafen von Longyearbyen und verfolgte das Ablegen der *Cradle.* Das Abfallen der Taue. Das Aufkochen des Kielwassers. Und dann das kurze Schauspiel des Verschwindens: Innerhalb von Minuten löste sich das Schiff in den wäßrigen Wirbeln eines vorwinterlichen Schneetreibens auf. Und das Kielwasser? War das Kielwasser weißgefleckt? Treibeisscherben auch schon hier, im Fjord?

Am frühen Nachmittag dieses 6. September, so überliefern es die meteorologischen Journale Westspitzbergens, klarte es auf. Wind aus Nord und Nordost. Die *Cradle* mußte schon sehr fern sein. Ich weiß, daß Hellskog, der Briefmarkenmaler, in Longyearbyen wieder an Bord gegangen war, und stelle mir vor, daß er nun seinen festgezurrten Stuhl an der Reling wieder einnahm und fortfuhr, die Proportionen der polaren Landschaft auf seine Blätter zu übertragen. Welche Farben verwendete er? Indigo und Elfenbeinschwarz für die Mauern der Steilküste; Festungsmauern? Zinkweiß für ein zerrissenes Schneefeld? Und welchen Ton für das alte Eis zwischen den Fluchten des Urgesteins?

Aber jetzt keine Farben mehr. Keine Bilder. Keine Vermutungen. Fest steht, daß die *Cradle* nach dem Ende der hocharktischen Mission noch zwei Tage im Adventfjord vor Anker gelegen war, dann mit Kurs auf die nordnorwegische Küste auslief und den spitzbergischen Archipel für dieses Jahr verließ. Und fest steht vor allem, daß Josef Mazzini in der Grubenstadt zurückblieb und den Ozeanographen Kjetil Fyrand bedrängte, ihn im Umgang mit dem Hundegespann zu unterrichten.

Auf Anna Koreths Abendgesellschaften sollte man noch Monate nach Mazzinis Verschwinden ebenso teilnahmslose wie unwahrscheinliche Mutmaßungen darüber anstellen (ein regelmäßig wiederholtes Fragespiel zu Ehren der Gastgeberin), warum *Josef* nach dem Ende seiner Kreuzfahrt keinerlei Anstalten gemacht hatte, noch vor Einbruch des arktischen Winters nach Wien zurückzukehren, sondern wie besessen von der Vorstellung einer Hundeschlittenreise in Spitzbergen geblieben war. Obwohl ich die Abendgesellschaften in der Rauhensteingasse nach wie vor besuche, habe ich aufgehört, mich an den Tischgesprächen über die fraglichen Pläne und Absichten des Verschollenen zu beteiligen; was immer sich in diesem Kreis darüber vermuten ließ, mußte ja doch unbeweisbar und unverbindlich bleiben. Denn Josef Mazzini hatte mit jenem Tag, an dem er an Bord der *Cradle* aus dem Packeis nach Longyearbyen zurückkehrte und dort sein Quartier wieder bezog, seine Journaleintragungen eingestellt. *Der Große Nagel* – das noch an Bord mit Abschriften vollgekritzelte Heft sollte das letzte seiner Aufzeichnungen bleiben; auf die Zitate folgten nur einige rechnerische Notizen – eine Aufstellung etwa über die Kosten von Unterkunft und Verpflegung im Gästehaus der Kohlengesellschaft – Zahlenkolonnen, und dann leere Seiten. Ich sage: Wer seinen Ort gefunden hat, der führt keine Reisetagebücher mehr. Es war Mitte September, die Tage verfielen rasch, und nach einem großen Schneefall setzte das Wintergeräusch, das Gejammer der Motorschlitten, böse und plötzlich ein, als Fyrand seinen Schützling Mazzini zur ersten Lektion in den Hundezwinger mitnahm. Der Weg zum Zwinger lag unter knietiefem

Naßschnee. Fyrand trug das Zuggeschirr in einem wirren Knäuel über seiner Schulter, Mazzini einen dampfenden Sack noch warmer Fleischabfälle aus der Werksküche der Kohlengesellschaft.

Die Lehre von der Führung eines Hundegespanns war leicht zu verstehen und schwer zu befolgen. In seiner ersten Stunde lernte Josef Mazzini, daß es vor allem darauf ankam, die Hunde zu begeistern.

Schlittenhunde hatten immer ein Ziel – rannten sie über eine Ebene, dann war es die nächstgelegene Erhebung, ein Felsenzug, ein Hügel, manchmal auch nur eine langsam aufsteigende Rauchsäule; rannten sie über das Eis des Meeres, war das Ziel stets die Küste; in der Dunkelheit war es der Mond, und war die Nacht mondlos, dann stürzte das Gespann auf einen Stern zu. Ein Schlittenführer, lernte Mazzini, mußte imstande sein, alle diese Ziele entweder für sich zu nützen oder die Hunde ohne Zügel und Peitsche, nur durch Zurufe und rhythmische Schreie davon abzubringen und in eine Laufrichtung zu zwingen, die er allein bestimmte; ein Schlittenführer mußte imstande sein, das Gespann zum drängenden, kläffenden Ausdruck seines eigenen Willens zu machen. Als aber Mazzini an diesem Tag der ersten Lektion versuchte, Ubi, dem Leithund aus Fyrands Gespann, das lederne Zuggeschirr überzustreifen, wich das Vieh geduckt zurück, war plötzlich wie zum Sprung bereit, zog die Lefzen hoch und knurrte seinen unsicheren Bändiger so drohend an, daß Mazzini in seiner vornübergeneigten Haltung erstarrte und bewegungslos blieb, bis Fyrand dem Rüden einen Handschuh über die Augen schlug und so die Übung beendete.

Die Beharrlichkeit, ja, Verbissenheit, mit der Josef Mazzini in den folgenden Wochen die Herrschaft über das Gespann zu erreichen suchte, blieb eine der wenigen

Auffälligkeiten, die man in der Grubenstadt an der Anwesenheit des Italieners noch wahrzunehmen schien. Was immer ich später über diese letzten Wochen Mazzinis erfahren habe – der Hinweis auf sein zähes Exerzieren mit dem Schlittengespann fehlte in keiner Aussage über diese Zeit. Selbst Gouverneur Thorsen und teilnahmslose Zeugen wie Joar Hoel, der Zahnarzt Longyearbyens, erinnerten sich an diese Szenen einer Abrichtung. Gewiß, die Zeit gehörte nicht den Hunden allein. Die Akte meiner Rekonstruktion enthält auch Berichte über Fjordfahrten Mazzinis und seine tagelangen Märsche über die Gletscher. Da ist die Durchquerung des Eisfjordes in Malcolm Flahertys Boot; sieben Stunden schweres Wasser, kaum Schutz vor der Gischt, die Gefahr des Kenterns und wohl auch Angst; dann zwei Tage des Wartens auf ein sanfteres Meer und die Wellenkämme der Rückfahrt. Da ist die Erinnerung an eine Vorsprache Mazzinis bei Krister Røsholm, dem Bergmeister der Kohlengesellschaft; in der Verwaltung der Kulkompani gäbe es keine Arbeit für ihn, beschied Røsholm damals seinem Besucher; vielleicht später; vielleicht in den Minen; er werde darüber nachdenken; er habe »Lastwagenfahrer« notiert. Und dann ist da auch der Marsch über den Sveagletscher; sechs Tage einer gemeinsam mit Fyrand und dem Grubenmann Israel Boyle ertragenen Strapaze; das Knattern der Zeltbahn im Nordoststurm; erschöpfendes Gehen mit Steigeisen; der Gletscher Hunderte Quadratkilometer groß und tief zerfurcht sein Rücken – Klüfte, Risse und blanke Brunnen, eine Traumlandschaft aus blauem und schwarzem Eis, alles, wie es der Kommandant zu Lande beschrieben hatte. Laut die Atemzüge und Schritte, die immer tiefer in ein flirrendes Labyrinth führten, und der Ozeanograph immer voran, die Augen unsichtbar hinter Hornschalen. Der Ozeanograph, der vom trägen, unaufhaltsamen Fließen dieses

Eisstromes sprach und von Schmelzung, Nahrung und Zuwachs seines Gletschers wie vom Puls eines gewaltigen Tieres. Ich breche hier ab und sage, daß die Anstrengung dieser und anderer Wanderungen nichts war gegen die letzte und größte Mühe Mazzinis, nichts gegen die Abrichtung der Hunde. Aber was immer Josef Mazzini schließlich tat oder ließ – man sprach selbst an der Theke der Trinkstube kaum mehr darüber. Der Italiener war da. Er blieb da. Und seine Existenz schien mit jedem Tag unscheinbarer und spurloser zu werden, nur ein Beweis für die Kraft jenes Sogs, der in der Leere, der Zeitlosigkeit und dem Frieden der Wüste seinen Ursprung hat und der seine Opfer ohne jede Auswahl erfaßt und noch aus der wärmsten Geborgenheit eines geordneten Lebens fortholt in die Stille, in die Kälte, in das Eis.

Kjetil Fyrand war ein ausdauernder Lehrer. So zögernd er anfangs dem Drängen Mazzinis nachgegeben hatte, ihn mit seinem Gespann vertraut zu machen, so faszinierend schien allmählich die Vorstellung für ihn zu werden, seinen Hunden nun auch noch beizubringen, daß sie immer noch *ihm* gehorchten, wenn sie die Kommandos seines Schützlings befolgten; es war vielleicht das schwierigste Kunststück, an dem er sich selbst und die Ergebenheit seiner Hunde jemals gemessen hatte.

Der Oktober war stürmisch und wie aus Metall – das Schneetreiben manchmal ein schmerzhafter Hagel aus Chrom; das Land und der Himmel aus Eisen. Wann immer das Wetter es zuließ, schirrte Mazzini unter Fyrands Aufsicht die Hunde an. Ganz still mußte die Meute dann vor dem Rohrschlitten im Schnee liegen – drei Paare hintereinander, Suli mit Imiag, Spitz mit Anore, Avanga mit Kingo, und Ubi allein allen voran – und mußte so den einen Schrei erwarten, der den Bann endlich löste und sie aufspringen ließ. *Oiiya!* Dann, kaum hörbar, mußte das

Sirren plötzlich gestraffter Zugleinen folgen und der jähe Ruck, der die Kufen zerstörend über jenes Muster riß, das achtundzwanzig Pfoten im Schnee hinterließen.

Als Mazzini die Hunde zum erstenmal allein führte, folgte Fyrand dem davonstiebenden Gespann auf einem Scooter und schrie seinem Schützling Anweisungen zu. Im *Trekkhundklubb* der Grubenstadt, einem kleinen, regellosen Verein, der die Hundeschlittenfahrt als den vollendetsten Ausdruck arktischer Tradition hochhielt und genußvoll pflegte, hatte man wiederholt und ausgiebig die Vergeblichkeit der pädagogischen Anstrengungen des Ozeanographen besprochen. Aber Fyrand und sein Schützling schienen alle zumeist in der Trinkstube und ohne großen Ernst erstellten Vorhersagen des Vereins Lektion für Lektion zu widerlegen: Josef Mazzini machte Fortschritte. Die Hunde gehorchten ihm. Sie waren widerwillig und oft so wütend, daß sie schon während kürzester Rasten übereinander herfielen. Aber sie gehorchten ihm.

Ein Schlittenführer, lernte Mazzini, mußte in den Köpfen seiner Hunde stets die Illusion geradlinigen Vorwärtskommens aufrechterhalten; er mußte jähe Richtungsänderungen vermeiden und versuchen, Klüfte und Barrieren in großen, sanften Bögen zu umfahren. Denn ein Gespann war nur um den Preis einer heillosen Verwirrung zu plötzlichen Wendungen oder gar zur Umkehr zu bewegen. Schlittenhunde kehrten niemals um; das widersprach ihrem Lauf. Denn waren sie erst einmal dazu gebracht, ihren Bändiger und seine Lasten übers Eis zu ziehen, dann mußte es ihnen als sinnlose Anstrengung und unverdiente Strafe erscheinen, das Gefährt in der eben erst eingravierten Spur wieder zurückzuzerren. Sie wehrten sich deshalb auch gegen alle hastigen Korrekturen einer Irrfahrt mit der ganzen Kraft ihrer Verstörung – Zugleinen verflochten sich dann zu schwer entwirrbaren Zöpfen, und kein Kommando erreichte mehr die kläffende Meute. So mußte ein Schlittenführer ganz bei seinem Gespann sein und ihm gleichzeitig weit voraus, mußte das Sichtbare sehen und das Unsichtbare, den schneeverwehten Verlauf der Route und die Hindernisse einer verborgenen Landschaft, erahnen. Manchmal aber witterten die Hunde noch tief im Eis Beute, stürmten unvermutet los und waren nicht mehr zu halten. Ihrem vergeblich schreienden Bändiger, den eine Fangleine an sein Gespann fesselte, blieb dann oft nichts mehr, als den Eisanker, eine schwere Kralle, auszuwerfen, um zu verhindern, daß die Hunde über eine Gletscherkluft einfach hinwegsetzten und so den Schlitten und *alles* in die Tiefe rissen. Aber was immer geschah und wie rasend der Lauf der Hunde auch wurde – ein Schlittenführer, sagte Fyrand, durfte die Fangleine nur im äußersten Notfall kappen. Denn die Trennung von seinem Gespann, von Ausrüstung und Waffen, konnte ihn auch auf einer kurzen Fahrt töten.

Wenn der Ozeanograph von den Gesetzen und Erfordernissen der Hundeschlittenfahrt sprach, berief er sich oft auf Jostein Aker, einen ehemaligen Bergmann, der Longyearbyen vor Jahren verlassen hatte und nun mehr als einhundertsechzig Marschkilometer nördlich der Grubenstadt in völliger Abgeschiedenheit lebte. Aker sei der letzte Bewohner Spitzbergens, für den ein Hundegespann kein Spiel und keine Leidenschaft, sondern immer noch eine Lebensnotwendigkeit sei; was er, Fyrand, über die Führung eines Gespanns wisse, habe er von Aker gelernt.

Jostein Aker war in vieler Hinsicht der letzte. Seine Hütte aus Treibholz stand am Fuß eines *Kap Tabor* genannten Felsenzuges am Wijdefjord und verschwand während der Wintermonate unter den Schneeverwehungen. Schwarz und blankgeweht überragte Kap Tabor den Strand des Fjordes – eine Gesteinsformation aus dem Präkambrium, fast so alt wie die Welt und ohne eine Spur von Leben. Abgesehen von Helikopterbesatzungen, die alle paar Monate zu einer kurzen Zwischenlandung in dieser Verlassenheit aufsetzten, erhielt der Einsiedler nur von Malcolm Flaherty und Fyrand Besuch. Die beiden kamen jedes Frühjahr, nach fünf bis sieben Marschtagen, an das Kap, und einmal im Jahr reiste Aker selbst nach Longyearbyen, setzte dort seine mit Steinfallen und Gewehr erbeuteten Felle um – Seehunde, weiße und blaue Polarfüchse –, ergänzte seine Vorräte und Ausrüstung, betrank sich an der Theke, redete viel, wurde selber für Tage zum großen Thema des Stadtgesprächs und zog sich dann samt seinen Hunden wieder in die Wildnis zurück. Viele von den Miners hielten ihn für verrückt. Einen Anarchisten hatte Gouverneur Thorsen ihn im letzten Jahr genannt, und Aker hatte dem nichts hinzugefügt und nicht widersprochen. Kjetil Fyrand erzählte oft von dem Jäger.

Einsiedler wie Jostein Aker waren unter den Bewohnern Spitzbergens noch vor Jahrzehnten ebenso selbstverständlich gewesen wie jetzt noch die Kohlenbergleute und Polarforscher. Aber mit der allmählichen Verwandlung der Eiswüsten in Nationalparks, mit dem Verbot der Bärenjagd und der Ausrufung von Schonzeiten waren die Jäger verschwunden. Nur ihre verlassenen Hütten, halbverfallen jetzt und schwer vom Eis, lagen immer noch über Spitzbergen verstreut – brüchige Denkmäler des Rückzugs aus der bewohnten Welt.

Am 28. Oktober erlosch auf dem Breitengrad Longyearbyens das letzte Sonnensegment. Die nördlicheren Landschaften Svalbards lagen schon lange im Schatten. In der Grubenstadt vergingen die ersten der einhundertzehn Tage der polaren Nacht in blauem Zwielicht; quälend das Gejammer der Motorschlitten; selten Stille. Kjetil Fyrand zog sich nun immer öfter in seine Winterarbeit zurück und ließ Mazzini mit den Hunden allein. Der Ozeanograph ordnete die in den letzten Monaten gesammelten Meßdaten des Eismeeres, zog daraus jene Schlußfolgerungen, die man in Oslo von ihm erwartete, und begann Anfang November auch wieder, Kupferstücke zu emaillieren und daraus Mosaike zu legen; grellfarbige Ornamente. Mazzini saß dann manchmal bei Fyrand, war ihm mit Zureicherdiensten behilflich und erzählte von den Händen der Miniaturenmalerin Lucia, die endlose Reihen von Medaillons mit winzigen, immergleichen Landschaften bemalt hatte.

In der zweiten Novemberwoche flog Kjetil Fyrand nach Oslo, um vor dem Publikum des Polarinstitutes seinen alljährlichen Vortrag zu halten. Er blieb drei Tage in Oslo und dann vier in Tromsö. Als er nach Longyearbyen zurückkam, war Josef Mazzinis Unterkunft aufgeräumt und leer. Die Hunde fehlten auch.

Der Italiener? Den habe man doch am Freitag, nein, Donnerstag mit dem Schlittengespann gesehen. Und dann auch im Postgebäude ... aber nein, das lag schon länger zurück. Eine Tour? Davon wußte man nichts. Boyle war viel in den Gruben und viel an der Theke gewesen und hatte sich um niemanden gekümmert. Flaherty war in Ny Ålesund. Eh ... hatte der Italiener nicht in Moens Laden eingekauft? – dochdoch, Gasfüllungen für den Kocher, Konserven, das Übliche ... aber sonst. Man suchte lange und in entlegenen Gegenden nach Josef Mazzini – fluchend zuerst und nur mit den Motorschlitten, überzeugt, daß dieser Idiot in irgendeiner Hütte saß oder im Zelt und keine Ahnung davon hatte, daß er einen Trupp Leute zu einer verdammten Strapaze zwang. Jeder Schritt kreischte in dieser Kälte. Aber es war immer nur der eigene Lärm, der Lärm der Retter; hielten sie inne, blieb es überall still. Die Fredheim-Hütte, eine gute, sichere Unterkunft am

Tempelfjord, Station früherer Übungsfahrten mit dem Gespann, war unbenützt und schneeverweht. Als schließlich der Helikopter aufstieg, fluchte keiner mehr. Die Suchflüge bestätigten aber nur, daß auch die großen Routen ohne Spuren waren; die Gletscher leer. Dann erzwang ein Wetterumsturz zwei Tage bloßen Wartens. Fyrand dachte an Jostein Aker; vielleicht war Mazzini verrückt genug gewesen für den Weg ans Kap Tabor. Als Wind und Schneetreiben nachließen, starteten der Ozeanograph und die Piloten Berg und Kristiansen zum Flug an diesen letzten Ort. Dunkel, undeutlich sank das Land zurück. Über den Höhenzügen und Gletschern lag unruhiger Schnee. In den Fjorden schloß sich das Eis zum aschgrauen Panzer. Die Zeit verfiel. Einöden, die der Ozeanograph irgendwann mit dem Hundegespann und in Tagen durchmessen hatte, glitten nun innerhalb von Minuten unter ihnen dahin, zerrannen. Wochen waren Stunden. Und Stunden nichts mehr. Und dann zeichnete eine Reihe mattsilberner Skulpturen den sanften Bogen der Küste nach; es waren die Treibholzpyramiden, die der Einsiedler in seinen kurzen Sommern am Strand errichtete. Dann, kaum größer als die Holzmale, eine Hütte, hineingeduckt in das Eis. Finster und leer über allem Kap Tabor. Dort unten stand jetzt einer, blickte hoch und schützte sich mit erhobenen Armen gegen die von den Rotorblättern hochgepeitschten Kristallschleier. Hunde an langen Ketten, sechs, brüllten das Unwesen an, das sich auf sie herabsenkte. Und dann rannte der Ozeanograph durch das Getöse und die schmerzenden Schneewirbel auf den Einsiedler Jostein Aker zu, schrie einen Gruß, schrie ihn an, ist er bei dir, ist er hier, faßte ihn an den Schultern. Und Aker, der jetzt erst erkannte, wer gekommen war, der überrascht war, der nicht verstand und sich freute, schrie und lachte zurück, von wem sprichst du, ich bin allein, ich war immer allein.

17 *Der Rückzug*

Am 20. Mai des Jahres 1874 verläßt die österreichisch-ungarische Nordpolexpedition ihre letzte Zuflucht: Es ist Abend; Weyprecht befiehlt, die Flaggen der Monarchie an die Topps der *Admiral Tegetthoff* zu nageln. Geschmückt für den Untergang liegt der Dreimaster nun in einer versteinerten, von Unrat übersäten Dünung. Der Kommandant läßt die Mannschaft antreten, reisefertig alle, und drei Hurras gegen das verlassene Schiff brüllen; den Dank. Dann gibt er das Zeichen zum Aufbruch.

Im Licht der Mitternachtssonne zerren Mannschaft wie Offiziere die drei schwerbeladenen Rettungsboote, es sind massive norwegische Walfängerboote mit Mastbaum und Luggersegel, auf Schlittenkufen über Eishöcker und durch glasigen tiefen Schneemorast; nur ruckweise, Meter für Meter, kommen sie voran. Oft sinken sie bis zum Gürtel ein, ehe sie wieder festes Eis unter den Füßen finden, und die Boote sinken mit. An den Zugseilen werden ihnen Schultern und Hände wund, und schon in den ersten Stunden erbrechen sich manche vor Anstrengung. Neunzig Zentner müssen sie an Ausrüstung und Proviant fortschaffen und müssen dabei ihren Weg und jedes Hindernis stets dreimal überwinden, weil schon der Transport eines einzigen Bootes alle ihre Kräfte erfordert. So schinden sie sich durch die Nacht und schleifen Boot für Boot von der *Tegetthoff* weg. Aber nach zehn Stunden des Zerrens und Ziehens haben sie kaum einen Kilometer zwischen sich und das Schiff gebracht, und ihr schönes Schiff lockt sie nun wieder an: Wie gut müßte in den Kojen jetzt ruhen sein, um wieviel wärmer und sicherer wohl als in den engen, mit Planen überspannten Booten. Ihr Schiff fehlt ihnen sehr. Aber Weyprecht sagt nein. Weyprecht läßt keinen an Bord zurück. Wir sind auf dem Weg nach Europa, sagt er, das Schiff haben wir verlassen. Und so liegen sie nach der ersten, winzigen Etappe ihres Rückzugs unter den Planen, lächerlich nahe an ihrem Schiff, verrenkt, durchnäßt, erschöpft. Und Europa ist unendlich weit. Selbst wenn sie schnurgerade auf die norwegische Küste zuhalten könnten und nicht jede Eisklippe, jede Kluft, stundenlang umgehen müßten – schnurgerade! –, und nicht ihre Boote immer wieder, zehn- und fünfzehnmal täglich, in Kanäle und Tümpel setzen, drei Riemenschläge tun und dann auf ein anderes Eisfeld hieven müßten – selbst wenn sie also *fliegen* könnten, wäre die Küste, nach der sie sich sehnen, noch immer fast eintausend Meilen weit. Aber sie können nicht fliegen.

Wer die Wahrheit nicht erträgt, kann sich jetzt einmal mehr damit trösten, daß die Zukunft versöhnlicher sein wird, daß die eigene Kraft größer, das Eis gangbarer und die Last leichter werden wird. Wer aber die Tortur der Schlittenreisen durch das unselige neue Land erlebt hat, weiß, daß jede Qual zunimmt, immer nur zunimmt. Die Wahrheit ist, daß der erste Tag ihres Rückzugs nur ein Beispiel war für die nachfolgenden Wochen und Monate, nur ein Gleichnis für eine Zeit, die ihnen schließlich als Zusammenfassung aller Entbehrungen und Enttäuschungen ihrer arktischen Jahre erscheint. Nach zwei Wochen kehren Weyprecht, Orel und zehn Matrosen nach dem erst wenige Kilometer entfernten Schiff zurück und holen das letzte Beiboot nach. Aber sie kommen dann auch mit einer auf vier Boote verteilten Last kaum voran, liegen oft tagelang fest, eingekeilt in der Trümmerlandschaft des Packeises und warten, bis sich ein Riß zum Kanal verbreitert oder die Ruinen in einer milderen Jahreszeit zusammensinken und den Weg endlich freigeben. Und dieses Warten ist schlimmer, als es an Bord der *Tegetthoff* jemals gewesen ist. Bahnen sie sich aber ihren Weg mit Spitzhacke und Schaufel, geschieht es, daß nach einer Woche Grabarbeit die Scherbenwelt plötzlich auseinanderreißt und sich dann zu neuen, diesmal unüberwindlichen Mauern wieder zusammenfügt. Dann müssen sie umkehren und ihre Route anderswo suchen. Und so neigen sich ihre Lebensmittel und ihre Kräfte. Wenn sie Jagdglück haben, essen sie rohes Bärenfleisch und Seehundfett. Aber sie werden selber vom Eis verzehrt. Und wenn ein Tag endlich einmal gut war und sie dem Süden nun doch ein Stück näher gekommen zu sein glauben, dann erfaßt sie die Drift des Polareises sanft, sehr sanft, und versetzt sie Bogenminute um Bogenminute in den Norden zurück. Nach zwei Monaten der Mühsal sind sie kaum fünfzehn Kilometer von ihrem Ausgangspunkt entfernt, sind ihnen die Gebirge des *Franz-Joseph-Landes* nahe wie je. Aber die Zuversicht Weyprechts scheint unerschütterlich. Unsere Hoffnung, sagt er, liegt allein in diesem Marsch durch das Eis, es gibt keine andere Rettung; wir werden die Küste Nowaja Semljas erreichen und dort ein Schiff finden, Tranjäger vielleicht; wir werden nach Norwegen segeln; wir werden nicht laufen, wir werden segeln. Immer wieder muß er es ihnen sagen. Und wer von den Matrosen gemurrt und geglaubt hat, daß diese Schinderei ohnedies umsonst und es immer noch aussichtsreicher sei, zur *Tegetthoff* zurückzukehren und dort notfalls einen dritten Winter zuzuwarten, auf ein gnädiges Meer zu warten, auf ein Wunder oder wenigstens in einer trockenen Koje auf den Tod ... der murrt nach einer solchen Rede Weyprechts nicht mehr, für ein paar Tage nicht mehr. Was der Kommandant zu Wasser und Eis in dieser Zeit aber wirklich empfindet, vertraut er niemandem an; er schreibt es mit Bleistift und unverändert schöner Kur-

rentschrift in sein *Rückzugstagebuch* – ein schmales, kaum die Größe einer Brusttasche einnehmendes Bändchen, das man erst ein Jahrzehnt später unter den Papieren seines Nachlasses finden sollte:

Jeder verlorene Tag ist nicht ein Nagel, sondern ein ganzes Brett an unserem Sarge ... Das Schlittenziehen über die Eisfelder ist nur zum Augenauswischen; denn die paar Meilen, die wir dadurch gewinnen, sind ganz ohne Wichtigkeit für unseren Zweck. Die leichteste Brise treibt uns ja doch in beliebiger Richtung mehr als die angestrengteste Tagesarbeit ... Ich mache zu allem ein gleichgültiges Gesicht, aber ich sehe sehr wohl ein, daß wir verloren sind, wenn sich die Umstände nicht gänzlich ändern ... Ich staune oft über mich selbst, mit welcher Ruhe ich der Zukunft entgegensehe, es kommt mir manchmal vor, als ob ich gar nicht beteiligt wäre. Mein Entschluß für den extremsten Fall ist gefaßt, deshalb bin ich ganz ruhig. Nur das Schicksal der Matrosen liegt mir am Herzen ...

Zum *Entschluß für den extremsten Fall* hatten sich die Offiziere der *Admiral Tegetthoff* noch an Bord gemeinsam bekannt: Wenn auch der Rückzug nur in die Hoffnungslosigkeit führen sollte, wenn die Lebensmittel aufgezehrt und alle Kräfte erschöpft seien, werde man Hand an sich legen und auch der Mannschaft den Selbstmord raten. Denn der Tod durch Erschießen sei gewiß gnädiger als der allmähliche, entwürdigende Verfall und sei vor allem jenen Schrecken vorzuziehen, die den Untergang arktischer Expeditionen schon so oft begleitet hätten – den viehischen Kämpfen um einen Fetzen Fleisch, dem Zusammenbruch der menschlichen Ordnung, dem Kannibalismus schließlich und Wahnsinn. Nein, eine kaiserlich-königliche Nordpolexpedition konnte ... *durfte* nicht zugrundegehen wie ein Rudel ausgezehrter Wölfe. Das Ende, war es erst einmal gewiß, mußte so entschlossen gepackt werden wie sonst nur das Glück. Aber wer spricht jetzt schon davon?

Jetzt sind sie tief im Eis und haben kaum noch Mittel, um länger zu bestehen, und Weyprecht schreibt in sein Tagebuch:

mein ganzes Sinnen und Trachten geht nur darauf aus, die Journale derart deponieren zu können, daß sie im kommenden Jahr aufgefunden werden ...

Aber das Ende? Wann ist das Ende gewiß? Wer soll darüber entscheiden? Und haben sie nicht schon längst, und ohne sich dessen bewußt zu sein, gezeigt, daß auch sie sich an jede Minute dieses entsetzlichen und einzigen Lebens klammern und schließlich übereinander herfallen werden, jeder gegen jeden? Und jeder für sich. Marola hat sich mit Lettis um eine Ration Seehundfett geprügelt, und Scarpa schlägt sich mit Carlsen um ein paar Krümel Tabak. Die Matrosen sind auch früher gelegentlich einer Nichtigkeit wegen aneinandergeraten, sehr laut oft und selten gewalttätig. Daß aber jetzt auch der Eismeister zuschlägt und selbst die Offiziere und Kommandanten ihren Streit, ja, ihren Haß nicht mehr verhehlen, ist fremd. Payer macht Orel böse Vorhaltungen, immer wieder, und der schreit endlich zurück, du Sau, ich ertrage dich nicht mehr. Und dann kommt die Stunde, in der sich der Kommandant zu Wasser und Eis und der zu Lande gegenüberstehen, wie sie noch keiner gesehen hat. Sorgfältig wie immer, scheinbar ungerührt und vielleicht tief verletzt, zeichnet Weyprecht auch dieses Ergebnis ihrer Eisjahre auf:

Payer ... ist wieder derart mit Wut geladen, daß ich jeden Augenblick auf eine ernste Kollision gefaßt bin. Wegen einer Kleinigkeit ... sagte er mir vor den Leuten Anzüglichkeiten, die ich nicht ungerügt hingehen lassen konnte. Ich erklärte ihm, er solle sich künftig mit solchen Ausdrücken in Acht nehmen ... Hierauf bekam er einen seiner Wutanfälle, sagte, er erinnere sich wohl, daß ich ihm schon vor einem Jahr mit dem Revolver gedroht habe und versicherte mir, daß er mir hierin zuvorkommen werde,

erklärte mir sogar unumwunden, er werde mir nach dem Leben trachten, sobald er sehe, daß er nicht nach Hause zurückkehren könne.

Vielleicht hätte im Fall des Untergangs der *Payer-Weyprecht-Expedition* ein späterer Entdecker der Überreste diese Aufzeichnung der Unversöhnlichkeit als den Anfang vom Ende gedeutet, vielleicht aber auch nur als einen Beleg verzweifelter Hilflosigkeit – Vermutungen darüber sind nun müßig, denn jetzt, es ist August 1874, läßt das Eis endlich von ihnen ab wie von einem langweilig gewordenen Spiel und zwingt sie nicht mehr zur Vorführung der Banalität, daß die Menschen füreinander doch Wölfe sind.

Was nun geschieht, ist jene *gänzliche Änderung der Umstände*, an die keiner mehr geglaubt hat, die schon als unwahrscheinliche, maßlose Hoffnung galt, und sie erfüllt sich nur, weil der arktische Sommer 1874 mild ist, wie er Jahre nicht mehr war und Jahre nicht mehr sein wird: Die schwarzen Risse und Kanäle werden allmählich breiter und blau, die Tümpel zu Seen. Langsam und stetig, wie Haufenwolken an einem ruhigen Nachmittag, treiben die Packeisruinen auseinander, öffnen sich Barrieren, Schleusentore. Wo Bewegungslosigkeit und Erstarrung war, ist jetzt Schmelzung, Strömung, Fortgang. Die Luggersegel sind prall vom Wind. Die schnellen, glitzernden Schatten der Böen irren ihnen voran. Sie aber rudern und segeln Südost. Immer seltener müssen sie ihre Boote nun aufs Eis hieven und bis zum nächsten offenen Wasser zerren. Dann dehnen sich nur noch flache Treibeisfelder vor ihnen aus, eine große, von zahllosen Seen und Flüssen zerrissene Ebene, die sich wie atmend hebt und senkt, schwer und rhythmisch. Das ist die Dünung. Sie haben die Eisgrenze erreicht. Jenseits dieser dahinrollenden Ebene fliegen die Vogelschwärme auf, und dort, unter einem dunklen Himmel, liegt das offene Meer.

Der Tag unserer Befreiung war der 15. August, der Mariä-Himmelfahrtstag, und wie zu einem Feste schmückten wir unsere Boote mit den Flaggen ... Mit drei Hurrahs stießen wir vom Eise ab, und die Fahrt über das freie Meer begann. Ihr glücklicher Verlauf hing vom Wetter und unablässigem Rudern ab; trat ein Sturm ein, so mußten die Boote sinken ... Mit unermeßlicher Befriedigung sahen wir den weißen Saum des Eises nach und nach zur Linie werden und endlich verschwinden. Julius Payer

Der Seegang macht die beiden letzten noch lebenden Hunde verrückt; sie sind in den überladenen Booten kaum zu bändigen und schnappen nach den Rudern und der Gischt, die über die Bordwände schlägt. Toroßy, der im Eis geborene, hat noch nie Wellen erlebt, und Jubinal hat sie wohl vergessen. Aber jetzt darf nichts mehr die Arbeit gegen das schwere Wasser stören. Das Los trifft Klotz. Er muß die Hunde erschießen.

Am 16. August schreit einer *Eis!* und sie starren entsetzt nach Süden. Aber dann sind es nur die fernen, schneebedeckten Gebirge Nowaja Semljas, die langsam aus der Flut steigen. Dort, irgendwo unter diesem Land, werden sie ein Schiff finden. So hat es Kommandant Weyprecht versprochen. Dann rudern sie in konfusem Wasser eine verwitterte, von Klippen starrende Küste entlang. Die Buchten sind leer. Kein Eis. Kein Schiff.

Am 17. August fällt Nebel ein, und ihr vor zwei Jahren bei den *Drei Särgen* angelegtes Proviantdepot bleibt unbemerkt hinter ihnen zurück. Als es aufklart und sie ihr Versäumnis erkennen, liegen die Barents-Inseln schon unter dem Horizont. Aber sie dürfen jetzt keinen Riemenschlag mehr in den Norden zurück tun. Die Zeit verfällt. Zum erstenmal seit Monaten sehen sie die Sonne wieder untergehen. Wenn noch Lachsfischer oder Tranjäger in ihrer Nähe sind, werden sie bald zur Heimfahrt rüsten.

Am 18. August, dem Geburtstag des Kaisers, treibt sie

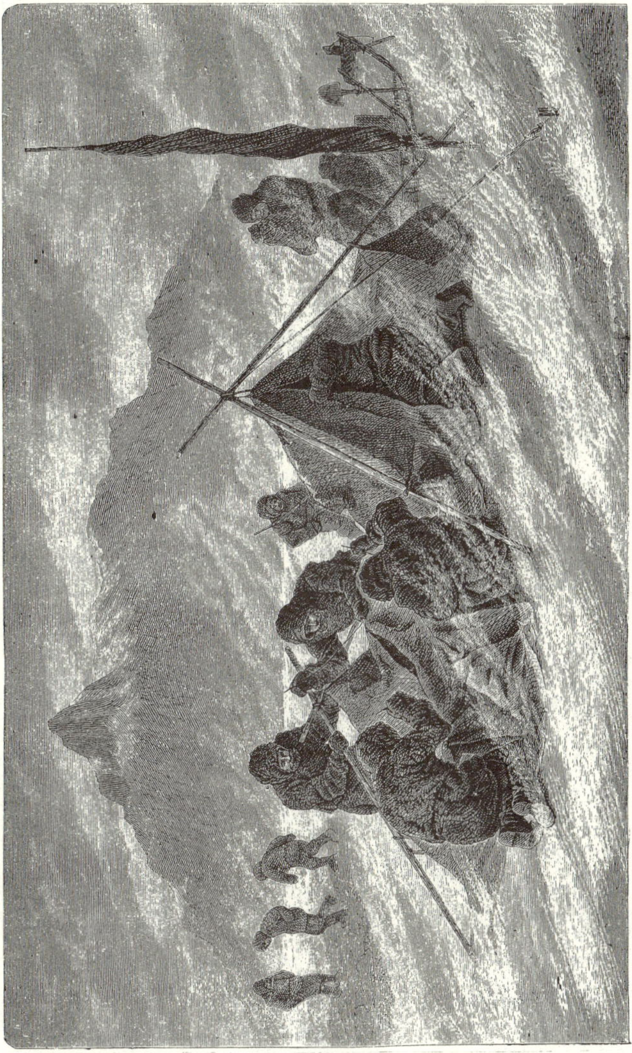

die Erschöpfung an Land. Drei Tage und drei Nächte sind sie gerudert, sinken jetzt um ein Feuer nieder und trinken gewässerten Rum auf den Kaiser. Wie sanft und weich dieses Land gegen das Inselreich ist, das sie ihrem Herrscher entdeckt haben. Auf den Geröllhalden, die aus den Wolken zu ihnen herabfließen, wachsen kurze Gräser, Moose und spärlich auch Blumen. *Vergißmeinnicht von seltener Schönheit,* schreibt Weyprecht in sein Tagebuch, *so schön, daß ich sie im Verdacht habe, keine Vergißmeinnicht zu sein.*

Ihr Schlaf ist kurz. Drohend und laut hallt in den Wänden das Donnern der Gletscher wider; unaufhörlich jetzt. So kündigt sich ein Wetterumsturz an. Sie müssen weiter.

Die Unnahbarkeit der meisten Küstenstellen Nowaja Semlja's nöthigte uns, die Reise nun aufenthaltslos fortzusetzen, obgleich durch die langdauernden Anstrengungen des Ruderns unsere Arme bereits steif und angeschwollen waren. Vergeblich hatten wir bisher nach einem Fahrzeug umhergespäht ... allein es war nichts zu sehen, als die rauhe Größe eines arktischen Berglandes ... stürmisches Wetter folgte, erschöpfte unsere Kräfte und trennte die sich mit Wasser füllenden Boote, deren Besatzungen unausgesetzt thätig waren, sie wieder klar zu schöpfen ... mechanisch ruderten wir weiter durch die endlose Fluth, hinein in das Geheimniß des Ausganges. *Julius Payer*

Am 24. August 1874, es ist sieben Uhr abends und aus Südwest weht nur noch eine leichte Brise, sehen die Besatzungen der russischen Transchoner *Wassilij* und *Nikolaj*, die in der Dunenbai Nowaja Semljas vor Anker liegen, vier Boote auf sich zukommen und hören keinen Jubel, nur das Klatschen der Ruder, und erkennen die Flaggen und wissen, daß dies die Verlorenen sind, von denen man jetzt in den Eismeerhäfen viel spricht. Einige von den Fremden können das Fallreep der *Nikolaj* nicht mehr allein hochklettern und werden gestützt. Als Weyprecht Feodor Woronin, dem Kapitän, einen in Petersburg ausgestellten Schutzbrief des Zaren überreicht und Woronin in die Sprachlosigkeit hinein laut und stockend vorliest, daß Zar Alexander II. Nikolajewitsch die österreichisch-ungarische Nordpolexpedition der Sorge seiner Untertanen anempfehle, entblößen die russischen Matrosen ihre Häupter und sinken vor den abgezehrten, von Geschwüren und Frostbeulen entstellten Fremden auf die Knie.

18 *Aus der Welt – Ein Nekrolog*

Am 11. Dezember 1981, einem Freitag, an dem die Polarnacht groß und klar über dem Land lag, tauchten in Longyearbyen zwei Hunde auf. Sie schleiften ein zerfetztes Zuggeschirr hinter sich her und waren so verstört und fremd, daß Kjetil Fyrand einen Augenblick zögerte, bevor er in diesen Wölfen Anore und Imiag aus seinem Gespann wiedererkannte. Die Schlittenhunde verschlangen den Fraß, den er ihnen hinwarf, wichen aber knurrend und mit entblößten Fängen zurück, wenn er versuchte, sie von den Leinen zu befreien, die sie immer noch aneinander fesselten, und blieben so unnahbar, bissig und toll, daß der Ozeanograph sie am vierten Tag nach ihrer Rückkehr erschoß.

Diese Köter. Hörte das Gekläff denn niemals auf? Und jetzt der Schmerz, der Ruck, mit dem ein Zug sich in Bewegung setzte. Eine Kaimauer glitt vorüber. Der Bahnsteig. Eine Mole. *Passau.* Es wurde heller. Aber das Kläffen hielt an und schlug zurück von einem Himmel, der an gußeiserne Säulen genagelt war. Strafte denn niemand diese Köter? Manchmal hatte es genügt, daß Payer mit seiner Stahlrute ein paar fauchende Striche in die Luft schrieb, um es still werden zu lassen. Aber das waren nicht Payers Hunde. Das konnten nicht Payers Hunde sein. Klotz hatte doch die letzten zwei erschossen; auf einer Scholle, die im weithin offenen Wasser trieb. Das offene Wasser. Und da draußen, waren das Berge? Eine Küste? Land! Weyprecht versuchte sich aufzurichten.

Bleib liegen, Carl, sagte jetzt einer sanft und beugte sich über ihn, bleib liegen, und glühend, brennend sank er zurück auf sein Lager. Aber was unter ihm rollte und stampfte, das war doch die Dünung, und sein Schiff flog mit vollen Segeln dahin. Wie nahe die Küste jetzt war, ein grüner Strand, dahinter leere Felder, entlaubte Pappeln. Und er lag im Dunkel seiner Kajüte. Er mußte an Deck. *Steuerborddivision Marssegel reffen! Erstes Reff! Entert auf! Braßt! Marsfallen los! ... Brassen straff! ... Refftaljen auf! ...* Ruhig, sprach einer aus dem Schatten zu ihm, ruhig, beruhige dich. Dann wurde es still. Lautlos der Nordost in der Takelage. Nirgendwo Hunde. Er erwachte, als unter ihm plötzlich Eisen kreischte, Schienenstränge, Räder, Bremsschuhe, und eine ferne Stimme *Regensburg!* schrie, Türen aufschlugen, ein Fenstervorhang behutsam zugezogen wurde und eine Sonnenbahn abbrach. Regensburg. Das lag doch weitab ihrer Route. Das war Berlin, Breslau oder eine andere Station ihrer Fahrt von Hamburg zurück nach Wien. Am Himmel über dem Hamburger Hafen hatten Leuchtraketensträuße gebrannt und an den Landungsbrücken bengalische Feuer, und die Nebelhorne der Schiffe hatten wie eine einzige gewaltige Orgel geklungen, als der Postdampfer aus Vardö mit den Entdeckern des letzten Landes der Welt an Bord eingelaufen war. Dann die Droschkenfahrt durch den Jubel, Flaggen und Reden am Bahnhof, und die Perrons laut von den Hochrufen – dabei hatten sie doch ihr Schiff verloren und nichts mitgebracht als die *Nomenklatur im Eis begrabener Inseln*, und dennoch, Station für Station, neue Begeisterung, und auch da draußen erhob sich jetzt ein großes Geschrei, das konnte nicht Regensburg sein. Aber warum blieben die Vorhänge geschlossen, warum lag er in einem Salonwagen, warum allein? Wo waren die anderen? Er hob den Kopf und sah erst jetzt den Vater: Würdig und ernst saß der Hofgerichtsadvocat und Gräflich Erbachsche Güterdirector Weyprecht im schwarzen Frack an seinem Lager und sagte feierlich, wir sind in Regensburg, Carl ... *ist unser theurer Vater von uns gegangen*, hatte doch die Nachricht geheißen, die in Vardö für ihn bereitgelegen war; auch Scarpa, Lusina und Orel hatten solche Nachrichten erhalten. Ist von uns gegangen. Hat uns verlassen. Ist tot. Eintausendzweihundert Silberrubel bezahlt er dann dem Kapitän der *Nikolaj* in Vardö für die Rettung. Überall herrscht Friede, sagt man ihnen, Napoleon ist tot. *Unser theurer Vater ist tot.* Geschmückt vom Olafsorden und seiner weißen Perücke, verläßt der Eismeister in Tromsö den Postdampfer und schreit den Gefährten, schon glücklich über die Zärtlichkeit einer alten Frau, die ihn an der Mole umarmt, den immergleichen Seefahrerspruch zurück, mit dem er das Unglück ihrer Jahre so oft zu beschwören versucht hat, *wenn Gott mit uns ist, dann kann nichts gegen uns sein.* Dann trägt ihn der Jubel fort. Ist von uns gegangen. Nein, wer da an seinem Lager saß, auch wenn er einen Orden des Großherzogtums Hessen-Darmstadt an seinem Frack trug und ihm zusprach, das konnte nicht der Vater sein, der ruhte schon lange in König. Er wandte sich wieder dem Fremden zu und sah, daß es doch der Vater war. Der aber schwieg jetzt und trug auch keinen Frack mehr, nur an seiner Brust glänzte etwas, kein Orden, glänzte etwas, was in den Augen schmerzte und dann in der Fieberglut zerrann.

Sechs Jahre nach seiner Rückkehr aus dem Eis sehe ich den nun zweiundvierzigjährigen Linienschiffslieutenanten Carl Weyprecht noch einmal vor mir, sehe ihn in Delirien versunken, an der Tuberkulose zu Tode ermattet, in einem Salonwagen der *Kaiserin-Elisabeth-Bahn* liegen und an seinem Lager einen traurigen Arzt, es ist sein Bruder, der aus Michelstadt im Odenwald nach Wien gekommen ist, um den Sterbenden heimzuholen in das Großherzogtum Hessen, in das Haus der Mutter. Der Held der kaiserlich-königlichen Nordpolexpedition soll nicht in

Österreich-Ungarn, nicht in jener Fremde zugrundegehen, die er *Vaterland* genannt hat. Es ist eine stille Fahrt. Der Bruder wacht und horcht, ist bereit, letzte Worte aufzuzeichnen, ein Vermächtnis. Aber was zu sagen war, hat Weyprecht schon vor Jahren und noch im Lärm der Ovationen für die zurückgekehrten Entdecker gesagt: *Ich war nie seekrank,* begann er damals eine seiner Reden über die Arktis und den Zustand der Wissenschaft, *aber ich könnte es werden, wenn ich Geschwätze über meine Leistungen, über meine Unsterblichkeit anhören muß. Unsterblich! Und dazu mein Husten ...* Die arktische Forschung sei doch zu einem sinnlosen Opferspiel verkommen und erschöpfe sich gegenwärtig in der rücksichtslosen Jagd nach neuen Breitenrekorden im Interesse der nationalen Eitelkeit. Aber nun sei es an der Zeit, mit solchen Traditionen zu brechen und andere, der Natur und den Menschen gerechtere Wege der Wissenschaft zu betreten. Denn der Forschung und dem Fortschritt sei nicht mit immer neuen Opfern an Menschen und Material zu dienen, nicht mit immer neuen Polarfahrten in den Untergang, wohl aber mit einem System von Beobachtungsstationen, von *Polarwarten*, die der Beschreibung der arktischen Erscheinungen Beständigkeit und den Menschen ein Mindestmaß an Sicherheit garantieren würden. Solange der nationalistische Ehrgeiz einer bloßen Entdeckungsreise und die qualvolle Eroberung von Eiswüsten die Hauptmotive der Forschung blieben, sei kein Platz für die Erkenntnis.

Ich bitte Sie, meine Herren, hatte Weyprecht einen vielbeachteten Vortrag vor der 48. Versammlung deutscher Naturforscher und Ärzte in Graz geschlossen,

ich bitte Sie, überzeugt zu sein, daß ich mit dem, was ich gesagt habe, nicht beabsichtige, den Verdiensten meiner arktischen Vorgänger nahe treten zu wollen, denn Wenige werden die Opfer, welche sie gekostet haben, besser zu schätzen wissen als ich.

Indem ich diese Principien öffentlich ausspreche, klage ich mich selbst an und breche den Stab über den größten Theil meiner eigenen, mit harter Arbeit erkauften Resultate.

In Nürnberg läßt der Kommandant der *Admiral Tegetthoff* alle Leesegel streichen und zählt flüsternd Meerestiefen auf. *Zweiundsechzig Faden, Schlammgrund ... achtzig Faden ... hundertneun Faden, Schlammgrund.* Dann pendelt das Senkblei in einer See, an deren Grund keine Lotleine hinabreicht. Der Kommandant schweigt. Atmet. Am Abend, es ist Sonntag, der 27. März 1881, rollte der Zug in Michelstadt ein. Weyprecht erkennt die Freunde nicht, die den Salonwagen betreten, sein Schiff. Man trägt ihn auf einer Bahre in das Haus seiner Kindheit. Er ist angekommen. Er war lange fort. *Gütiger Himmel, was war das für ein Wiedersehen,* schreibt die siebzigjährige Mutter in einem Brief, den sie Anfang April nach Wien sendet –

sein umflorter Blick sah meine eigene Todesblässe, mein Zittern und Schwanken nicht. Erst als ich seinen Namen rief, erkannte er mich, glaubte aber, ich wäre bei ihm auf Besuch in Wien, und dankte mir in rührender Weise für meine Liebe. Zwei Nächte und einen Tag besaßen wir ihn noch lebend, dann ruhte er, aufgebahrt, von Blumen überdeckt, bis Donnerstag, den 31. März, an welchem Tage er in unserem Familiengrab zu König neben dem theuren Vater bestattet wurde, den er nach seiner Rückkunft aus dem Norden nicht mehr gesehen hatte.

Weyprecht habe alle seine Kräfte an der Verwirklichung einer Vision verbraucht, schrieb Julius Payer in einem Nachruf, der in der Wiener *Neuen Freien Presse* erschien – der Vision einer den Polarkreis säumenden Kette von Beobachtungswarten, der Vision einer internationalen Forschung, ja, einer reinen Wissenschaft.

Die Anstrengung, mit der er seinem erhabenen Ziele zustrebte, überstieg die Kraft eines einzelnen Menschen. Es war ein Ringen ohne Hilfsmittel und Aussicht.

Es sei fast auf den Tag vor sieben Jahren gewesen, setzte Payer fort, er sei damals mit einigen Gefährten eben von der ersten Schlittenreise durch das neuentdeckte Land nach der *Admiral Tegetthoff* zurückgekehrt und habe den Feuermann Pospischill mit erfrorenen Händen zum Schiff vorausgeschickt, sehr abgekämpft seien sie alle gewesen und das rettende Schiff noch unsichtbar und Meilen in der Dunkelheit –

Plötzlich sah ich Weyprecht zwischen den Eisklippen auf mich zukommen: eine weiße Gestalt, Bart, Haare, Augenbrauen, Kleidung, Alles vom Eise starrend, der Shawl um den Mund gewickelt und festgefroren.

Weyprecht allein im Eis, ohne Pelz, ohne Gewehr und in großer Sorge um die Gefährten – dieses Andenken bleibe unzerstörbar in seiner Erinnerung.

Alles, beinah alles, war nun Erinnerung. Als der Kommandant zu Lande seinen *Nekrolog auf den todten Freund und einstigen Schicksalsbruder* verfaßte, war das neue Land schon nichts mehr wert und nur noch ein nachdunkelndes Historienbild die johlende Stadt, die im September 1874 den mit Reisig, Fahnen, Transparenten und Blumen geschmückten Sonderzug erwartet, der die *Nordpolfahrer, die Entdecker, Bezwinger des Eises* und *Eroberer Neuösterreichs* nach Wien zurückbringt. Neben Militärs, Politikern und Aristokraten darf den Bahnsteig zum Empfang nur betreten, wer an Orden zumindest ein Großkreuz vorzeigen kann; die Droschken der Helden brauchen dann für den Weg vom Nordbahnhof ins Stadtinnere Stunden.

Immer und immer umtoste neues Hoch- und Hurrahrufen die Wagen. Der Wagen, in welchem die beiden Führer saßen, war mit mehreren großen Lorbeerkränzen behangen, die den Nordpolfahrern schon auf der Fahrt nach Wien überreicht worden waren. Von Damen wurden Blumen in den Wagen geworfen, und Führer wie Mannschaft schienen gleichermaßen überrascht von diesem spontanen Ausbruch der Freude und Theilnahme der Wiener. Nur Schritt für Schritt konnten die Wagen vorwärts aus dem Nordbahnhofe durch die Nordbahnstraße in die Jägerzeile gelangen. Die Menge warf sich vor die Pferde, und man wollte die Wagen nicht von der Stelle lassen, nur langsam zertheilte sich die zahllos wachsende Fluth der Hunderttausende, die von hier bis ins Herz der Stadt hinein der Ankommenden harrten. Die Straßen waren wie schwarz besäet mit Menschen, in allen Häusern waren die Fenster dicht besetzt, und von überall her grüßten Zurufe und Tücherschwenken. An einzelnen Stellen war das Gedränge, das entstand, ein thatsächlich lebensgefährliches. Es ist nicht zu hoch gegriffen, wenn man annimmt, daß eine Viertelmillion Menschen an dem Empfang theilnahm. Die Fahrt ging von der Praterstraße über die Aspernbrücke bis zum Stubenthor. Dort bogen die Wagen der Matrosen links nach der Landstraße, Hauptstraße, ab, um zur Dreher'schen Bierhalle zu gelangen, deren Pächter, Herr Ott, ihnen gastfrei Wohnung und Kost angeboten hatte ... Die Offiziere waren vom Stubenthor durch die Wollzeile und Rothenthurmstraße über den Stephansplatz, Graben, die Bognergasse und den Hof zum festlich geschmückten Hotel »Zum Römischen Kaiser« gefahren, wo ihre Quartiere bereitgehalten wurden. Bis zum Hotel begleiteten sie ununterbrochen dieselben freudigen Zeichen der Theilnahme des Publicums. In der engen inneren Stadt gestaltete sich auch der Empfang intimer. Gegen die colossalen breiten Massen auf dem Ring und der Jägerzeile nahm sich die hier schmal zusammengepreßte Menge wie eine vielgliedrige Familie aus, die ihre Verwandten einholen wollte. Die alten Mauern der Patricierhäuser schienen lebendig werden zu wollen; aus allen Fenstern rief es Hoch und Hurrah, wehten weiße Tücher und flogen laute Willkommgrüße und die Balcone bogen sich unter der Last schöner Frauen.

Neue Freie Presse, Samstag, 26. September 1874

Aber zweihunderttausend, dreihunderttausend Begeisterte sind nicht Begeisterung genug – und alle Festreden,

Bankette, Ordensverleihungen und selbst die Huld der Apostolischen Majestät sind nicht *Verklärung* genug, um den Triumph der Entdeckung eines arktischen Inselreiches vor den geheimen Erosionskräften der Monarchie auf Dauer zu bewahren – vor dem Geplauder der Aristokratie, vor dem Gerede der Militärs, den Gerüchten am Hof oder den Kommentaren aus der Kaiserlichen Akademie der Wissenschaften und den Zirkeln der Geographischen Gesellschaft. Die Matrosen und Jäger braucht diese allmähliche, heimliche Entwürdigung ihrer Polarfahrt nicht zu kümmern – die verlaufen sich in der abnehmenden Pracht der Empfänge, gehen heim an die Adria und nach Böhmen, Mähren, ins Steirische und nach Tirol und beziehen dort Staatsposten, die Weyprecht ihnen verschafft. Und Weyprecht, der hört gar nicht auf das Geschwätz von Intriganten, der will ja nichts mehr werden, nichts mehr bekleiden im Hause Österreich, der sehnt sich oft ins Eis zurück, um dort weitab von den Gesetzen des Aufstiegs das Meßbare zu messen und das Unmeßbare meßbar zu machen. Nur er allein, Julius Payer, der Held, der nicht bloß geachtet, sondern verehrt, geliebt! sein will, ist verletzbar geblieben – und wird verletzt.

Herrn Payers Kartographierung dieses sogenannten *Kaiser-Franz-Joseph-Landes* sei bedauerlicherweise doch sehr, sehr ungenau, sagt irgendein Niemand aus der gelehrten, feinen Gesellschaft, die Küstenlinien führten ja geradewegs ins Nichts ... so ungenau, wie Hirngespinste eben sind, sagt ein anderer ... pardon, ein paar frische Felsen werde der böhmische Infanterist, der sich nun mit allerhöchster Erlaubnis *Ritter* nennen dürfe, doch wohl gefunden haben ... Felsen im Meer, mit Verlaub, keine Länder ... und was der Verehrteste in den Salons von seinen Leiden und Malheurs erzähle, sei doch wohl ein bißchen sehr fabelhaft, pure Literatur ...

Keine Bösartigkeit entgeht Payer. Er müht sich ab mit dem Gerede, versucht, Gerüchte bis an ihren Ursprung zu verfolgen und zu entkräften, schlägt ins Wasser, gibt sich Blößen, ist tief gekränkt. In einigen Offizierskreisen hält man das neue Land, sein Land, für eine Lüge. Ein anonymer Zwischenrufer hat sogar seinen Vortrag vor der Festversammlung der Geographischen Gesellschaft, hat seine Schilderung der Entbehrungen einer Schlittenreise mit dem Einwurf *Wenn es nur wahr wäre!* gestört. Sein Land eine Lüge!

Was nützt es ihm nun, wenn in den Salons *Payerhüte* und *Payerröcke* und *Weyprechtcravatten* in Mode kommen, wenn die Branntweiner der Vorstädte ihre Spelunken *Zum Nordlicht*, *Zum Ewigen Eis* oder *Zum Franz-Joseph-Land* taufen, was nützt ihm seine grelle Berühmtheit und die Begeisterung der Straße, wenn das diskretere Urteil der Herrschaft nicht einhellig ist, wenn die Aristokratie die Existenz eines Landes plaudernd in Zweifel zieht, das er unter Qualen vermessen hat?

Enttäuscht und entschlossen nimmt Payer noch vor Ablauf der Jahre seines Triumphes den Abschied von der kaiserlichen Armee und läßt Wien, dann Österreich, vor allem aber ein Leben als Eroberer hinter sich. *Was die Entdeckung eines noch unbekannten Landes anbelangt,* fügt er seinem Expeditionsbericht eine Fußnote an, *so lege ich persönlich heute keinen Werth mehr darauf* ... Maler will er jetzt werden. Mit der alten Besessenheit, die einmal der Suche nach einer verborgenen Passage des Eismeeres und neuen Ländern gegolten hat, widmet Payer sich nun der Farbenlehre, der Anatomie und Perspektive – als Student der Malerei am Städelschen Institut in Frankfurt zunächst, dann an der Königlichen Akademie der bildenden Künste in München, schließlich in Paris. In diesen Jahren gerät er nur noch einmal ins Gerede: Fanny Kann, die Frau eines

Frankfurter Bankiers, eines Rothschild-Neffen, heißt es in den Wiener Salons, habe ihren Gemahl Payers wegen verlassen und den Nordpolfahrer nach einer spektakulären Scheidung geheiratet; ein Tausendsassa, der böhmische Ritter. Alice und Julius nennt das Ehepaar *de Payer* seine beiden, schon in Paris geborenen Kinder.

Ich bin Maler geworden, schreibt der Emigrant an den deutschen Saharaforscher Gerhard Rohlfs, den er durch die Libysche Wüste bis an die Wasserscheide zwischen Nil und Kongo begleiten will. Aber Rohlfs bricht schließlich ohne Payer auf, der in seinem Pariser Atelier, in seinen Bildern zurückbleibt – es sind große, gewaltige Gemälde, Eisgebirge, arktische Tragödien, Szenen der im Winter 1847 ohne Überlebende untergegangenen Franklin-Expedition, zehn Quadratmeter und größer die Leinwände, Schaufenster in eine furchtbare Welt: Da kriechen zerlumpte Gestalten über das Packeis, da liegen, schneeüberweht, die Leichen der Gefährten John Franklins, ein Bärenfraß, und der Himmel rast über alles hinweg. Da malt einer die Schrecken des Eises und der Finsternis so meisterhaft und kalt, daß einem bange wird. Die Kritik applaudiert. Man spricht Payer Preise zu; in London, in Berlin, in München, in Paris; goldene Medaillen.

1884, zehn Jahre nach seiner Rückkehr aus dem Eis, erblindet der Maler auf dem linken Auge. Er ist lange verzweifelt. Dann arbeitet er weiter. Allmählich nehmen die Gesichter seiner lebensgroßen Gestalten die Züge Weyprechts, die Züge Orels, Carlsens, der Matrosen an. Julius Payer beginnt, sein eigenes Drama zu malen, die Jahre in der Wüste. Die Bilder sind schwer zu verkaufen, sind so groß, daß sie Säle brauchen, Paläste. Sein halbiertes Sehvermögen, klagt der Maler, erlaube ihm nun nichts Kleines, nichts Zierliches mehr.

1890, heißt es später im Brief eines Freundes, habe

Payer ein verzehrendes Heimweh ergriffen. Fest steht, daß der Maler in diesem Jahr seine Familie verläßt, Paris verläßt, für immer, und zurückgeht nach Wien. Die feine Gesellschaft empfängt ihn freundlich, einen unterhaltsamen Gast, der immer noch viel von der Arktis spricht. Payer gibt höheren Töchtern Malunterricht, fährt als Vortragsreisender durch die Provinz und nimmt die Arbeit an einem der größten Bilder seines Lebens auf; es ist eine Szene ihres Rückzugs, ihrer Flucht aus dem Norden, vier Meter breit und dreieinhalb Meter hoch, *Nie zurück* wird es heißen, sein *Hauptwerk* wird man es nennen – und doch ist es mehr als alles eine Verherrlichung Weyprechts: Die Bibel in der Rechten, die Linke wie abwehrend gegen das im verklärenden Licht der Ferne liegende *Franz-Joseph-Land* erhoben, steht der Kommandant zu Wasser und Eis vor den im Schnee kauernden, knienden und liegenden Männern, ein Prediger, der die Erschöpften und Verzweifelten tröstet und sie beschwört, vom Glauben an die Rettung durch eine Rückkehr zum Schiff, eine Rückkehr ins Vergangene, zu lassen. *Nie zurück.* Die einzige Hoffnung ist der Weg durch das Eis.

Viel ist mit diesem Bild vollendet. Erst jetzt, bestimmt und mit der Zuversicht eines Träumers, tritt Julius Payer aus seinen Erinnerungen und faßt neue Pläne. Er wird wieder in die Arktis reisen, nach Grönland und weiter hinauf in den Norden, Maler werden ihn begleiten, es wird eine Expedition von Malern sein, ein großer Versuch, den unsagbaren Zauber der Farben und des Lichtes über den polaren Einöden abzubilden, und später, später wird er sich vielleicht einer Expedition in den südlichen Polarkreis anschließen, gewiß, er wird auch über das antarktische Schelfeis wandern.

In den letzten Sommern des neunzehnten Jahrhunderts beginnt Payer sich wieder zu rüsten, macht sich stark für den Weg in das Eis, durchwandert die Alpen und die Lombardei, dann die Pyrenäen und ganz Spanien bis an den Golf von Cádiz. An der Existenz des *Franz-Joseph-Landes* gibt es längst keinen Zweifel mehr; mittlerweile haben Fridtjof Nansen und die englische Jackson-Expedition dort überwintert, haben der Herzog der Abruzzen und seine Begleiter die Jahrhundertwende in der Dunkelheit dieses Landes verbracht und unter einem Steinmal auf *Kap Fligely* eine unversehrte Botschaft der österreichisch-ungarischen Nordpolexpedition gefunden und wieder zurückgelegt. Nein, der alte Mann, der jetzt über die Dörfer geht und in Pfarrsälen von Basaltküsten und Lichtwundern erzählt, der ist kein Lügner, der weiß, wovon er spricht, der braucht auch keine Gemeinde mehr, die ihn je nach dem Stand der Windfahne und der Gerüchte einmal verehrt und dann wieder vergißt: Jetzt ist die Zeit, in der Payer seine Ehrenmitgliedschaft in der Wiener Geographischen Gesellschaft zurücklegt, die Zeit, in der er für den *Baedeker* Beurteilungen von Gasthöfen und Berghotels schreibt und die Salons meidet.

Es erregte mich zutiefst, beklagt einer der neuen Helden, der schwedische Asienforscher Sven Hedin, Payers Schicksal in einer Rede, die er in Wien hält,

daß ein Mann der Tat wie Julius Payer ... von seinem Volk vergessen und vernachlässigt in Armut leben mußte und gezwungen war, wie ein Händler umherzureisen und für wenig Geld Vorträge zu halten.

Eintausendzweihundertachtundzwanzig Vorträge sind es schließlich; eintausendzweihundertachtundzwanzig Visionen der Arktis. Payer führt genau Buch: Ort, Datum, Anzahl der Zuhörer, Applaus, Honorar. Aber er ist tief in der Zukunft. Er wird, sagt er, den Nordpol in einem Unterseeboot erreichen. In Kiel wird er auslaufen. Durch die submarine Dämmerung wird er schweben, lange, bis an den Punkt, an dem die Skalen seiner Geräte ihm zeigen werden, daß er angekommen ist. Am Gipfel der Welt und doch in der Tiefe des Meeres wird er Sprengladungen zünden. Das Eis über ihm wird bersten. Dann wird das Wasser wieder ruhig werden und glatt und den Himmel spiegeln. Und dann wird er auftauchen, wird er endlich auftauchen und aus diesem Spiegel heraustreten.

Im Mai 1912 verwandelt ein Gehirnschlag den Nordpolfahrer in einen Pflegefall, in einen siebzigjährigen Greis, der beim Gehen Mühe hat und kein Wort mehr sprechen kann. Was er sagen will, kritzelt Payer nun auf kleine Zettel, die er aneinanderklebt; seine Fragen, seine Erinnerungen, seine Klagen, werden zu raschelnd anwachsenden Papierstreifen, die er *Schlangen* nennt und vor seinen Besuchern entrollt. Hat der Stumme noch Ziele im Eis? Ich weiß es nicht. Was in den polaren Wüsten an Mythen zu zerstören war, ist mittlerweile zerstört: Der Freiherr von Nordenskjöld hat die Nordostpassage und Amundsen die Nordwestpassage durchdriftet, die Feinde Peary und Cook sind als Bezwinger aus der Region des Nordpols zurückgekehrt, und Amundsen, heißt es, habe nun auch den Südpol erobert ... aber was immer erreicht wurde – es wurde ohne Payer, ohne den gebrechlichen Kurgast erreicht, der seine letzten Sommer im oberkrainischen Veldes, an einem See zwischen den Julischen Alpen und den Karawanken erlebt. Dort überbringt man ihm auch die Nachricht, daß ein *Jules de Payer*, der sich *Chef de la Mission Arctique Française* nenne, in Paris eine Expedition nach dem *Franz-Joseph-Land* vorbereite. *Verehrter Jules de Payer, Herr Sohn* ... beginnt der Kurgast einen Brief, den er niemals zu Ende schreibt und niemals absendet. Denn jetzt stürzt die Zeit über allem ein. Franz Joseph I., der Namenspatron und Herr des letzten Landes der Welt, läßt sein *Manifest* an die Mauern seines Reiches schlagen:

An Meine Völker! ... Die Umtriebe eines haßerfüllten Gegners zwingen Mich, zur Wahrung der Ehre Meiner Monarchie, zum Schutze ihres Ansehens und ihrer Machtstellung, zur Sicherung ihres Besitzstandes nach langen Jahren des Friedens zum Schwerte zu greifen ... Immer höher lodert der Haß gegen Mich und Mein Haus empor ... Ich vertraue dem Allmächtigen, daß er Meinen Waffen den Sieg verleihen werde ... Mit ruhigem Gewissen betrete Ich den Weg, den die Pflicht Mir weist ...

Wie still, wie sanft und lichtdurchflutet in diesem Sommer 1914 die Abgeschiedenheit des *Franz-Joseph-Landes* wohl sein muß; die Felswände sind ohne Manifeste, die Küsten und Gebirge ohne Kriegslärm, die Gletscherabbrüche wie aus Jade oder Lapislazuli und die dunklen Kaps gefiedert von Möwenschwärmen und Alken. Ich sage: Der Stumme erkennt jetzt, daß er doch ein Paradies entdeckt hat.

Im nächsten Jahr tragen die Felder Galiziens schon die Buckel der Massengräber, die Wiesen Flanderns auch – an den Masurischen Seen Preußens, in Elsaß-Lothringen, in der Champagne, in Serbien, im Kaukasus oder am Isonzo – überall liegen schon Erschlagene, als Julius Payer, umtost von der allgemeinen Pflichterfüllung, am Veldeser See stirbt. Es ist der 29. August 1915, ein heißer, windstiller Tag. Man wäscht den Leichnam des Kurgastes, schmückt ihn mit schönen Kleidern, überführt ihn nach Wien und senkt ihn dort am 4. September in ein Ehrengrab; man ordnet den Nachlaß, wirft ein Federkleid fort, Leinenstiefel, einen zerfressenen Pelz – allen Schutz gegen die Kälte, den der Stumme in einer Truhe verwahrt hielt, und entrollt auch seine Papierschlangen, Notiz für Notiz, findet Kommentare und Aphorismen, auch Zeichnungen, und irgendwo, nicht am Ende und auch nicht herausgehoben, die Eintragung, daß eine *Revolution in Rußland* vorauszusehen sei ...

ebenso die Ermordung des Zaren, die Befreiung Polens, Staatsbankrotte, Millionen von Toten, die Zerstörung der Städte, der Flotten und des Handels, das Aufkommen von Seuchen … und schließlich der Untergang der Welt durch Verbrennung unseres Planeten als eines Schandflecks unseres Sonnensystems.

Ich werde nichts beenden und nichts werde ich aus der Welt schaffen: Habe ich mich vor einem solchen Ausgang meiner Nachforschungen gefürchtet? Allmählich beginne ich mich einzurichten in der Fülle und Banalität meines Materials, deute mir die Fakten über das Verschwinden Josef Mazzinis, meine Fakten über das Eis, immer anders und neu und rücke mich in den Versionen zurecht wie ein Möbelstück.

Meine Wände habe ich mit Landkarten, Küstenkarten, Meereskarten ausgeschlagen, gefalztem Papier in allen Blautönen, gesprenkelt von Inseln und durchzogen von den Zinnen der Eisgrenze. An diesen Wänden wiederholen sich die Länder, die immer gleichen, leeren, zerrissenen Länder, norwegische und sowjetische Provinzen, Spitzbergen und das Franz-Joseph-Land, entlegene Hoheitsgebiete, Steine im Schleppnetz der Längen- und Breitengrade.

Semlja Frantsa Josifa. Die alten Namen sind noch in Kraft. *Ostrov Rudolfa*, die Rudolfsinsel: Dort, höre ich mich sagen, ist der Matrose Antonio Zaninovich mit dem Hundegespann in einen Gletscher gestürzt; dort hat den Kommandanten zu Lande Panik erfaßt.

Auch das Kap Fligely heißt immer noch so, und den Inseln, den Sunden und Buchten sind ihre ersten Namen geblieben – Insel Wiener Neustadt, Insel Klagenfurt, Kap Grillparzer, Hohenlohe-Insel, Kap Kremsmünster, Kap Tirol, undsofort. Das ist mein Land, sage ich. Aber die Zeichen auf meinen Karten bedeuten *Sperrgebiet*, bedeuten *darf nicht betreten werden, nicht bereist, nicht überflogen.* Ein verbotenes Land; es ist wüst und unzugänglich wie je, unzugänglich auch in milden Sommern, in denen das Eis gut verteilt liegt.

Nördlich der Rudolfsinsel verdunkelt sich das Blau des Meeres. Das sind die Tiefen des Eurasischen Beckens. Ich mag dieses Blau, halte mich oft darin auf, streiche dort die Falten des arktischen Ozeans glatt und zurück bis tief in den Südosten, bis an die langgezogene, vertraute Küste Nowaja Semljas, die Steilküste, die schöne Küste; dort wachsen Huflattich, Purpurmoos und Sauerampfer, und dort liegt auch das Kap Suchoi Nos und dahinter eine weitläufige Bai, in der die Tranjäger früher einmal nach verschollenen Schiffen, verlorenen Fangbooten, nach allem Ausschau hielten, was irgendwann im Eis verschwunden war – bei Suchoi Nos tauchte vieles als Treibgut wieder auf, geborstene Schiffsrümpfe, Planken, zersplitterte Masten, ausgelaugt und gebleicht. Vielleicht liegt dort ein Rest für mich bereit, höre ich mich sagen, vielleicht hat ein Schmelzwasserrinnsal aus einem spitzbergischen Gletscher ein Zeichen für mich herausgewaschen, und die lange Strömung hat es bei Suchoi Nos für mich hinterlegt.

Mit meiner Handfläche schütze ich das Kap, bedecke die Bucht, spüre, wie trocken und kühl das Blau ist, stehe inmitten meiner papierenen Meere, allein mit allen Möglichkeiten einer Geschichte, ein Chronist, dem der Trost des Endes fehlt.

Hinweis

Die Figuren dieses Romans haben an ihrer Geschichte mitgeschrieben. Ich habe die entsprechenden (*kursiv* gesetzten) Passagen folgenden Schriften entnommen und mit den Namen der jeweiligen Autoren gezeichnet:

Julius Payer, Briefe und Handschriften, verwahrt im Österreichischen Kriegsarchiv/Marineabteilung.

Julius Payer, *Die österreichisch-ungarische Nordpol-Expedition in den Jahren 1872–1874*, k. k. Hof- und Universitätsbuchhändler Alfred Hölder, Wien 1876.

Carl Weyprecht, Tagebuch und Briefe, Handschriften, verwahrt im Österreichischen Kriegsarchiv/Marineabteilung.

Carl Weyprecht, *Die Nordpol-Expeditionen der Zukunft und deren sicheres Ergebniß*, Hartleben's Verlag, Wien. Pest. Leipzig 1876.

Otto Krisch, *Tagebuch des Nordpolfahrers Otto Krisch*. Aus dem Nachlasse des Verstorbenen herausgegeben von Anton Krisch, Wallishausser'sche Verlagsbuchhandlung, Wien 1875.

Otto Krisch, *Das Tagebuch des Maschinisten Otto Krisch*. Herausgegeben von Egon Reichhardt, Leykam-Verlag, Graz – Wien 1973.

Johann Haller, *Erinnerungen eines Tiroler Teilnehmers an Julius v. Payer's Nordpol-Expedition 1872/1874*. Aus dem Nachlasse bereitgestellt von seinem Sohn Ferdinand Haller und herausgegeben von R. Klebelsberg, Universitätsverlag Wagner, Innsbruck 1959.

Ich bedanke mich bei den Herren Peter Jung und Dr. Peter Broucek vom Österreichischen Kriegsarchiv für ihre wertvolle Hilfe und bei meinen Freunden Brigitte, Jaro, Margot und Rudi für die langen Gespräche über das Eis.

Wien, im Mai 1984 C. R.

Die Abbildung auf Seite 30 zeigt die *Tegetthoff* im Hafen von Bremerhaven, die auf Seite 28/29 die Mitglieder der österreichisch-ungarischen Nordpolexpedition, die auf Seite 32 Carl Weyprecht und die auf Seite 34 Julius Payer; die anderen Abbildungen sind dem Werk *Die österreichisch-ungarische Nordpol-Expedition in den Jahren 1872–1874* (Wien 1876) entnommen.

Die Farben des Lesens

Jane Austen
Emma
Roman
Band 50111

Günter de Bruyn
Zwischenbilanz
Eine Jugend
in Berlin
Band 50112

Robert Gernhardt
Wörtersee
Gedichte
Band 50116

Erik Fosnes Hansen
Choral am Ende der Reise
Roman
Band 50113

Josef Haslinger
Opernball
Roman
Band 50114

Keri Hulme
Unter dem Tagmond
Roman
Band 50115

Milan Kundera
Das Buch der lächerlichen Liebe
Roman
Band 50117

Heinrich Mann
Der Untertan
Roman
Band 50118

Sue Miller
Ansichten einer Familie
Roman
Band 50119

Annie Proulx
Schiffsmeldungen
Roman
Band 50120

Christoph Ransmayr
Die Schrecken des Eises und der Finsternis
Roman
Band 50121

Anne Tyler
Kleine Abschiede
Roman
Band 50122

Fischer Taschenbuch Verlag

Christoph Ransmayr

Die letzte Welt

Roman

Mit einem Ovidischen Repertoire

Zifferzeichnungen von Anita Albus

Band 9538

In seinem von der Kritik hymnisch gefeierten und wegen seiner wunderbar poetischen, rhythmischen Sprache, seiner stilistischen Eleganz, seiner bildmächtigen Traum- und Alptraumwelten hochgelobten Roman ist die Verbannung des römischen Dichters Ovid durch Kaiser Augustus im Jahre 8 n. Chr. der historisch fixierte Ausgangspunkt einer sehr phantasievollen Fiktion. Ein (durch Ovids ›Briefe aus der Verbannung‹) ebenfalls historisch belegter Freund Ovids, der Römer Cotta, macht sich in diesem Roman auf, in Tomi am Schwarzen Meer sowohl nach dem Verbannten selbst zu suchen, als auch nach einer Abschrift der ›Metamorphosen‹, des legendären Hauptwerks von Ovid. Cotta trifft in der »eisernen grauen Stadt« Tomi jedoch nur auf Spuren Ovids, sein verfallenes Haus im Gebirge, seinen greisen Diener Pythagoras und, auf immer rätselhaftere Zeichen der ›Metamorphosen‹, in Bildern, Figuren, wunderbaren Begebenheiten. Bis sich zuletzt Cotta selbst in der geheimnisvoll unwirklichen Welt der Verwandlung zu verlieren scheint: die Auflösung dieser »letzten Welt« ist wieder zu Literatur geworden.

Fischer Taschenbuch Verlag

fi 1170 / 3

Christoph Ransmayr

Morbus Kitahara

Roman

Band 13782

Moor, ein verwüstetes Kaff im Hochgebirge. Schnee und Geröll herrschen vor, im Ort Ruinen. Es ist Nachkriegszeit, doch die Besatzungsmacht verweigert den Wiederaufbau. Gewaltsam kontrolliert sie die Bevölkerung und hält die Erinnerung an die Verbrechen der Vorzeit wach. Keine Industrie, nur agrarische Selbstversorgung und Geschichtsterror. Im Ort regiert der Leiter des Steinbruchs, der »Hundekönig« Ambras. Es scheint so, als spiele Ransmayr eine geschichtliche Alternative durch: den Morgenthau-Plan. Höchst kunstvoll und mit einer immensen Sprachkraft inszeniert er eine eisige, historisch-mythische Welt, die den Leser unerbittlich in ihren Bann zieht.

»Die Entdecker neuer Welten müssen sich so gefühlt haben wie die Leser dieses Buchs.«

Andreas Isenschmid, Die Weltwoche

Fischer Taschenbuch Verlag

fi 1169 / 6

Christoph Ransmayr

Der Weg nach Surabaya

Reportagen und kleine Prosa

240 Seiten. Leinen

Christoph Ransmayr begann seine literarische Arbeit als Redakteur und Reporter. Er schrieb seine ersten Artikel für die Kulturzeitschrift *Extrablatt*, später für *Merian* oder *Geo*, und vor allem für *TransAtlantik*. Aus der großen Zahl dieser Arbeiten hat er jetzt die wichtigsten Stücke ausgewählt und in einem Band zusammengefaßt. Diese Sammlung führt nicht nur die epischen Möglichkeiten der Form der Reportage vor, wenn sich ein Erzähler ihrer bedient. Sie zeigt auch die Hinwendung des Reporters Ransmayr zu den Stoffen und Gestalten seiner späteren Romane. Seine Reportagen erzählen von den Staumauern in Kaprun oder vom Geburtstag einer neunzigjährigen Kaiserin, von Kniefällen in Czenstochau oder vom Leben der Bauern und Fischer im nordfriesischen Wattenmeer. Den zweiten Teil des Bandes bilden fünf Prosaarbeiten, in denen er von den unterschiedlichsten Epochen und Weltgegenden berichtet: Vom Labyrinth des Königs Minos auf Kreta, von Konstantinopel kurz vor der Eroberung durch Sultan Mehmet 1453 oder von der Freien Republik Przemyśl am Ende des Ersten Weltkriegs.

S. Fischer

fi 1511 / 3

Josef Haslinger

Opernball

Roman

Band 13591

»Ich sah den Massenmord auf zwanzig Bildschirmen gleichzeitig.« Josef Haslingers Roman erspart den Lesern nichts. Die Gäste des pompösen Wiener Opernballs werden zum Ziel eines Terroranschlags. Ein Fernsehjournalist, der die Live-Übertragung aus den Ballsälen koordinieren soll, beobachtet das Verbrechen hilflos auf den Monitoren. Sein eigener Sohn ist unter den Opfern. Die Kameras laufen weiter und senden weltweit auf zahllose Bildschirme das Sterben von Tausenden. Das Attentat verändert die politische Landschaft. Der TV-Journalist versucht, von Trauer um seinen Sohn getrieben, die Hintergründe des Anschlags zu klären. Sie sind verworren, von Schlamperei und Zufällen geprägt. Mindestens so verworren wie das Weltbild jener kleinen Gruppe von »Entschlossenen«, die das Morden vorbereitete. Josef Haslingers Roman entwirft das Panorama einer vom Terrorismus bedrohten Wohlstandsgesellschaft. Das Buch hat die Spannung und Präzision eines Politthrillers. Es ist klar und unerbittlich geschrieben – so, wie jene Kameras das Sterben in den Ballsälen aufzeichneten. Der Roman zeigt die grotesken politischen Widersprüche auf zwischen Liberalität und Bedürfnis nach Sicherheit; den kaum kontrollierten Einfluß der Massenmedien auf Alltagsleben und Regierungsentscheidungen; das fatale Zusammenwirken von wiederaufflammendem Nationalismus, Fremdenfurcht und politisch motivierter Gewalt.

Fischer Taschenbuch Verlag

fi 1813 / 4

Gerhard Roth

Landläufiger Tod

Mit Illustrationen von Günter Brus

Band 11403

Körperlich Verstörte, so heißt es, erfahren für ihr Leiden häufig einen gelinden Ausgleich, indem sie sich in anderen Sinnesbereichen besonders befähigen. Die Hauptperson Franz Lindner ist stumm. Er muß genauer als andere beobachten und nachdenken, und wenn er sich ausdrücken will, muß er es aufschreiben. In seinen Niederschriften entsteht ein poetisches Bild seiner Umgebung und unserer Zeit, in dem »alle Menschen und Geschichten aus der Luft gegriffen sind«. Lindner erzählt in diesem Buch ganz real Stationen seines Lebens, entwirft sich in ausschweifenden Episoden die Welt neu und zeichnet vor allem den verwirrend vielfältigen Mikrokosmos eines kleinen Dorfes auf, in dem es alles, nur keine Idylle gibt. Auswegloses Elend verbindet die Bewohner des kleinen südostösterreichischen Fleckens. Roths Roman von der »Verrücktheit« Franz Lindners ist zugleich das Buch von dessen Hellsichtigkeit.

Fischer Taschenbuch Verlag

fi 2104 / 3

W. G. Sebald

Unheimliche Heimat

Essays zur österreichischen Literatur

Band 12150

In neun Studien untersucht W. G. Sebald den Themenkomplex Heimat und Exil, der für die österreichische Literatur des 19. und 20. Jahrhunderts so charakteristisch ist. Ist schon sein erster Essayband »Die Beschreibung des Unglücks«, der sich mit der eigentümlichen Schwermut in der österreichischen Literatur befaßt, aus einem persönlichen Blickwinkel geschrieben, trifft dies auch auf die zweite Sammlung zu. Gerade weil Sebald, der selbst ein Grenzgänger ist, sich auf vertrautem Terrain bewegt, erschließen sich seinem sensiblen Verständnis Zusammenhänge, deren Aktualität nicht zuletzt durch die immer wieder neu gestellte Frage nach der Identität des einst so großen und mächtigen Österreich sowie durch die wechselvolle Assimilationsgeschichte der Juden bewiesen wird. Sebalds Arbeiten setzen im frühen 19. Jahrhundert ein bei dem nur wenig bekannten Charles Sealsfield und schlagen den Bogen über die gleichfalls vernachlässigten Schtetlgeschichten Leopold Komperts, über den Wiener Fin-de-siècle-Literaten Peter Altenberg, über Franz Kafka, Joseph Roth bis hinein in die Gegenwart, die durch Jean Améry, Gerhard Roth und Peter Handke vertreten ist. All diesen Autoren ist gemeinsam, daß sie an der »Unheimlichkeit der Heimat« gelitten haben bzw. noch immer leiden. Behutsam macht Sebald deutlich, wie oft dieses Leiden an der Heimat sowie die vage Sehnsucht nach ihr für österreichische Autoren zum Thema, wenn nicht sogar Anlaß des Schreibens geworden sind.

Fischer Taschenbuch Verlag

fi 2210 / 3

Franz Werfel

Der Abiturientag

Die Geschichte einer Jugendschuld

Band 9455

Atmosphärisches und Erfahrungen der eigenen Schulzeit im Roman aufzugreifen und auf diese Weise auch vor sich selbst Rechenschaft abzulegen über sein individuelles Verhalten in dieser Lebensphase, wird nicht selten durch die Begegnung mit alten Freunden angeregt. Franz Werfel traf 1926 mit Willy Haas und Ernst Deutsch zusammen – das mag Inspirationsmoment für diese »Geschichte einer Jugendschuld« gewesen sein. Die Erlebnisse von damals im Klassenzimmer, auf dem Tennisplatz, bei Gartenfesten, in Nachtcafés, bei spiritistischen Séancen wurden wach und suchten ihren Ausdruck. Vor allem aber die Auseinandersetzung mit dem Individuum. Im ›*Abituriententag*‹ ist es zunächst ein Kräftemessen mit dem frühreifen Klassenbesten, schließlich ein immer stärker ins Verbrecherische gleitendes Bekämpfen und Verführen. Es ist zugleich auch der Kampf des Christen Sebastian mit dem Juden Franz Adler, der seinen moralischen Tribut fordert – ein Thema, das Franz Werfel wieder und wieder beschäftigt hat.

Fischer Taschenbuch Verlag

fi 1557 / 7

Stefan Zweig

Ungeduld des Herzens

Roman

Band 1679

Der einzige Roman Stefan Zweigs handelt von »zweierlei Mitleid«: dem echten, »das entschlossen ist, geduldig und mitduldend alles durchzustehen«, und dem falschen, das nur »Ungeduld des Herzens« ist, »sich möglichst schnell freizumachen sucht von der peinlichen Ergriffenheit vor einem fremden Unglück«. In solche peinliche Ergriffenheit gerät im Sommer 1914, der in einer ungarischen Kleinstadt in Garnison liegende junge Leutnant Hofmiller. Die leidenschaftliche Liebe, die ihm die gelähmte Edith entgegenbringt, erwidert er nur halben Herzens, aber das Hochgefühl ihrer Zuneigung, die Bitten des Vaters und das Zureden des Arztes Dr. Condor, der sich von Hofmillers Einfluß heilende Wirkung verspricht, bestimmen ihn am Ende, sich mit dem Mädchen zu verloben. Er tut es aus Mitleid, das eigentlich »Ungeduld des Herzens« ist. In einem Anfall von Feigheit läßt er sich hinreißen, seine Verlobung öffentlich abzuleugnen. Den sittlichen Zusammenbruch, den dies für ihn bedeutet, will er durch Selbstmord sühnen, doch das Eingreifen eines Vorgesetzten erwirkt statt dessen seine Versetzung. Zwar will er, durch seelische Erschütterung geläutert, die Bindung an Edith erneuern, doch kommt ihm der Freitod der Freundin zuvor.

Fischer Taschenbuch Verlag

fi 2211 / 3

Melitta Breznik

Nachtdienst

Eine Erzählung

Band 13332

Eine junge Ärztin, vom Nachtdienst in der chirurgischen Ambulanz bis zur Abstumpfung der Gefühle in die Pflicht genommen, löst die Wohnung ihres Vaters auf, der im Krankenhaus im Sterben liegt. Schon als sie sich dem Mietshaus in ihrem kleinen österreichischen Heimatort nähert, schießt ein Strom verdrängter Erinnerungen durch ihren Kopf. Sie geht in den modrigen Keller, wo sie sich als Kind oft ängstigte, steigt die Stiege im kahlen Treppenhaus hinauf, das immer von Knoblauchgestank verpestet war, und betritt die Wohnung, in der nun Schmutz und leere Flaschen Zeugen langjähriger Einsamkeit sind. Inmitten der Überreste der einstigen Familie beginnt sich die Vergangenheit neu zu ordnen: der tyrannische Vater, der dem monotonen Fabrikalltag bald nurmehr im Alkohol entkommt, die kranke und eingeschüchterte Mutter, die sich erst nach einem Selbstmordversuch aus der Ehe retten kann und sie selbst als kleines Mädchen, das im Karomuster des brüchigen Linoleumbodens vergeblich eine Ordnung sucht. In ihren Rückblicken entsteht so das unerbittliche und zugleich zärtliche Porträt ihres Vaters wie auch einer ganzen Generation.

Fischer Taschenbuch Verlag

fi 1946 / 3